彩雲国物語

十一、青嵐にゆれる月草

角川文庫
22334

目次

その女人《ひと》は決して誰もが振り向く美人というわけではなかった。自分でも気にしていると溜息《ためいき》をつきつつ、平凡な目鼻立ち、低めの鼻に薄く散ったそばかす。「でもお日様の下が好きなの」と、何千もの花が揺れる春の野原でふんわり笑った。

『私がお日様色をしたふわふわの玉子焼き？　ふふ、雪那《せつな》さんと同じことを仰《おっしゃ》るのね』

しとやかで、でも少しおてんばなところもあって。物静かというわけでもないけれど、おしゃべりでもなく。傍にいるだけで心が温かくなって、つりこまれるような優しい笑顔を見ていると、いつのまにか自分も笑っていた。末弟の笛さえ、彼女はにこにこと聞いて、拍手をした。

とりわけて抜きんでたところがあるわけではない。けれど決して手の届かない人だった。弟の自分でさえ、時折見分けがつかなくなる三つ子の兄を一度も間違えることなく。父の愛妾《あいしょう》になるはずだった彼女と最初に出会い、さらった長兄だけを、いつだって迷わず選んでみせた。

運命の相手というのは、ああいう二人をいうのだろうと、思った。

だから楸瑛《しゅうえい》は逃げ出した。彼女から。長兄から。自分の心から。その想いから。

捨てることも封じることもできなかったから、逃げるしかなかった。

＊　＊　＊

——あれは十六か、七の年の冬のことだった。

まだ仕官する前で、楸瑛は兄たちの名代で朝廷に出仕していた。後宮に顔を出していたのは、女官から王や公子の情報を入手するためだったが、単に気を紛らわせるためでもあった。だから逢瀬《おうせ》の約束も時々の気分でよくすっぽかした。

その夜も、簡単に陥《お》ちた女官に気が失《う》せて、反故《ほご》にすることに勝手に決めた。逢瀬の場所へ行くのをやめ、静かな場所を求めて後宮をそぞろ歩いていた楸瑛の視界を、不意に白いものが過《よぎ》った。夜昊《よぞら》を見上げ、はらはらと舞う冬の使者に眼を細める。

「……雪か」

ちらつきはじめた小雪と灯籠《とうろう》の火影で、庭院は白々と光って薄明るかった。見るともなしに見ながら回廊を曲がり——楸瑛は足を止めた。

女官姿の誰かが、雪の庭院でひとり舞を舞っていた。

扇を片手に、音もなく、一心に舞うそれは、〝想遥恋《そうようれん》〟——永遠に叶《かな》うことのない片恋の舞だった。

……彼女の白い繊手が翻り、剣のように舞扇が飛来してくるまで、楸瑛は自分が呆然《ぼうぜん》と立ちつくしていたことにも気づかなかった。飛んできた扇をすんでのところで受け止めれば、凜《りん》と鋭い誰何《すいか》の声が響いた。

「……誰！」

楸瑛は言葉がでなかった。根が生えたように足が動かなかった。

女官とは思えぬ隙のない物腰で楸瑛の前に現れたのは、白百合《しらゆり》を思わせる息を呑《の》むほど麗しい顔《かんばせ》の美女。二十歳そこそこ――自分より少し年上かもしれない。

楸瑛が逃げないことを不審に思ったのか、彼女は眉《まゆ》を寄せ――次いで驚いたように目を丸くした。

「……どうしたの。何か、悲しいことでもあったの？」

そのとき初めて、楸瑛は自分が泣いていることに気づいた。

さすがに焦った。慌てて受け止めた扇を開いて顔を隠した。それはのちに称される優雅とか風流とか気品だとかのカケラもない動揺した仕草だった。

「……見、ないでください……」

口を開けば、取り繕うどころか、死にたくなるくらい情けない声が出た。

さっきの舞がぐるぐる頭を巡って、いっそう涙が出た。

もうどうしていいかわからなくて、楸瑛はずるずると欄干《らんかん》にもたれて座り込んだ。

雪が降っていた。楸瑛が初めて愛した人は、この雪と同じ名をもつ兄を愛してる。いくら頑張っても、楸瑛があの兄を超えられる日なんかくるわけがない。いや、超える気がない。あの兄の弟であることを、少しでも支えになることを、楸瑛自身が誇りとし、望んでいる。

愛してる二人が幸せでいるのに、楸瑛はその幸せを見るのがつらい。だから逃げた。

お日様色をしたふわふわの玉子焼きみたいな人。特別美人じゃないけれど、楸瑛にとっては誰より特別な人。

――愛しても、愛しても愛しても。

あの人が自分のものになる日は永遠にこない。

……そのあと、楸瑛はなんだかよくわからないまま、暖かな室《へや》へ追い立てられた。

その室は、馴《な》染《じ》みの女官たちと違って、贅沢《ぜいたく》な調度や宝飾類などは何もなかった。花瓶の花も一輪だけ。楸瑛はなぜか、それは彼女が自分で切ってきて生けているのだと思った。その室で、必死で扇で顔を隠したままの楸瑛は、言われるがままに衝立《ついたて》の向こうの寝台に追いやられた。

ぽいぽいと渡されたのは大量の温石と、毛布と着替えだった。

「上衣はこっちにちょうだい。そしたら寝なさい。その寝台使っていいから」

「え？」

「袖口《そでぐち》、ほつれてるでしょう。繕うから。扇を投げたときに引っかけたのよ。悪かったわね」

見れば、確かにほつれている。別に一着くらいどうということはないが、楸瑛は素直に上衣を渡した。楸瑛は着替え終わると温石を抱え、毛布にくるまり、寝台でなく衝立のそばに座り込んだ。カタカタと、衝立越しに裁縫箱を開ける音が聞こえた。楸瑛の手にはずっと彼女の扇があった。それを見つめているうちに、じんわりと手足の先から暖まり、楸瑛はうとうとしはじめた。

睡魔に瞼《まぶた》をおろしながら、楸瑛はぼんやり呟《つぶや》いた。

「……死ぬほど好きなのに、幸せな顔を見るのが、辛《つら》くて苦しくて胸が痛い」

「そう。私は幸せだわ。悲しい顔を見るよりずっといいわ」

「詭弁《きべん》だ。全然幸せじゃない。じいさんになるまでこのままだったらどうしよう」

彼女が笑う気配がした。蝶《ちょう》の羽ばたきのように微《かす》かに。

「……あなたは幸せに育ったのね。百の幸せを当然のように思えるくらい」

私は、と彼女はつづけた。淡々としていた声が、想いを含んで深く優しく愛《いと》おしさを増す。

彼女が舞った〝想遥恋〟。呆然と泣いた楸瑛。彼女も楸瑛も、もう互いの秘密に気づいている。

「私は、何ももっていなかったから。たった一つの幸せだけでも、時々信じられないことがあるわ。失うのが怖いから、それだけで胸が詰まるわ。幸せが、怖いの。幸せになっていいと、言われたことがなかったから。今も怖いわ。誰かを好きになるなんていう幸せが、『私』に許されるのかしら……？　もし夢なら、醒《さ》めたとき、きっともう私は生きていけない」

うっとりするようなその優しい声は、髪の一筋ほども楸瑛のためではない。

すべては、彼女の愛する人のために。それが、なんだか悔しかった。

「愛してるわ。誰より愛してる。何もなかった私には、それだけで充分『幸せ』だわ……」

眠りに落ちながら、楸瑛はムッとした。少しくらい、自分のほうを見てくれてもいいのに。

「……私は、そんな風には思えない。だから逃げる。これからだってひたすら逃げまくる」

「いいんじゃないの。人それぞれだもの」

くすりと、彼女が笑う声がした。楸瑛が引き出せたのは、たったそれだけだった。

――翌朝、目覚めた楸瑛のそばに残されていたのは、大量の温石と握ったままの扇、きちんと畳まれた上衣。袖口の、やけにジグザグの個性的な縫い目を見たとき、昨夜の女官は夢ではないと知って安心した。

誰にも言えなかった苦しい想い。取り繕うのばかりうまくなって、逃げつづけていたら袋小路にいた。楸瑛の胸に、彼女のくれた言葉があたたかく蘇《よみがえ》ってくる。

『いいんじゃないの』

心の奥に、何年も何年もかけて重く沈殿していった凝《こご》りが、涙と一緒に溶けていた。

その後、国試に及第した楸瑛は後宮で再び彼女をさがしたが、彼女のほうは楸瑛のことをまったく覚えていなかった。落胆した反面、あの情けない自分を忘れてくれていて正直ホッとした。いつも敬語を崩さない完璧《かんぺき》な有能女官の、あんな砕けた口調を知っているのはきっと自分だけだろう。

そして彼女は相変わらず、ただ一人の誰かを想っていた。

楸瑛は、……それが嬉《うれ》しかった。

彼女にちょっかいをかけて、楸瑛は何度も何度も確認する。彼女が一途《いちず》に誰かを想いつづけていることを。誰もその想いを揺らすことができないことを。

決して楸瑛の手に落ちない高嶺《たかね》の花は、義姉《あね》のよう。

決して叶わない想いを胸に秘めつづける様は、自分のよう。

楸瑛にとって彼女は義姉であり、自分自身だった。彼女に甘え、楸瑛は自分の姿を確かめる。どうか少しでいいから振り向いてほしい、いいや、誰にもなびかないでほしい。そんな身勝手で相反した願いから、楸瑛はついちょっかいを出して毎度彼女を怒らせることになる。

――自分にチラともなびかないことに安堵《あんど》し、少しだけ悔しく思う。

時々楸瑛はあの時の扇を取り出し、彼女の言葉を思い出す。

『愛してるわ。誰より愛してる。何もなかった私には、それだけで充分「幸せ」だわ……』

ただ一度だけ耳にした、他の男に向けた優しい優しい声を、何度も繰り返し思い出すのだ。

序章

「一夫一婦も勿論《もちろん》ですが、藍《らん》家の姫の入内《じゅだい》にも反対ですな」

門下省《もんかしょう》の長、旺季《おうき》は眉間《みけん》に皺《しわ》を刻んだ。

「あの家が、何のもくろみもなく姫を送って寄こすはずもない。意図がわかるまでは、投げられた餌に飛びつくような真似はやめたほうがよろしいでしょう」

劉輝《りゅうき》は心底旺季に感謝した。旺季が反対すれば、しばらく棚上げにはできる。

すかさず劉輝が旺季の尻馬に乗ろうとすると、旺季の強い眼差《まなざ》しとぶつかった。そこに負の感情は一切なく、劉輝の覚悟を問うような目だった。

「……主上、一度申し上げたかったことがあります。なぜそこまで彩《さい》七家に信をおくのです」

「……旺季殿？」

「あの二家が、あなたや国のために何かしてくださったことが一度たりとてありますか。藍家はいまだ藍姓官吏を戻さず、紅《こう》家は当主のためだけに簡単に貴陽《きよう》の機能を停止させる」

劉輝は息を呑《の》んだ。

「あなたが〝花菖蒲《はなしょうぶ》〟を下賜した紅藍の二人も、ここしばらく平気でお傍から離れている。事情など下の者には関係ありません。〝花〟の不在によって、現在あなたへの臣下の信頼は軒並み低下の一途を辿《たど》っている。そのことも当然おわかりでしょうな」

「…………」

「それでも主上のお目には、勢力を誇る彩七家しか映っておられないのですか。なぜ私どもも他貴族のことを、何一つ信用してはくださらないのか。私どもの諫言《かんげん》も、忠告も、今まであなたはすべて無視なさってきた。すべてをあの若い側近二人と決め、頭から門下省の意見をはねのけた。どれほど情けない思いをさせられてきたことか。私たち貴族は、彩七家と違って王に信用されなくては存在価値などありはしないというのに――」

旺季は席から立ち上がり、悠舜《ゆうしゅん》を見た。

「……あなたが、何のしがらみもない鄭《てい》尚書令を側近に据えたときは、正直嬉しく思いました。ですが、覚えておかれよ。彩七家を――特に紅藍両家と渡り合うには、あなたはあまりに幼すぎる。紅藍両家を知らなすぎる。時と場合に応じて王を操り、利用し、見捨て、裏切る――あなたはそれをご承知の上で、紅藍を取り込もうとなさっておられるのではありますまい。今のあなたでは到底勝ち目はない。あなたは王なのです。この国をあまねくしろしめし、万民を肩に負っている。一度の誤りが惨事を招くこともある。……そのとき後悔するのでは遅いのです」

嘘偽りのない、真摯《しんし》な言葉だった。

旺季はそれだけを告げると、宰相会議の場をあとにした。

劉輝は顔を歪《ゆが》めた。何も反論できなかった。

——その通りだった。

＊　＊　＊

一頭の馬が、貴陽を目指してパカパカと気楽な蹄《ひづめ》の音を立てていた。馬商人が目の色を変えるような見事な軍馬を楽々と操るのは、馬と不釣り合いな、ほんの少女だった。まだ二十歳《はたち》にもなっていないように見え、実用性を重視した身軽な旅装は長旅のお陰でだいぶ薄汚れている。髪も顔も砂埃《すなぼこり》まみれだったが、本人は気にする様子もない。よく見れば整った目鼻立ちをしているのだが、身なりに無頓着《むとんちゃく》なせいで十人並みになっている。

少女はふと手綱を引いて馬を止めた。紫州《し》に入ってからまだごく僅《わず》か。目的地の王都までは彼女の騎乗の腕をもってしてもあと半月ほどかかる。

少女はチラリと周りを見回した。見晴らしのいい街道には誰もいない——ように見える。

「……あたしをつけてきてる人は、どこのどなた？」

ややあって、不穏な気配を漂わせた男たちが影のように街道に現れ、少女を取りまいた。

少女が眦《まなじり》を険しくした。そのとき、別の方向からやたら呑気《のんき》な声が割って入った。

「あーあ。よってたかって一人の女のコ囲むなんざ、かっこ悪いぜ～」

そう言って徒歩でその場にふらりと現れた男は、馬上の少女を見て目を丸くした。

「あれっ⁉　姫さん⁉　いや……似てるけど……」

少女はきらりと目を光らせ、男を一瞥《いちべつ》した。伸びかけの無精髭《ぶしょうひげ》、棍《こん》と左頬の十字傷――。

少女は即断した。すぐさま手綱を引いて馬の脇腹を蹴《け》った。

「通りすがりの正義の味方さん！　危ないところを助けてくれてありがとう！　じゃっ」

素晴らしい速さで一目散に逃げを選んだ少女に、燕青《えんせい》は唖然《あぜん》とした。

「ええおい⁉　まだなんもしてね――」

影のような男たちは燕青に構わず、少女を追うことを選んだ。

燕青は状況が皆目わからなかったが、さすがにそれを見ているままにはできなかった。

少女は馬を走らせながら、一度燕青と男たちを振り返った。

遠目からだが、浪燕青《ろう》とやり合う男たちの動きは追い剝《は》ぎや山賊くずれとは違っていた。

（まさか……でも……。……楸瑛兄様に報告の必要ありね）

＊　＊　＊

御史台《ぎょしだい》の長・御史大夫を務める葵皇毅《きこうき》は、山のように積み上がった書翰《しょかん》すべてに目を通し、決裁の判を押していった。そのほとんどが陳情か裁判関係だ。監察という職務に関連して、御史台は裁判にも関わる。法を司《つかさど》る刑部《けいぶ》と監察を司る御史台、高等裁判を受け持つ大理寺《だいりじ》の三部署で相互に協議し、一つの仕事をしているようなものだ。

大体は淡々と処理をしていく皇毅だが、たまにその薄い色合いの目を留めることもある。もし傍に誰かがいてその書翰をあとで盗み見たとしても、どこが引っかかったのかわかる者はほとんどいないだろう。わかるとしたら、すべてが終わったときだ。皇毅が目を留めた金物屋の陳情があとで贋金《にせがね》事件に発展したことも、白砂混じりの塩の陳情が官吏の捕縛に繋《つな》がったのだということも。

皇毅は今日も何度か目を留めた。そのなかのいくつかに、彼は「却下」の印をしるした。こうして彼によって打ち切られ、闇に埋もれていく事件があることを知る者も少ない。

幾通目かの書翰に目を留め、眉間に皺を一本刻む。何度か読み直した。

(……厄介なのがあるな。さて、どうするか……)

そのとき、下官が入ってきてある人物の来訪を告げた。

皇毅の無感情な双眸《そうぼう》に変化はなかった。少なくとも、傍目《はため》には。

「隣室に通せ」

重要な書類だけを鍵《かぎ》付きの抽斗《ひきだし》に放り込み、立ち上がる。来客用の室に皇毅が入ると、先に案内されていた壮年の男が立ち上がって礼をとった。皇毅は男に椅子を勧めて自分も向かいに座る。官位は皇毅の方が上だったが、相手が年配であることから敬語を使った。

「お珍しいことですね、孟兵部侍郎《もうへいぶじろう》」

武官の任命権を一手に握る兵部の次官・孟兵部侍郎は微笑んだ。いつもは穏やかなその双眸に、僅かな焦燥の色があるのを皇毅は見て取った。

「本題をお伺いしましょう」

一切前置きなしの若い大官に、孟侍郎は相変わらずだと苦笑いした。

「では、遠慮なく。葵大夫……もしかしたらあなたならすでにご存じかもしれません。このところ各地で暗躍している兇手《きょうしゅ》集団のことを」

皇毅は何も言わなかったし、眉《まゆ》一つ動かさなかった。彼がこの話を知っているのか知らないのか、孟侍郎はまったく読めずに内心困惑する。仕方なしにそのまま話を続ける。

「それに関して、私のほうでいくつか情報を入手いたしました。まだお話しできないこともあるのですが……どうかお役立て下さい」

孟侍郎は葵皇毅へ告げた。

「……藍家の姫の御身が危ないやもしれません」

＊　＊　＊

――かちん、かちん、とネジを巻くような音がする。

それは彼女にしか聞こえない音。彼女はずっと、その音が怖かった。

幸せになってはいけない。お前にそんな資格はない。その音はそう告げているようで。

――いつかその音は、必ずやむ。

その時がくる前に、このまま愛する人たちの優しい記憶を抱いて、人知れず息絶えることができたなら、それこそが自分にとって最高の『幸せ』なのだろう。

わかっていながら、思いきれず、今日までぐずぐずと生きてしまったのは、彼女の甘さと弱さと――。

もう一つの原因を思い浮かべ、彼女はこめかみに青筋を浮かべた。

終わりにしよう、どこかへ一人姿を消してしまおうと、そう決心するたびに。

（どうしていつもいつも、あんのボウフラ男ははかったように――）

『珠翠《しゅすい》殿、白百合《しらゆり》のような手にそのような無骨な短刀は似合いませんよ。海棠《かいどう》を生けるため？　そんなことなら私に命じてください。あなたのためにいつだってここにいるのに』

『おや、珠翠殿、このような真夜中に、憂い顔でどこへお出かけですか？　お供しましょう』

『珠翠様ぁああ！　またも新入り侍女が藍将軍の毒牙《どくが》にっっ!!　すぐにいらして――何をしたためておいでですの珠翠様！　辞表!?　女官をおやめになる!?　珠翠様がいなくなったら誰が藍将軍を撃退できるんですか!!　ダメです絶対ダメです。ささ、こんな辞表なんか破って屑籠《くずかご》にポイですわ。えいっ』

……ことごとく、ことごとくことごとく！　あの男は邪魔しくさってくれた。

けれど、今なら、邪魔をする者はいない。

珠翠は白い、たおやかな手の中に一本の細い錐《きり》を握りこんだ。

一族に見つかった。きっともうすぐ、私のネジは止まってしまう。――止められてしまう。

自分で幕を引こう。愛した人たちを愛したまま。自分が自分であるうちに。自分には分不相応な幸せの記憶とともに。

（その前に――）

この錐で喉《のど》を突けば、それで終わりだ。

「……珠翠、いるか？　少し話し相手になってくれぬか」

扉の向こうから聞こえた王の少し心細げな声に、珠翠の手は止まった。

「珠翠？　……珠翠？　いるんだろう。入ってもいいか？　……な、何か怒っているのか？」

覚えず、珠翠の目から涙があふれた。

寂しがり屋の王。頼られ、心の拠《よ》り所にされているのを知っている。

一緒に刺繍《ししゅう》をして、二胡《にこ》を弾いて。二人で秀麗《しゅうれい》や邵可《しょうか》のことを話すとき、あるいは楸瑛や絳攸《こうゆう》の他愛ない話を珠翠に聞かせてくれるとき、いつも何かを我慢しているような王の顔が、少しだけゆるむ。王であることから解放されるはずの内宮で、劉輝が自由に心を吐露して話ができる相手は、もう珠翠しかいない。

姉のような気持ち、とは、こういうことをいうのかもしれない。

珠翠にとっても、王と過ごす時間は、のんびりと心に優しく。

(も、もう、少し……もう少しだけなら……)

もう少しだけなら、猶予はある。きっと。

完全にこの音が止まるまでは、こんな自分でもおそばにいられる。

珠翠は手にした錐を、震えながら抽斗に仕舞いこんだ。涙をぬぐって急いで化粧を直し、身支度を調える。

「申し訳ありません、主上。今すぐにお開けいたします」

扉越しに、王のホッとする気配が伝わってくる。珠翠は扉を押し開け――。

かち、ん――……。

耳元であの音が鳴った。音は珠翠の頭の中に広がり、みるみる白く喰《く》い尽くしていく。

半分開いて止まった扉に、王が首を傾げながらもう半分を引き開ける。

「実は今日は連れがいるのだ。ナイショにしてくれ。リオウといってな――」

(え――?)

――リオウ。

磁石のように、抗《あらが》いがたい力で珠翠の目は否応《いやおう》なく少年に吸い寄せられる。

目眩《めまい》がするほど深い深い、黒檀《こくたん》のごとき双眸。それ、は――。

(ああ……)

かちん――と珠翠の中で絶望の音が一つ響き、そして、……音は止まった。

＊　　＊　　＊

霄太師《しょうたいし》はいつも宋《そう》と茶《さ》の三人できていた高楼に、今夜ものぼった。

月の満ち欠けを、霄太師は永遠に近いほど見てきた。

いつか茶鴛洵《えんじゅん》が糸のように細い弦月が美しくて好きだと言い、宋隼凱《しゅんがい》が大福みたいな満月がうまそうで好きだと言った。お前は？　と訊《き》かれて、「はあ？」と鼻であしらった。

夜になれば勝手に上り下りして、勝手に満ち欠けする自然現象に、好きも何もあるか。

そんなことは考えたこともないと言うと、二人に「風流を知らない」と馬鹿にされた。

宋にまで笑われたことが死ぬほど悔しくて、それから月を眺めるようになった。

……あの月の満ち欠けのように生まれては死ぬ人間をずっと見てきたのに、なぜだろう。

あのころ、確かに、共に過ごす時が永遠につづくように思えた。

それはまるで、人間のように。

霄太師は振り返った。

コロコロと、二つの鞠《まり》のような物体が転がっている。

「……黄葉《こうよう》の力を借りたとはいえ、よく貴陽に入ってきたものだ。宋並みの根性だな」

……この二匹をそばにつけても、紅秀麗の運命は変わらない。むしろ加速するだけだろう。

それでも、黄葉は願いを叶《かな》えた。自分もまた、叶えてやるべきだろう。

あの娘自身の運命は変わらなくても、あの娘が願う未来の一助にはなるかもしれないから。


酒瓶を片手に高楼をあがった宋太傅《たいふ》は、霄太師が怒りの形相で黒と白のモコモコを月明かりのなか追っかけているのを目にした。

「おい霄。なんだそのちびっこいフワフワは？　羽羽《うう》殿の前世か？」

「ちょっとうまいことというんじゃない宋！　いいからそいつら捕まえろ！　酒で釣れ！　こんちくしょう。せっかく良くしてやった私の顔面を蹴飛《けと》ばしやがって。何様だ!!　服従させてくれる！」

「マジか？　やるじゃねぇか。よし、オレ様がかばってやる。こいこい、クロ・シロ」

すると、本当に黒と白のもふもふっとした物体は宋太傅のところに寄っていき、その屈強な両肩に飛び乗った。まるで霄太師を小馬鹿にするようにぴょいこら跳ねる。

霄太師は青筋を浮かべた。

「……ふ、宋。私との友情を思うなら、今すぐその二匹を引き渡せ。鍋《なべ》でぐつぐつ煮込んで、出し汁を川に流して残りは切り刻んでシオカラにして畜生に食わせてくれるわ!!」

「お前のほうがどう見ても悪者だぜ。こんなのが宰相やった後を任されて、悠舜も大変だな」

宋太傅は両肩のフワフワを雑に撫《な》でながら、にやりとした。

「お前の口から『友情』なんつー言葉がでるとはな」

「……っ!!　馬鹿か！　聞き間違いだ！　ボケたんじゃないのか。年寄りは耳が遠くて困る」

「そぉかよ。滅多に手に入らねぇ超イイ酒もってきたんだが、持って帰るわ。じゃな」

「待てぃ」

美酒と天秤《てんびん》にかけた霄太師は、射殺しそうな目で二匹の鞠を睨《にら》みつけながらどっかとその場にあぐらをかいた。宋太傅も座って、腰に結わえてきた盃《さかずき》をとると酒を注いだ。二人分。

二匹の鞠は涼しい顔で（霄太師にはそう見えた）飄々《ひょうひょう》と宋太傅が別の小さな盃に注いでくれた美酒をなめている。

「おお、美味《うま》そうに飲むじゃねぇか。気に入ったぜ。このクロとシロ、オレ様がもらってやってもいいぞ」

「……こいつらにクロとシロなんて名前つけるのは後にも先にもお前くらいだよ」

苦虫をかみつぶしたような顔をしつつ、じろじろと鞠二匹と宋太傅を見た。

「……ふん、いいかもな。どうせこいつらは勝手にうろちょろするだろう。しばらくお前が預かっとけ」

宋を守る魔除《まよ》けにもなる――とは、口が裂けても霄太師はいわなかった。

第一章　紅秀麗の新たな日常

このところ、朝方、邵可邸では気合いの入った声が響くようになった。

「でぇえええええいっっっ!!」

ビダン!!という凄《すさ》まじい音とともに、小麦粉をこねてつくった生地が豪快にまな板に叩きつけられる。

「あのくそ清雅《せいが》！　嫌み！　高飛車っっ!!　腹黒!!　人でなし！　ろくでなし！　オレ様野郎！　あんたなんかこうしてやるこうしてやるこうしてこうしてこうして――――っっっ!!」

ドカドカドカ!!　と見事な拳《こぶし》技が次々生地に決まる。さらにひっくり返してまな板に叩きつけ、麺棒《めんぼう》でこれでもかというほど殴りまくる。みるみる生地は素晴らしく薄くのびていった。

扉からそっと見ていた静蘭《せいらん》と邵可は殺気を感じてたじたじとなった。……怖い。

「み、見事な技ですお嬢様……あの拳の入り方といい、無駄のない麺棒の打ち方といい……

……」

麺棒での戦いなら、燕青とも互角に戦えるかもしれないと半ば本気で静蘭は思った。

「うん……私の現役時代も真っ青だよ……」

「は？」

「いやいやなんでも。いやー……すごいね清雅くん効果は」

鬼気迫る怒りの連続攻撃と、おりゃあ！　チョアー!!　などという格闘家のような男らしい掛け声に、なんだか娘が遠くに行ってしまったようでちょっともの悲しくもなるが。

「あれでこそ秀麗だよ」

目指すものを手に入れるまでは、人はあまり悩まない。つかんでからが大変なのだ。悩むのも、失敗するのも、力が足りなくて落ち込むのも当たり前だ。前に進むために必要なこと。つらくても苦しくても、必死で顔を上げて、壁を越えていかなくては、焦がれ、夢見たものもこぼれおちる。つかんだままでいることは、とても難しい。

壁の前で落ち込んでいるよりも、なにくそと怒って、力にして、よじのぼるほうがいい。

「元気になって、よかった。ね、静蘭」

「……そ、そうですが……なんだか、お嬢様がどんどん壊れていってるような」

「そんなことないよ。かわいいものじゃないか。もともと紅家は口も性格も悪い家系だし、秀麗が例外なんだよ。むしろ私は安心したな。よかった。ちょっと黎深《れいしん》の姪《めい》に見えるよね」

「…………それは喜ぶべきことなんでしょうか……」

「秀麗は変わってないよ。昔から怒りん坊だったじゃないか。私もよく怒られたし。それに奇病騒ぎの時もそうだったろう。『仕方ない』を、秀麗は最後まで受け入れなかった」

昔から、『仕方ない』という言葉を口にしない娘だった。それがあきらめの言葉だと、もう一歩も前に進めない言葉だと、感じていたのかもしれない。

「あれでいいんだよ。怒れなくなったら、負けだから。誰に対しても、どんなことでもね」

もともと秀麗はよく怒った。けれど官吏になってからは少し違った。

夢だった官吏になって、認めてもらうために、秀麗は無理や我慢を重ねてきた。最初の官位が州牧《しゅうぼく》という責任ある立場だったこともあるだろうが、秀麗はできるかぎり完璧《かんぺき》であろうとしてきたように邵可には思える。『女官吏などいらない』――そう否定されないために。

だからいつも張りつめた糸のようだった。自分を抑え、感情を飲みこみ、心を頭で制御して。無意識にそんな官吏であろうとしてきたのだろう。

けれど何かを抑えているうちは、本来もつ力のすべてを発揮することはできない。秀麗の本領は、本当に大事な時に、頭でなく心で道を選べる強さ。

図らずも陸《りく》清雅という存在が火をつけた。それと、榛蘇芳《しんすおう》くんが秀麗にらしさを取り戻させてくれたお陰で。

「見てるといい。これからが秀麗の本領発揮だよ」

そうこうしているうちに、今度は秀麗は分厚い魚庖丁《ぼうちょう》をとりだした。

ツーッと刃先に指をすべらせ、鬼女のごとく目を光らせる。

「ふっ……見てなさいよタカビー清雅。いつかそのべらべら良く回る口と一緒にあんたをこのお魚さんのように俎板《まないた》にのせて料理してやるわ。そう、こんなふうに！　ホワチャアー!!」

気勢一発、魚の頭を一刀両断する。

誰も文句のつけようもない、素晴らしい庖丁さばきだった。まるで本物の鬼女のようだ。

さすがの邵可も微妙に現実逃避をした。

「……ホワチャーって、今はもう誰も言わないよね……」

「……旦那《だんな》様、問題はそこじゃありませんから。本っ当にアレでいいんですか？」

「静蘭。見ぐびらないでもらいたいね。私はどんな娘でも心から愛せる自信があるよ」

「うまいこと問題をすり替えてもごまかされませんよ旦那様。愛について訊《き》いてるんじゃなく、お嬢様について訊いてるんです。私の目を見てハッキリ答えてください」

痛いところをずばりと突いてくる。さすが静蘭、適当なことを言ってうやむやにしようとしたのに、こと問題が秀麗に及ぶと納豆も裸足《はだし》で逃げる粘り腰を見せる。たとえ邵可が相手でも引き下がらない。

扉の陰ですったもんだしていると、秀麗が気づいた。

「あら父様、静蘭、おはよう。ご飯、もう少し待っててね」

にこっと明るいその笑顔は、いつもの秀麗である。が——。

「——もうちょっとでスッキリするから。うふ。今日も爽《さわ》やかに一日を始めたいものね」

庖丁の刃が朝日を弾《はじ》いて輝き、その光が秀麗の表情を不気味に隠す。

「さあ！　今日もバリバリ頑張るわよー！」

少し前までの、カラ元気ではなかった。それは静蘭も嬉《うれ》しかったが。

――お嬢様を怖いと思う日がくるなんて、静蘭は思いもしなかった。

＊　＊　＊

「……おわー、今日も大量だな」

蘇芳は秀麗がもってきた『弁当』の中身を見て、呟《つぶや》いた。重箱に山ほど春巻やら焼売《しゅうまい》やら餃子《ぎょうざ》やら焼餅《やきもち》やらが詰まっている。全部生地をこねて叩《たた》くやつだ。いかに秀麗が何かを叩いて叩いて叩きまくりたかったのかがありありとわかる。

「タンタン！　まだお昼の時間じゃないわよ。ちゃんと読み終わったの？」

大量に積み上げられた法律関連の書物に埋もれ、姿が見えない秀麗からくわっと一喝が飛ぶ。

秀麗に与えられたのは御史台でいちばん小さな室《へや》と、監察御史という地位、そして部下の榛蘇芳という御史裏行《りこう》一人だった。ちなみに室の日当たりも微妙に悪く、夏に近い今はちょっとじめじめする。

それでも、休憩兼仮眠用の続き部屋と二室になっているそこは、秀麗にとって決して居心地の悪い場所ではなかった。狭いからなんでもすぐ手が届くし、備えつけの書棚は広く、使いやすく、天井まであって気に入っている。蘇芳と一緒に掃除をし、換気をし、使い勝手よくものを整理し、花を一輪、花瓶に飾って眺めたとき、秀麗はこの新しい小さな住処《すみか》をとても気に入った。

「読んだけど、覚えられるわけねーよあんなの。つかさ、なんであんたこそすでに大体の法律網羅してんの？　ねぇ、ナニモノ？　どんなお嬢さんなのキミ」

「タダモノよ。国試に出るから勉強してただけよ。官吏なら当然問われる知識だもの」

親の金で官吏になった蘇芳は目を丸くした。……ということは国試に及第するためには、蘇芳が今苦心惨憺《さんたん》で読んでいる何十冊もの分厚い書物を、全部頭に叩き込まないといけないのか。

「それに州牧として茶州にスッ飛ばされた時、茶家の裁判が大量にあって、それに対応するために必要な法知識を突貫で詰め込んでもらったのよ。みんな暇さえあれば教えてくれたの」

「……てことは、あの杜影月《とえいげつ》ってやつも？」

「ええ。影月くんの状元及第はダテじゃないわよ。律令・司法・兵法すべて網羅してあるわ」

「兵法？」

「そうよ。昔っから有名な文官って戦の陣頭指揮もとれば、軍師も務めてるでしょ」

「そういやそうだよな。なんで？　将軍とかいるのに」

「大抵その軍が反乱して戦になるからよ。そしたら文官が将軍職につかざるをえないでしょ。それに文官が兵法を理解しないで、国防を軍に任せっきりにするのがいちばん危険なのよ」

蘇芳は怪訝《けげん》に思った。

「……なんで？　文官なんだから別にわかんなくていーんじゃないの？」

書物の山の向こうで本が閉じられる音がした。別に溜息《ためいき》などは聞こえてこない。蘇芳がいくら馬鹿っぷりを示しても、秀麗が嘆息したことは一度もない。

「タンタン、すごく有名な兵法の格言を教えてあげる。簡単だから、忘れないわよ。

『凡《およ》そ用兵の法は、国を全《まっと》うするを上と為《な》し、国を破るはこれに次ぐ。

軍を全うするを上と為し、軍を破るはこれに次ぐ。

旅を全うするを上と為し、旅を破るはこれに次ぐ。

卒を全うするを上と為し、卒を破るはこれに次ぐ。

伍を全うするを上と為し、伍を破るはこれに次ぐ。

是《こ》の故《ゆえ》に百戦百勝は善の善なる者に非《あら》ざるなり。

戦わずして人の兵を屈するは善の善なる者なり。』

どこかで聞いたことあるんじゃない？　はい、訳すと？」

確かに、蘇芳にも聞いた覚えがあった。考え考え訳してみる。これくらいなら――。

「……戦ってのは、敵国を無傷のまま降伏させるのが上策で、戦って勝つのは下策。敵軍団を無傷で降伏させるのが最善で、戦って勝つなんてのは話にならない。旅団、大隊、小隊も同じ。だから百戦百勝が最善じゃなくて、戦わずに敵を屈服させるのが最高に優れたこと……って？」

蘇芳の顔つきを察したように、秀麗は本の向こうから笑って言った。

「そう。いっとくけど別に理想論じゃないわよ。昔から有名な将軍や軍師が歴史上で実践してるもの。知恵で道を切り開くのが統治の常道。簡単に戦を起こしたり、民の負担を押してまず軍備増強なんてのは、最低の指導者ってわけ。でも国防を軍に丸投げすると、非戦は難しくなりがちでね。職業柄、敵には武力で勝つのが当然と思う人もいるから。……文官でもね」

蘇芳は、奇病騒ぎの時に、秀麗が派兵を拒否したという話を思いだした。十八歳でだ。

それは凄《すご》いことなのだろうが、何もかもが早すぎる気もした。普通の少女なら当然気になるはずの恋愛や娯楽の寄り道に目もくれない。蜜《みつ》菓子のような甘い少女の時間を切り捨て、ひたすらすべてを政事《まつりごと》に注いでいる。どう考えても尋常じゃない。もっと不可解なのは、彼女の周りの大人たちがこんな秀麗を当然のように受け入れてることだ。なぜおかしいと思わないのか。人生を駆けて駆けて駆けて——まるで尽きる前にひときわ輝く蠟燭《ろうそく》のようなのに。

心の底で彼女は本当は何を考えているのだろう——このごろ蘇芳はそんなことを思う。

「だから、文官だからこそ兵法に通じる必要があるわけ。それを使うためじゃなく、どうしたら使わないですむか考えるため。文官だから軍事に責任がないなんていうのは大間違いなの」

「……じゃーさ、あんたの考える理想の指導者ってどういうひと？」

問い返されて、秀麗は少し驚いた。このごろ蘇芳はよく秀麗に質問してくる。

「そうねぇ……蒼玄王《そうげんおう》の後を継いだ、蒼周王《しゅうおう》って知ってる？」

「？　聞いたことはある、ようなー」

「蒼玄王の後を継いで国を平定した後、食糧と財貨を貧しい人々に開放して、すべての武器を溶かして農具や釜《かま》に鋳直し、兵車は農業用に民に下げ渡し、すべての軍馬と牛を野に解き放って、兵士を兵役から解放して家に帰し、二度と戦をしないことを行動で天下に示した人よ」

「……まさかそれ、今この時代にやれって？」

「理想だとは思うわ。つまり蒼周王は戦なしで国を治めてみせるっていう覚悟で玉座についたってこと。その姿勢の話。実際に彼の治世では一度も戦が起こってないわ。だから軍神・蒼玄王より影が薄いの。でも私は好き。戦を起こすのは簡単だわ。勝敗は五分。終息は難しい。百年の平和はさらに至難の業よ。だからこそ、それができる人が最高の為政者だと思ってる。蒼周王のように、まず武より知恵で国を守りきる覚悟と誇りをもって国政に臨むべきだと思うってこと。でないと絶対平和は続かないもの」

秀麗は難しいことを難しく言わない。だから蘇芳は秀麗の話を聞くのが結構好きだ。

蘇芳が秀麗の言葉を考えていたとき、弾けるような笑い声が扉口で上がった。

「へえ。これはこれは面白いご高説を聞かせてもらったな。別名タワゴトってやつ」

途端、秀麗のこめかみに青筋が浮いた。蘇芳は内心うめいた。

すっかり取り繕うことをやめた清雅は、いかにも尊大な足取りで室に入ってくる。

蘇芳は戦闘開始を察してそろそろと身を退《ひ》いた。二人とも蘇芳より年下だが、冗談でも仲裁なんかしたくない。所詮《しょせん》庶民は、災害時には机案《つくえ》の下に避難するのが精一杯なのだ。

秀麗が冷ややかな目で清雅を睨《ね》めすえた。蘇芳や静蘭には絶対見せない怖い顔である。

「あんたなんかてんでお呼びでないわよ清雅。お室をお間違えになったんじゃございませんこと？　盗み聞きなんて最低だわね。とっとと出てって私の目の前から永遠に消えてちょうだい」

「年上には敬意を払って清雅様と呼べよ。オレを呼び捨てにできるのは少ないんだぜ、新入り」

「ふん、あんたが自分で『清雅で結構ですよ』って言ったんじゃないの。前言撤回するなんて、音に聞こえた陸清雅も度量が小さいわね。別に私は名前ごときでガタガタ抜かしたりしないわよ。清雅サマって全然大したことないのよオーホホホって触れ回るネタができてむしろ嬉《うれ》しいわ」

青い火花が室内に炸裂するのが蘇芳の目には確かに見えた。初夏だというのに室温が急激に低下していく。花瓶の葉っぱに霜が降っていても蘇芳は驚かない。

（ちょ、超こえー……。セーガもだけど、お嬢も負けてねぇとこが余計怖いんですけど）

秀麗を「甘ちゃん」と評したことを撤回しようかと本気で思っている今日この頃だ。

確かに耐性つけたら真っ向から清雅に対抗できるかもしれないとは言ったが、こんなに早く適応してガチンコ喧嘩《けんか》を繰り広げるようになるとは思わなかった。

（つか、なんでセーガもいっちいちちょっかいかけにくるかなー……）

今のところ、秀麗から清雅に喧嘩を売りに行ったことは一度もない。売られたらことごとく買って叩《たた》き返すとはいえ、火種を景気よくばらまきにくるのはいつも清雅のほうだ。

（しかも、もんのすげー凶悪嬉しそうな顔してイジメにくんだよな……人としてどうよ）

長いものにはまかれろ人生な蘇芳はそんなことを口に出していったりはしないけども。

清雅は応《こた》えた様子もなく、優雅な仕草で手近な椅子に勝手に座る。頰杖《ほおづえ》をつき、薄い唇の端を少しつりあげるように笑う。蘇芳曰《いわ》く「凶悪嬉しそうな顔」だが、自信家で偉そうで人を見下すその笑みがこれほど似合う男を秀麗は知らない。しかも彼のいちばん魅力的な顔がそれなのだから、陸清雅という人間がわかろうというものだ。

「へえ、イイ子ちゃんもよく口が回るようになってきたじゃないか」

「おかげさまで。椅子を勧めた覚えはまったくないわよ。暇そうで羨《うらや》ましいわね」

「無能なヤツの常套句《じょうとうく》だな。どっかで手を抜いたツケが回ってダラダラ仕事してるだけだろ。そんなのに限って『仕事で忙しい』なんて顔してんだよな。自分の仕事管理も時間調整もロクにできてないだけだろ。暇なんて自分次第でいくらでもつくれるもんだ。いっとくがオレは他の誰より仕事してるぜ？　勿論お前よりな。オレより仕事してからそういう言葉を吐けよ」

秀麗はその言いぐさにむかっ腹が立ったが、清雅を睨《にら》みつけるだけに留《とど》めた。その言い分が全部正しいとは決して思わないが、清雅が誰より仕事をしているのは事実だ。そこを越えないと、この件に関しては何一つ反論できない。――明日《あした》は汁麺《しるめん》に決まりだ。

清雅は秀麗の顔を見てにやっと笑った。甘いが馬鹿じゃないヤツを相手にするのは面白い。それに、清雅は秀麗の本気で怒った目を見るのが結構好きだった。くだらない馴《な》れ合いでへらへら笑っていた時より、よっぽどマシな顔をしている。

清雅は机案に載っていた重箱に気づくと、まるで自分のもののように開け、指で春巻や餃子《ぎょうざ》やらをつまんで「俺のモノ」のように勝手に食べ始めた。蘇芳は見ざる聞かざる言わざるを決め込んで、ただひたすら室《へや》の隅で読書に励むフリをすることにした。

案の定、気づいた秀麗は憤然とした。

「ちょっと清雅！　何勝手に食べてんのよっ。あんたのためにつくったんじゃないわよ‼」

「何言ってる。オレのためにつくったんだろ？」

秀麗はすぐにその意味を察した。三つ呼吸を数え、椅子にどっかと座り直す。

「あ、そう。私のことは今朝のご飯の作り方まで逐一調べずみってわけ」

「当然だろ」

「ふっ、いくらでも調べたらいいわ。我が家に調べられて困ることなんか何もないわよ」

付け合わせの人参《にんじん》をつまもうとした清雅の手が止まった。うっすらと唇に笑みを刷《は》く。

「……へえ。そう思ってるのか」

意味深な言葉に、秀麗は訝《いぶか》しげに清雅へ顔を向けた。蘇芳も、ふと静蘭を思い浮かべた。

確かに、あのタケノコ家人はただものじゃない。秀麗が平凡な一般人と信じていることが不思議なくらいだ。

「……何それ。どういう意味よ」

「さてな。まあお前に関しては呆《あき》れるほどなんもなかったがな。裏庭が野菜畑になっててお前が夏大根引っこ抜いた拍子にひっくり返って頭打ったって報告を聞いたときは思わず笑ったぜ」

「う、うううるさいわね！」

清雅は親指についた脂《あぶら》を舌でなめとった。秀麗を食《え》べる前の舌なめずりめいていた。

「確かにお前はやりにくい。いくら高額の給料もらっても道寺やら診療所やら茶州府やらに平気で全額くれてやるし、そこのタヌキ一家の賠償の肩代わりをしたりして常に貧乏」

蘇芳はチラリと清雅を見たが、何も言わなかった。清雅の言う通りだったので。

「噂を拾えば近所の誰もが働き者で器量よしで頑張り屋の優しい娘さんとかって口をそろえていいやがる。何か気になることはと聞けば、これまた全員異口同音に『秀麗ちゃんの嫁《い》き遅れと紅師《せんせい》が詐欺に遭わないかだけが心配』」

「…………後半は私も心配だけど」

「あっぱれっていってやりたいね。これを天然でやられるとつけこむのが難しい。そもそも素でやるヤツがいるとは思わなかったぜ。どこまでもオレの神経を逆なでする女だ」

「それはどうも。今までの人生の中でいちばん嬉しい言葉だわね」

「まあ、じっくりいくさ。……当面の相手はお前じゃないからな」

後半の呟《つぶや》きは秀麗の耳には入らなかった。

「おしゃべりはここまでだ。──昼休みが終わったら皇毅様のところへ顔出ししろ」

清雅の声音が変わる。冷ややかで有無を言わせぬ口調は、否を許さぬ絶対命令だ。

椅子を立って室を出て行く間際、清雅は一度だけ秀麗を振り返った。

「そうそう、オレを調べ回ってもいいが、他のヤツ同様徒労に終わるぜ。おとなしく自分の仕事をこなしてるほうが有意義だ。監察関係に通じてるオレに、その手のヘマは期待するなよ？」

「よく泳ぐものは溺《おぼ》れる、ともいうわよ」

清雅は目を煌《きら》めかせ、傲岸《ごうがん》な笑みを唇に刻んだ。状況が状況でなかったら、まるで運命の女に恋を仕掛けられたかのような凄艶《せいえん》な微笑だった。

「──溺れさせてみろよ」

その時が楽しみだといわんばかりに、清雅は裾《すそ》をひるがえし、悠々と出て行った。

（おわー……なんだ今の男と女の修羅場～みたいなやりとりは）

おそるおそる秀麗を見やると、袖《そで》をたくしあげ、紐《ひも》でたすき掛けをしている。後ろを向いているので表情は見えない。

「……タンタン。いつものちょうだい」

まるで居酒屋の常連おやじのような注文だ。

蘇芳は黙って用意した。

くるくる巻いた布団を引っ張り出して壁に立てかける。仮眠用に丸めて真ん中を組紐で結んでいるのだが、秀麗がやってきてからもっぱら本来の用途とは違う使われ方をされるようになった。

「——今日もごめんなさい布団さん」

秀麗は布団にまず謝り、おもむろに「清雅の高飛車陰険オレ様バカ野郎」と書いた紙を組紐の隙間に挟む。ペキパキ指を鳴らす小技もこの頃覚えた。次の瞬間、くわっと刮目《かつもく》し——。

「なんだってやることなすことといっちいちオレ・最高なのあいつは!! なに、なんなのあんの天下無敵のいばりん坊っぷりは！ あの垂れ流しな自信と嫌みの源泉はどこ!? 誰かココって言ってくれたら今すぐ地の果てまでも飛んでって即刻埋め立ててくれるわ!!」

清雅布団をビンタし、肘鉄《ひじてつ》を叩き込み、蹴《け》りを入れ、あまつさえひっぱる。布団にしてみれば「やめてー」としくしく泣きたくなるような不当な八つ当たりっぷりである。

(……おお、今日もセーガ適応度絶賛上昇中だなー。まあカワイイもんだけど)

清雅に合わせてどんどん柄が悪くなっている。とはいえ、会った当初の、なんだか色々ためこんでたイイ子ちゃんっぽい姿よりよほど年相応に見える。本当はこっちが素なのだろう。

「まったく鱗粉《りんぷん》みたいに嫌みふりまいて、蛾かってのよ！　清蛾《せいが》って改名すりゃいいんだわ。もっと人と環境に優しく生きられないのかしら。馬糞《ばふん》だって肥料になんのよ。馬糞以下よあの男は！　返す返すも一生の不覚だわ。あんな男にうかうか騙《だま》されて『イイヒト』なーんて思ってたなんて!!　私のバカ！　こんなことなら飯店で遠慮せずにたらふく食べとくんだったわ!!」

「……してたのかよ遠慮……」

　思わず蘇芳が小声でつっこんだ。どう思い返しても成人男性蘇芳と同じ量を平らげていた。当時イイ子ぶって「遠慮しないでいいんですよ秀麗さん」などという社交辞令をうっかり口にしたせいで、本当に追加を頼まれた挙句、帰り際には折り詰めを頼んで家族へのおみやげにもって帰られた清雅のほうが文句を言いたいんじゃないだろうか。

（……マジでどっこいどっこいのいい勝負だよこの二人……）

「なにタンタン！　ううん、わかってるわ、あとでちゃんとタンタンにもこのお布団貸してあげるから」

「……いや、全然わかってないから」

「タンタンも怒っていいのよ。ふてぇ男よね、ほんと。まったくこしゃくなやつだわ」

御史の仕事で「ある場所」へ行くようになってから、妙な語彙《ごい》が増えたと蘇芳は思う。

「なんで？　別に俺はなんも言われてないけど」

「だからよ」

蘇芳はちょっと考え、ああ、と理解した。清雅が蘇芳に一瞥《いちべつ》もくれず、徹頭徹尾幽霊みたいに無視しっぱなしだったことを怒っているらしい。蘇芳は焼売《しゅうまい》をつまんで口に入れた。清雅がそそられるのもわかるくらい美味《うま》い。

「別にたいしたことじゃないじゃん。セーガにとっちゃ、俺みたいなのなんて話す価値もないだけだろ。実際そーだし。だいたいあいつとどういう話しろっての俺に」

「人としてのまっとうな生き方ってものを説教してやってちょうだい。年上だし。義理とか人情とか」

「俺に死ねっていうのかね。絶対無理。むしろ俺が人として二度と朝日拝めなくなるから」

蘇芳はキッパリ断った。義理の義の字を言う前に裏山に埋められるに違いない。

秀麗は不服げだったが、さすがに今回は「やってもみないで」とは言わなかった。ヤケのヤンパチで無理難題をふっかけた自覚はあるようだ。清々したのか、秀麗はボコボコにした布団から「清雅の高飛車陰険オレ様バカ野郎」の料紙を引っこ抜き、丸めて屑籠《くずかご》に放りこんだ。そして布団を抱き寄せ、ひどい仕打ちを反省するようにポンポンとなでて労《ねぎら》った。

「今日も悪かったわ、布団さん。あとでポカポカのお日様に干してあげるわね。――明日もよろしく」

　ひでぇ、と蘇芳は思った。

　秀麗は手早く机案《つくえ》周りを片付けた。

「タンタン、少し早いけど、お昼にしましょう。葵長官が呼んでるっていうし、とっとと食べてとっとと行かないと、また陰険な蛾男にネチネチ嫌み言われるわ」

「へーい。ところでさー」

「ん？」

「年頃の女のコが大声で馬糞バフン言うのはどうかと思うよ。せめてメシ時はやめようよ」

「……………………ごめんなさい」

　対清雅には徹底抗戦の秀麗も、蘇芳のまっとうなたしなめには素直に謝った。

　秀麗と蘇芳は、たいていこの間まで根城にしていた冗官室《じょうかん》で昼食をとる。元冗官仲間が誰かしらいて、ノンキで居心地がよく、彼らのお悩み相談をしがてら情報収集もできるからだ。

「そういやさー。誰か王の後宮にくるってハナシ」

「このごろ〝花〟二人が王の傍にいないって噂、ほんと？」

「鴻臚《うち》寺なんか葬儀関係ばっかでオレ生きてるか死んでるかもわかんなくなるよ」

などなどにぎやかなのだが、今日は午《ひる》には早かったためか、冗官室には誰もいなかった。

蘇芳が二人分のお茶を淹《い》れ、自分の弁当を取り出す。竹の皮に、不恰好《ぶかっこう》な大きいおにぎりが三つ並んでいる。秀麗はそれが蘇芳のお父さんが握ってくれたものだと知っている。秀麗が賠償金を立て替えたので、榛淵西《えんさい》は家に帰ることを許されたのだ。それから淵西は毎朝蘇芳のお弁当をつくり、そのあとで街へ働きに出かけているのだという。秀麗が立て替えた賠償金を返すために。

「今日もおいしそうなお弁当だね〜」

秀麗が振り返れば、冗官の時に桃をくれた凌晏樹《りょうあんじゅ》がにこにこと立っていた。

「……あ、晏樹様……またいらしたんですか……」

「だってこの男だらけの朝廷で女のコと二人っきりになれるなんてここしかないからね」

「タンタンがいますけど」

「そうなんだ。そこだけが不満だね」

チラッと晏樹から向けられた視線にも、蘇芳は頑張って踏み止《とど》まった。

タケノコ家人お嬢様条項・『野郎と二人っきりにするな』。

「……すみませんねーお邪魔虫で。でも御史裏行なんで、一緒にいるのが仕事なんでー」

「まあいいよ。でもね、お姫様と二人っきりだと思いこませてもらうからね。君は無視」

「わー。そんなに面と向かって堂々と無視宣言されるといっそ清々《すがすが》しいデスね」

ぼやきながらも傍にいてくれるらしい蘇芳に、秀麗もホッとした。

ふと、晏樹なら秘密主義の清雅のことを少しは知っているだろうかと、訊《き》いてみた。

「晏樹様は……清雅のこと、ご存じなんですか？」

「まあ君よりはね。皇毅の秘蔵っ子だし。ふふふ。清雅の情報がほしい？」

「う……、いただけるものならぜひ」

「じゃ、何をくれる？」

晏樹は両腕を組み、いたずらっぽく瞳《ひとみ》を輝かせた。

「君は僕に、ひきかえに何をくれるのかな？」

秀麗は口ごもった。門下省の次官に何をあげられるというのか。

「……何も差し上げられるものはありません」

「そんなことないよ？　そうだね、特別に君がお昼を食べ終わるまでいてあげるから、頑張って私から何か引き出してごらん」

それは晏樹の口癖だった。

秀麗はなんとか晏樹から清雅や皇毅の情報を引き出そうとしたが、このおしゃべりで愛想が良くて社交的な大官は、秀麗が本当に知りたいことは絶対に話さなかった。しかも。

「……実はね、ここだけの話、清雅は皇毅の隠し子なんだ。骨盤が似てるだろう？」

「本当ですか⁉」

「嘘だよー。骨盤が似てるなんて一般人にわかるわけないじゃないか」

コロコロ引っかかる秀麗に、晏樹は笑い転げた。そう、晏樹はものすごい嘘つきだった。

しかも悪びれるどころか明るくそれを暴露する。

「私はよく嘘をつくから、お気をつけって言ってるじゃないか」

毎度のごとくいいように遊ばれ、秀麗は怒りに震えた。

もうお昼の時間は終わりだ。今日も収穫なしか――。

「清雅の猿山の大将っぷりと考えは本当に変わりませんか」

「何しろ清雅だからねー。今だって私よりよっぽど偉そうで自信満々だろ」

「じゃあ、晏樹様からご覧になって、清雅と葵長官は同じですか」

晏樹は――初めて軽薄そうな笑顔をやめた。秀麗を見返した。

「それは君が判断することだね」

「どうしてそこでつむじを曲げるんですか」

「だってねぇ、君ときたら皇毅と清雅ばっかりで私のことはひと言もきいてくれないし」

「だって晏樹様は有名でしたもん」

「え。有名？　私の何が？　ていうかどこで？　何の話？」

秀麗はハッとした。仕掛けてみる。

「聞きたいですか？　かわりに何くれます？」

晏樹は得たりとばかりに笑った。

「わかった。いいよ、一個だけ、本当に本当のことを答えてあげる」

「――門下省の次官としてでもですか？」

念を押すと、晏樹はなぜかますます嬉《うれ》しそうにした。

「いいよ。約束しよう。答えてあげる。お姫様の仰《おお》せのままに。でも、一個だけね」

秀麗は何を訊こうか、考えた。このひと月で、少しずつ聞こえてきた噂を思いだす。

『このごろ〝花〟二人が王の傍にいないって噂、ほんと？』

絳攸と楸瑛の様子が以前とどこか違うことに、秀麗も気づいていた。

秀麗が貴陽に帰ってきてから、春の花見を最後に一度も邵可邸にきていない。

秀麗が謹慎していたことや、何かと街へ出て邸《やしき》に不在がちだったせいもあるかもしれないけれど――。

劉輝の傍に、いま誰がいるのだろうと、ずっと考えていた。

「……いま、今上陛下を……おそばで支える方は、多いですか、少ないですか」

「少ないね」

晏樹はハッキリと答えた。重箱から櫛形《くしがた》に切った桃を指でつまんで食べる。

「今の王様は不遇の子供時代のせいで馴染《なじ》みの貴族がいない。霄太師ももう名誉職だ。国試組も立身出世が目的の中流層が多くなって、貴族みたいに伝統や忠誠に価値を置かない。自分の出世が第一で、王に忠誠を誓うって意識がないんだね。先王陛下は貴族に冷たかったから、今度の若い王様ならって期待感はあったけど、蓋《ふた》を開ければ門下省《うち》の言葉は全然きかない。王の出した提案を審議して適当《テキトー》に文句いうのが門下省《うち》の役目だけど、それさえさせてもらえない。大事な案件はいつも側近二人と勝手に決めて最後は押し切る」

蘇芳は、なぜ秀麗が青ざめているのかわからなかった。蘇芳は貴族とはいえ、祖父が商人なので、王への忠誠など考えたこともない。どの王でも同じだろうというのが本音だ。

「先王陛下のやり方も確かに強引だった。それはもう今上陛下なんか及びもつかない。でもね、先王陛下はそれを認めさせるだけの揺るぎない実績があった。対して今上陛下は最初後宮にこもりきりの昏君《こんくん》かと思えば、いきなり勝手なことを言って命令をしはじめる。……と、傍目《はため》に思われてもしょうがないかな。いい王様になろうと頑張ってるのはわかるし、打つ手も悪くない。見る者が見ればね。でも説明が足りないから、多くの官吏は王の本心がわからなくて不満が募る。説明が足りなくてもこの王についていけば大丈夫、と思えるだけの信頼もまだないし」

秀麗は晏樹の言葉をかみしめるように聞いた。それは劉輝と同じ場所に属していたら、見えなかったもう一つの現実だった。

「でも何がマズイって、その側近二人の藍楸瑛と李絳攸《り》がこのところずっと王の傍を離れてるってことだね。あれはまずすぎる。王となんか確執があったんじゃないかって思われてもしょうがない」

秀麗はぎくりとした。

「鄭悠舜が全面的に王を守ってるから救われてるけど、若手の出世頭だった〝花〟二人がこれほど長く傍にいないってのは、それだけで印象が悪すぎる。まあ吏部はただでさえ忙しい部署だから李絳攸は仕方ないけど。でも悠舜の尚書令の辞令とちょうど入れ違いだから、二人とも悠舜の任官が気に入らなくて離れたんじゃないかって話まででてる。寵愛《ちょうあい》とられたーみたいな？」

「そんなことは！」

「実際どうなのかは関係なくて。大事なのは、二人が傍目にそう見える行動を軽々しくとってるってこと。ほとんどの官吏は事実なんて知るよしもないからね。蘇芳君に聞いてみたら？」

秀麗の強い視線に、蘇芳はびびった。が、正直に答えた。

「……まあ、そーゆー噂は、聞いてる。下っ端って特に上のゴタゴタ大好きだからさー。嘘でも本当でも構わないとこ、あるし。面白おかしく勝手に話広げて本当っぽくなってるってか」

「〝花〟は無二の忠臣の証《あかし》だからね。李絳攸も藍楸瑛も若いから自分のことでいっぱいいっぱいなのかもしれないけれど、自分より王のことを先に考えることができないって時点で、〝花〟の資格の有無を問われても仕方ない。彼らの一挙一動は王の評価に繋《つな》がるっていうのに認識が甘すぎるかな。それに悠舜が尚書令になってから、朝廷の空気が刷新されてやっと全機能が息を吹き返したのを官吏たちも感じてる。李絳攸と藍楸瑛が侍《はべ》ってた以前との落差が大きすぎて目につくんだろうね」

秀麗は、塩の件で会いに行った楸瑛を思いだした。

沈みがちで、いつもと様子が違っていた。

それでも、楸瑛は桃を秀麗に渡し、秀麗が届けたその桃を劉輝は何も言わずに受けとった。

『楸瑛は優しいからな』

あの言葉の響きが秀麗の胸を打った。

「……わかりました。本当に真面目にお答えくださって、ありがとうございました」

「そんなに私は不真面目に見えるんだね……。で、私の何が有名なのかな～？」

「胡蝶妓《こちようねえ》さんがいくらさぐりをいれても名前も言わない謎な人ってことで姮娥楼《こうがろう》では有名でしたから。私もまさか朝廷で大官をなさってるかただとはとんと思いもしませんでした」

晏樹は呆気《あつけ》にとられた。

「……なんで知ってるの？」

「たまにふらっと姮娥楼へいらしてたのを思いだして。そんな頻繁じゃありませんでしたけど、あの若さで胡蝶妓さんを指名できる人ってものすごく少ないんで、覚えてたんです。私が十歳くらいのとき『大きくなったら私の相手をしてくれる？』って頭なでてもらって桃を頂きましたよ」

晏樹はみるみる目を丸くした。

「……え。もしかして、姮娥楼の店先で算盤弾《そろばんはじ》いてた小さい女のコ？」

「そうです。昼帰りする晏樹様を見送らせていただきました」

蘇芳は計算した。秀麗十歳ということは当時晏樹は三十前後。

（……『大きくなったら』って言わなかったら確実にヤバイひとじゃん……）

しかしやはり蘇芳はエライ人には逆らわず、心の中だけで呟《つぶや》いた。

「なんてことだ。運命を感じない？」

「桃をいただく運命しか感じません」

晏樹は今までとは違う謎めいた微笑を浮かべた。

「さて、お昼も終わりだ。そろそろ行かないと。……また君に会いにきてもいい？」

「ええ、どうぞ」

「私はまた嘘をつくかもしれないよ」

「それに関してはもうあきらめてます。宣言してくださるぶんだけ公平ですし」

晏樹はにっこりした。

「今日は君の勝ちだね。花街の噂話と門下省次官の『本当』じゃ、どう見ても私のお代のほうが高くついた。嘘つきの私から『本当』を引き出すのは難しいのに、よくやったね」

晏樹は桃を一切れ、ひょいと不意打ちで秀麗に食べさせた。

「頑張る女のコは大好きだよ。賢い女のコはもっとね。皇毅や清雅にいじめられても毎日健気に仕事をしている君を見るのが好きなんだ。あんまりにもいじらしくてつい助けたくなる」

「すごい嘘くさいです、晏樹様」

「なんでばれたんだろう。本当は偶然御史室の前を通りがかったとき、聞こえてきた清雅との怒濤《どとう》の口喧嘩《くちげんか》に笑いが止まらなくて。いやー、あれだけ清雅に言える女のコがいるなんてね。頑張って欲しいな～」

「御史台に偶然通りがからないでください」

「怒らないで。もう一切れ桃食べさせてあげるから。お膝《ひざ》抱っこもしてあげる」

「もっと怒ります。大体これは私の桃です」

「残念だなー。でも清雅が君をいじめたくなる気もわかるね。――今日みたいに賢く頭を使って、私からたくさん情報を引き出して、嘘の中の『本当』を見つけてごらん。それができれば清雅にも負けないよ。我ながら利用価値はあると思うから、頑張って。色仕掛けも大歓迎」

晏樹はまとめずに適当に結っただけの髪をかきあげ、立ち上がった。

「王様を守りたければ、君が強くおなり。気が向いたら助けてあげる。清雅は容赦ないよ？」

お昼の後、清雅に言われた通り葵長官の執務室に赴くと、そこには皇毅だけでなく清雅もいた。

秀麗は内心ちょっと驚いた。……いったい何の話だろう。

しかし御史台長官である皇毅が決裁をしながら開口一番秀麗に言ったのは、仕事の件ではなかった。

「――お前はよくよくろくでなしに引っかかりやすい娘だな」

手許《てもと》の文書から視線もあげず、眉《まゆ》一つ動かしもしない。言われた秀麗は意味がわからなかった。

「……は？」

「晏樹を情報源にしようとしているなら、やめておけ。お前の手に負える男ではない」

清雅は驚き、隣に立つ秀麗を横目に見た。

秀麗はものすごく唐突な二つの会話をなんとか繋げようと努力した。

「……ろ、ろくでなしって……晏樹様のこと、でしょうか」

初めて皇毅は秀麗に目を向けた。無表情の中にも微《かす》かに呆《あき》れが見てとれるのは御史台での秀麗の鍛錬のたまものだ。

「お前はあいつがろくでなしに見えないのか？」

「……ええと……」

「ハッキリ答えろ。見えないなら問題外だ。人を見る目皆無と判断し即刻クビにする」

「いえあのまったく見えないわけでは！　そんな感じは確かにちょっと――」

秀麗は思わず正直な感想を述べてしまった。ハッと口を押さえる。

「……って……葵長官のご友人じゃないですか……」

「だからなんだ？　友人だとすべての欠点が美点に見えるわけか？　軽佻浮薄《けいちょうふはく》で大嘘つき、人を煙《けむ》に巻く、口八丁手八丁、へらへらしながら肝心なことはしゃべらない、いつもどこかをふらふらほっつき歩いて仕事をしてる姿をついぞ見ない。どこをどう切っても適当の二文字しか出てこない。性格はあいつの髪と同じでどこもかしこもふわふわくるくる軽くて捉《とら》えどころがない上に曲がりまくっている。私の人生の中であの男ほどのろくでなしはいないがな」

なんで友人をやってるんですか、と訊《き》きたくなるような酷評っぷりである。しかも皇毅が立て板に水のように評した言葉に、秀麗もあまり反論できなかった。まさにそんな感じだ。

「——そのくせ、あいつは私より上手《うわて》だ。そういう男だ。目の付けどころは悪くないが、今のお前じゃ到底太刀《たち》打ちできん。いいか、あいつを手づるにしようなどと、トドに己のトド人生を反省させるくらい無駄な話だ。いい加減、男を見る目を養ったらどうだ。次々背後霊のようにろくでもない男に取り憑《つ》かれる人生だな。そのくせ王慶張《おうけいちょう》のようにまっとうな男はふる。なんだ、人生賭《か》けての乾坤一擲《けんこんいってき》大ばくちでもやってるのかお前は」

秀麗は反論したかったが、どこをどう反論していいかわからなかった。

横で清雅が噴きだした。

「笑ってんじゃないわよ清雅！　あんただって立派に背後霊の一人よ!!　中でも最悪よ」

「はあ？　オレはお前の背後じゃなくて前で待ち構えてるんだぜ。失礼なこというなよ」

皇毅の指先が軽く机案《つくえ》を打つ。秀麗と清雅はたちまち口を噤《つぐ》んだ。

「最初で最後の忠告だ。ヤツを見たら即逃げろ。ふらふら寄っていくな。何かもらったら突っ返せ。二度は言わん。幸薄い人生がいいというなら勝手にしろ。あいつに桃でももらったが最後、取り返しがつかんぞ」

「……桃、ですか」

秀麗の微妙な尻《しり》すぼみの語尾に、皇毅は眉根《まゆね》を寄せた。

「……もらったのか？」

「……はい……」

皇毅は沈黙した。色素の薄い瞳《ひとみ》がいっそう感情を失う。

「……そうか。無駄な忠告をしたようだな。ならもういい。今の話は隅から隅まで忘れろ」

その瞬間、秀麗はなんだかものすごく見捨てられた感がした。そのくらい投げやりな言い草だった。

「そんな待ってください！　晏樹様に桃もらったら何かあるんですか⁉　不幸の桃とか⁉」

「別に。私のように人生が三倍愉快になるだけだ。よかったな」

「あからさまに嘘ですよねそれ⁉　長官が愉快に見えた例《ため》しがありません」

「何を言う。私は常に愉快痛快不愉快な人生を送っている。あのろくでなしのおかげでな」

最後何か別のものが混じっていた。

「桃をもらったなら博打《ばくち》をする価値もある。たまに当たりも入れてくるはずだからな。あとはお前次第だ。ただし忘れるな。晏樹に逆に喰われたら即クビだ。――仕事の話に移る」

断罪するような冷厳さは、声を荒らげられるよりよほど効く。薄い色の双眸《そうぼう》も、見つめられると自然と背筋が伸びてしまう威圧があった。

「――陸清雅、紅秀麗」

清雅と秀麗はそれぞれ立礼して返事をした。

「私から一つ仕事を命ずる」

清雅は不快そうにした。

「……皇毅様、それは、オレにこいつと組めってことですか」

「そうだ」

「理由をお聞かせ願えますか。オレ一人に任せられないとご判断された理由を」

「お前が男だからだ」

清雅は虚を衝《つ》かれた。

「監察事案は今度後宮入りをする藍家の十三姫《じゅうさんひめ》暗殺をたくらむ者の背後関係を暴くこと」

秀麗はドキッとした。そんな噂は確かに聞いてはいた。長官の言葉のどこでドキッとしたのかは自分でもわからない。

「王の妃候補《きさき》を暗殺したいと思う一般庶民はあまりいないだろうからな。十中八九官吏が関わってるはずだ。それで御史台にお鉢が回ってきたわけだ。目星をつけるとしたらまずは年頃の娘をもつ貴族や官吏だろう。王が妃の一人枠などと言い出さなかったら、藍家の姫を暗殺しようとする馬鹿も少なかったはずだが、入る余地がなくては阿呆《あほう》なこともしょう」

「……ということは、もしかしてこいつを十三姫の替え玉として後宮に？」

「そういうことだ」

秀麗はまた心臓がはねた。後宮――。

皇毅は冷たい目で秀麗を射た。

「いざというときはお前が代わりに死んでおけ。十三姫の代わりはいないが、お前が死んでも別に痛くもかゆくもない。いっておくが妃候補が暗殺されてヒラ御史のお前が生き残った場合、お前の責任だ。降格左遷どころか大理寺裁判で処刑される覚悟で臨め」

秀麗は顔を引きつらせた。いっていることは徹頭徹尾正しいとしても、もう少し言い様というものがないのか。

「わ、わかりました！　でも死にませんからね。死んでる暇なんてないんです！」

「私に宣言してどうする。勝手にしろ。――清雅、新人一人には到底任せられん。何せ晏樹の桃をうっかりもらうようなバカモノだからな。これがヘマを踏めば御史台の責任になる。紅秀麗はオマケと思ってお前も事に当たれ。ただし、組めとはいったが、別に一致団結して協力しろとはいってない。最終的に案件を片付けられればいい。どっちか一人の手柄にしても無論構わん」

清雅の目がきらりと光った。

「……紅秀麗が死んだ場合のオレの処分はどうなりますか？」

「こないだと同じ一ヶ月の謹慎処分くらいだな。お前に休まれると仕事に差し障りがでる」

「わかりました。善処します」

秀麗はあんぐりと口を開けた。あからさまな処遇の違いに言葉もない。

(わ、わかりました、って……清雅のマメ吉〜〜〜〜っ！)

暗に清雅に秀麗を利用して案件を処理しろっていってるようなものである。しかも『善処します』などと、清雅の中で九分九厘秀麗が死ぬのが前提になっている。

皇毅が秀麗に目を戻し、木で鼻を括《くく》ったように言う。

「なんだ、紅秀麗。文句でもあるのか？　死なないなら別に構わんだろうが」

「〜〜〜ありませんっっっ!!」

「ならいいな。まだ十三姫が貴陽入りするまでには数日ある。それまでは通常通り仕事をしろ。ただし、十三姫の件があるからといって他の仕事の免除は一切しない。二人ともに、通常業務は勿論《もちろん》、手がけている案件も同時並行してやれ。それでなくとも御史の数が少ないからな。仕事の優先順位は自分で決めろ。藍家の件は逐一私に報告しろ。いいか、検挙しろとまではいってない。目星がついた時点で私まで報告を回せ。検挙するかしないかは私が判断する」

秀麗は問い返した。

「それは、罪が明らかになっても検挙しないこともある、ということですか」

皇毅は一顧だにせず一蹴《いっしゅう》した。

「――御史大夫はお前か？　私か？　余計な差し出口を叩《たた》く前に、まずまともな仕事をするんだな。私に意見したければ、それなりの身分になってからしろ」

皇毅はついと手を振った。

「――以上。紅秀麗は帰って清雅は残れ」

秀麗の憤懣《ふんまん》やるかたない足音が遠ざかるのを待って、清雅は皇毅に向き直った。

「……皇毅様、どうしてわざわざあいつと組めなんて言ったんですか？　オレが先に進めてた案件《ヤマ》ですよ」

「不満か」

「非常に不満ですね。久々の大きな案件なんですよ」

「だからだ。大きすぎる。ことは慎重を要する」

珍しく皇毅は微かな苛立《いらだ》ちを見せた。

「遅かれ早かれ紅秀麗はこの案件に関わらざるをえなくなる。無理にこの件から引き離しても時間稼ぎにしかならんだろう。そういう案件だ。巻き込まれて紅秀麗が死ぬ程度ならいいが、そうはいくまい。背後に紅家がついている上、悪運もやたら強い。が、あの娘の正義感に任せて好き勝手動かれると困るのでな。正式な仕事にしてお前という制御装置をつけることにした」

「不愉快ですね」

「あの娘が嫌いか」

「死ぬほど。オレがあの女と同じ立ち位置だったら、もっと上手くやれてますよ。オレにないものを山ほどもってるのに、使おうともしない。見ているだけでむかっ腹が立ってきますね」

互いに知る由もなかったが、それは秀麗が清雅に対して感じたのと同種の嫉妬《しっと》だった。清雅があの女を認める日は一生こないだろう。根本的に、今まで信じて積み重ねてきたものが互いにまるで逆なのだ。あの女を認めることは、今までの自分をすべて否定することになる。それは紅秀麗も同じはずだ。だから相手の考えを理解はしても、死んでも負けは認めない。

自らに対する矜持《きょうじ》と信念の高さは、清雅も秀麗も同等なのだ。

(それにあの女の本気の目はキライじゃないしな)

誰彼構わず優しくしてやる女だ。おそらくは清雅しか見ることのない顔だろう。その事実は結構清雅も気に入っていた。——キライで結構。好かれる方が虫酸が走る。

皇毅は意外そうにした。

「……お前がそこまでこだわるのは本当に珍しいな。その意欲を李絳攸に向けてくれていれば、旺季殿も多少なりと安心しただろうに」

「冗談じゃありませんね。どうしてこのオレが、あんなどこの馬の骨ともしれぬ男をわざわざ相手にしなくちゃならないんです」

清雅は侮蔑《ぶべつ》の色を浮かべて吐き捨てた。

「紅秀麗と違って、しょせん紅黎深に拾われなければ国試を受けようとも思わなかった男ですよ。紅黎深の金魚のフンとしてくっついてきただけだ。王の側近になってからは王の駄々を叶《かな》えてやるだけ。国政を動かすなんて考えもしてない。そもそも養い親以上に出世する気もない。紅黎深の輔佐《ほさ》になってから出世が打ち止めなのは、李絳攸自身の意思です。紅黎深は別に何も手を回していませんからね。それが李絳攸の決めた終着点だったってことです。いくら優秀でも、安閑と今の地位に満足してる男なんざ蹴《け》落とす価値もない。オレの中ではまだ紅秀麗のほうがマシですよ。綺麗《きれい》事ばかり抜かしてるが、出世したいってのは本物みたいですからね。将来オレの妨げになるとしたら紅秀麗のほうです」

清雅にとっては李絳攸など端《はな》から眼中外だった。

「しようのないヤツだ。が、例の別件はしっかりこなしてもらう」

「……わかってますよ。片手間でできますよ、あんなの」

清雅を下がらせたあと、皇毅は一人になると、地方を巡る監察御史が送って寄こした報告書に目を通した。

──中央ではまだ知られていないが、地方で高官が何人か不審な死を遂げている。

十三姫を襲う兇手《きょうしゅ》。兵部侍郎からの情報提供によれば──。

（……暗殺集団〝風《かぜ》の狼《おおかみ》〟との類似、か）


秀麗は怒り心頭のまま御史室に戻った。

「そうよ。おとなしく死んでる暇なんてどこにもないのよ！　頑張るわよっ」──

その頑張る内容が「劉輝の新しい妃を守るための替え玉」ということに、秀麗はちょっと苦笑いした。劉輝が聞いたらなんて思うだろう。

……複雑でないといったら嘘になる。でも──。

（精一杯力を尽くそう）

ふと、廊下の前方から何かがコロコロと転がってくる。ふさふさの、艶《つや》やかで美しい毛並みをしていて、一つは墨色、もう一つは白に近い青銀色をしている。毛足が長いので、つぶらな目やとんがった小さな耳が埋もれてよく見えない。大きさはタンポポの丸い綿毛ほどしかなく、子供の掌《てのひら》にも乗ってしまいそうだ。

「あら、クロ、シロ。またきたの」

秀麗が手を差し伸べると、嬉《うれ》しそうに転がり寄ってくる。

少し前、宋太傅と霄太師と一緒にくっついてきて、「クロとシロだ。時々邪魔したら構ってやってくれ」と紹介（？）された。とはいえ、さすがの秀麗もこの不思議生物はいったいなんなのだろうと不審に思った。しかし宋太傅が「何かの小動物だ」と堂々と答えたので、秀麗はそれ以上訊《き》けなかった。──霄太師が目を逸《そ》らしつづけていたことが気がかりだったとはいえ。なんとなく茶州の州牧邸で転がっていた二つの黒い鞠《まり》っぽいのを思いださせる……。

それから秀麗の周りに出没しては転がるようになったクロとシロだったが、なんと非常に賢く、礼儀正しい小動物だった。二匹がいると秀麗も不思議にホッとして、元気をわけてもらえるように思う。

毛玉二匹をなでてやる。クロとシロも秀麗の掌に頭をすり寄せると、ちょっと下がって丁寧に頭を下げ、またいずこかへコロコロと旅立っていった。餌代もかからないところがいい。

秀麗は自室の扉の前の箱にたまっていた書翰《しょかん》をとりだした。

監察という職業上、届けられる直訴や投書《タレコミ》はほとんどが匿名である。その中から清雅をはじめ、高位の御史に「大きな案件《ヤマ》」が振り分けられ、残りが新人の秀麗に回ってくる。とはいえ、大概があからさまな偽情報《ガセネタ》だったりするので、いまのところ秀麗の主な業務は早急に法律を完全に頭に叩き込むことと、過去の判例研究、上がってくる再審請求や訴状の仕分け、そして他の御史がやりたがらない雑用、上級御史から頼まれる資料や判例集めなどだ。さすがにまだ自分で仕事をつかんでくるという高度な技は無理だ。

焦って行動しても清雅に足をすくわれるだけだと重々身に染みたので、今の秀麗は焦らない。上の段階を目指すのは、仕事を覚え、やるべきことをやってからだ。

秀麗は扉を開け、歩きながら、書翰に目を通していく。律令集を読んでいた蘇芳が顔を上げた。

「おかえりー」

「ただいま。ねえタンタン、またきてるわ」

「『牢屋《ろうや》で死んだはずの男がこないだ通りを歩いてるのを見ました!』ってやつ?」

「そう」

「あのね……んなのイタズラで投書してるに決まってるじゃん」

「でもここひと月に集中してるのよ。定期的に届くならガセネタかもしれないけど」

蘇芳は嫌な予感がした。

「……調べるつもり?」

「徒労に終わるなら別にそれでいいじゃない。牢城関係は私たちの仕事だし」

*　*　*

「リオウ!」

「なんだよ。いま仕事してるんだが」

「いや……なんだかいっぺんにゴタゴタきて……ちょっとそなたの頭を借りるぞ」

新仙洞省《せんとうしよう》長官として仙洞省関連の文書を決裁していたリオウはあきらめ半分に筆を擱《お》いた。

（……なんか李絳攸がいないぶん、お鉢がオレに回ってきてないか？）

「くっ。もう少し早く十三姫のことがわかっていたら――」

「まったく示唆されてなかったはずはないだろ」

劉輝は胸を突かれた。……確かに、去年の秋、楸瑛から「異母妹《いもうと》が送られてくるかもしれない」と言われていた。けれど楸瑛自身も他人事《ひとごと》のような軽い口調だったし、劉輝も現実になると思っていなかった。――いや、心のどこかで期待していた。

そうなる前に、楸瑛が止めてくれるのではないかと。

「リオウ……藍家の姫を、拒絶したらどうなる？」

「臣下の心は離れる。今まで沈黙を貫き通してきた藍家が、ようやく動いたんだ。滅多に譲歩なんかしない藍家の申し出をあんたが蹴《け》ったという形になるからな」

「……しかも余は一夫一婦制を主張してしまったのだが」

「たった一人の嫁に藍家の娘を迎えるなんざ、これ以上ないニクい演出だな。ずっとあただけ待って結婚しませんでしたってやつ。理想の結婚だ」

「後宮に入れたからといって、藍姓官吏が戻ってくる保証などどこにもない」

「その通りだな。藍家は姫を送ったってだけだ。拒絶すればあんたの評価が大暴落するだけで、受け入れても別に藍家が協力的になるとは限らない。官吏たちは勝手に妙な期待をしているが、あんたが縁談を断ればその期待が自動的に失望に変わるって寸法だ。どっちにしろ藍家に損はない。藍家らしいあざといやり方だな」

「～～～っ」

リオウは目を通し終わった書翰を処理済の箱に入れた。

頭を抱えている劉輝を見て、訊《き》いてみた。

「……オレにはわからないが、愛ってのはそんなに大事か？」

「それは大事だ。ものすごく大事だ。世界でいちばん大事だ」

「オレはその愛とやらのせいで、ずっと不幸の輪をぐるぐる回ってる家族を知ってる。他人も自分も不幸にして、愛してる人間以外誰も見ない。自分の子供だってどうでもいい。子供が自分を愛してることさえどうでもよくて、平気で道具にして利用して切り捨てる。それも全部愛してるからだ。愛してるなら何しても許されるのか？　……オレには世界でいちばん大事なのは愛とは思えない。そのせいで治めるべき民を不幸にして、紅秀麗が喜ぶとも思えない」

虎林郡《こりん》に、本当に一人の武官もつれずにたった一人で乗り込んできた秀麗のことを、リオウは思った。

「……それに紅秀麗は人生全部あんたに捧《ささ》げてるだろ。すべての無茶は全部あんたのためだ。あんたのその他大勢の妾妃《しょうひ》の一人になるより、替えのきかないたった一人の戦友でいたいって思ってるだけだろ。あんたの仕事はかわりがいない。たとえ彩七家があんたに見切りをつけ、周りに誰一人いなくなっても、一生転職なんかできない。敵だって多い。閨《ねや》で二胡《にこ》を弾いて慰めるより、誰を敵に回しても、最後の一人になってもあんたの味方でいることを選んだんだろ。それだけじゃ満足できないのか？　あの女に何かしてもらうことに慣れすぎてるんじゃないのか。誰だって限界がある。求めすぎればあの女だって潰《つぶ》れるぜ」

劉輝は声を失った。……何も、本当に何も答えられなかった。

「……ま、貴族一派と縹家《うち》にとっちゃ、藍家を取りこまれると厄介だ。結婚話を蹴ってくれるほうが願ったりだけどな。仙洞省関連の文書は全部見終わった。あんたの判押しておいてくれ」

リオウは席を立った。なんだか妙な話をしちまった、とリオウは自分で自分に戸惑った。

（愛だのなんだの……バカかオレは……）

室を出ると、悠舜が立っていた。困ったように微笑んではいたが、目は真剣だった。

「言い過ぎですよ、リオウくん」

「間違ってるか？」

「あなたの言葉をお借りしましょう。間違っていないなら何を言っても許されますか？」

リオウはややあって、悠舜の言を飲みこんだ。

「……そうか。そうだな。オレの父より五十歳くらい若いのに、父よりあんたのが年上みたいだな」

「……リオウくん、それ、女の人にはいっちゃいけませんよ」

悠舜は懐から小さな巾着《きんちゃく》をとりだした。

「私の妻から、あなたに贈り物です。妻特製の知恵の輪です。お仕事は羽羽殿と半分にして、子供はよく遊んでよく寝ること、と妻から言づてです。子供の本分ですからね」

「……明日《あした》にもポックリ逝きそうな一寸じぃさんに、あんな仕事押しつけられるかよ」

悠舜は「一寸じぃさん」に噴きだしかけた。最近、リオウが羽令尹《うれいいん》を背負っているのが朝廷の風物詩になっている。小動物のように元気いっぱいにちょこちょこ走り回るう一さまだが、リオウから見ると風前の灯火《ともしび》に見えるらしい。以来、リオウが羽令尹を背負って歩いてる姿があちこちで見られるようになり、朝廷ほのぼの度は五割増になった。

「俺の父親は二十代に見えても八十過ぎだ。カタツムリみたいに動かないしナマケモノみたいにポクポクよく寝てる。あれがじいさんのあるべき姿だろ。羽羽は歳の割に働き過ぎだ」

……二十代の外見でそれはどうなのか、と悠舜は思った。ただの怠け者ではないのか。

「今度は私の室《へや》にも遊びにいらしてください。おいしいお茶菓子を用意しておきますから」

リオウは気が抜けた。妙な王には妙な宰相がつくものだ。

なんとなく腹が立ってきた。どうして誰も彼もこう茶菓子だのなんだの、自分を子供扱いするのか。――自分がなんのために朝廷に来たのか、気づいていながら。

「あと羽羽殿をたまには歩かせてあげてくださいね」

リオウは、杖《つえ》をついてゆっくり王の許《もと》へ向かう悠舜の後ろ姿を見送る。

（……そういえば確かこいつも、出身から入朝するまで謎が多いんだよな）

リオウは踵《きびす》を返し——手の中の小さな巾着に目を落とした。振り返る。

「——おいあんた」

「はい？」

「……あんまりぼさっとしてると、本当に殺されるぞ。王と違ってあんたの替えはきくんだ」

「おや、死相でも出ておりますか？」

リオウは——不覚にも息を呑《の》んでしまった。

悠舜はくつろいだ面持ちのまま、リオウを見返した。唇に人差し指を当て、微笑む。

「人はいつか死ぬものです。それが遅くても早くても、本当はたいした違いはないんですよ」

第二章　藍の誇り

――その報は、朝廷上層部に密《ひそ》やかに広まった。

『……聞いたか？　藍家の姫の話』

『めでたいことだ。藍家が王を認めるということではないか』

『いや、あの三つ子のことだ。旺季様も慎重論を唱えたらしい。何か裏が――』

『まあ紅藍両家のやることだからな……。だがこれで藍姓官吏が戻れば、威をきかせている紅出の官吏の比率を下げることができる』

『藍家の姫の入内《じゅだい》で藍姓官吏が戻ってくるなら僥倖《ぎょうこう》だ――』

(あの常春頭《とこはる》はどうするつもりなんだ)

絳攸はイライラと仕事をする手を止めた。

(……本当に妹を王の嫁にやるつもりなのかあいつ……)

楸瑛の邸《やしき》に押しかけるなり文を出すなりすることも考えたが、……かといって何を話せばいいというのだ。その問題に絳攸が口出しできる権利などない。第一今は――。

「……まーた妙な顔をしてますねぇ」

と言ったのは、吏部の覆面官吏としてついこないだ秀麗の査定を担当した楊修《ようしゅう》だった。吏部侍郎室へと入ってくると、もってきた仕事を絳攸の机案に積み上げる。

「気になるなら、王のとこでもどこでも出かけりゃいいじゃないですか。別に王と喧嘩《けんか》をしたわけでもなんでもないんでしょう。朝廷でなんて言われてるかわかってます？」

「……わかってる。が、しょうがないだろうコレじゃ」

絳攸はぎろりと机案周りを埋め尽くす山積みの文書を眺め回した。

この光景はもっぱら吏部尚書室の専売特許だったが、近頃ではまさに文字通り右から左へ移動して、侍郎室へと移ってきている。昔から黎深の仕事しない病は酷《ひど》かったが、ここ数ヶ月特に酷い。先だっての貴族の大量処分の仕事はしたし、悠舜の仕事も手伝っていたが――あれきりだ。どうしたのかと思うほど、本当になんにもしない。絳攸は筆を硯《すずり》に打ち付けた。

――朝廷での噂は知っている。気がかりも山ほどある。が、正真正銘絳攸は動けなかった。絳攸が仕事の手を休めようものなら、吏部の機能が停止する。今の絳攸は吏部尚書代行をしている有様だった。

「こんなんじゃ、どこにも行きようがあるか!!」

「まーそーですねぇ。誰も吏部がこんな状況になってるなんて、知りようもないですからね。揣摩臆測《しまおくそく》だけが勝手に流れて迷惑千万ですね。……悠舜殿が尚書令になってからですかね、紅尚書の放漫っぷりがひどくなったのは。そんなに悠舜殿が王にばかりかまけるのが面白くないのか。……それとも」

楊修はちらっと絳攸を見た。

「あなたを王のところへ行かせたくないのか。……どっちもかもしれませんが」

そうではない、とは絳攸には言い切れなかった。

楸瑛が不在の状況で、絳攸もいなくなれば、どんな憶測が流れるか黎深にわからないはずはない。それを狙っているかのように、パタリと仕事をしなくなった。

……考えてみれば、今までもそうだった。藍龍蓮《りゅうれん》が国試を受けに来たときも、今年の年末年始もそうだ。王が特に全官吏から注目を受ける大事なとき、いつも楸瑛は藍家に、絳攸は黎深に縛られてきた。王から同時に引きはがされてきた。――今このときも。

そのたび絳攸も楸瑛も逆らわないできてしまった。何一つ疑問ももたずに。

王と離れて絳攸は多くのことに気づいた。王に対する悠舜の接し方や輔佐《ほさ》の仕方を見てやっとわかったこともある。間違っていたことも、直すべきところも、見習うべきことも、山ほど気づいた。それは恥ずかしく情けないことだったが、これから修正できるはずのものだと思った。

けれど、今のこの状況では、それさえできやしない。

絳攸は初めて、王や自分に影響を及ぼす「紅家」という見えざる力を意識した。

碧珀明《へきはくめい》と同じく、藍の名に高い誇りを抱いてきた楸瑛なら、なおさらのはずだった。

＊　＊　＊

皇毅に呼び出されてから数日、秀麗は十三姫が王都へ到着する前になるべく仕事を片付けておこうと、精力的に働いた。特に城外に出る仕事を集中的にこなした。

今日も今日とて、秀麗と蘇芳は軒《くるま》に乗ってある場所へ向かった。

護衛兼馭者《ぎょしゃ》として一緒についてきてくれるのは、虎林郡の病の折、秀麗が茶州まで引っ張り出した楸瑛麾下《きか》の一人、皐韓升《こうかんしょう》だった。薄いそばかすの散った顔は少年っぽく見えるが、れっきとした左羽林《さうりん》軍の精鋭武官である。別の武官が寄こされることもあるが、彼と顔を合わせるのが一番多い。

蘇芳は馬車に揺られてぼーっと窓から街を眺めていた。

「タンタン、今日も『牢屋《ろうや》で死んだ幽霊』のこと、ちゃんと聞き取っておいてね」

「へーい。でも結構驚いたな。聞いてみると意外と目撃情報あるもんな。『牢で死んだはずのナニナニが母親の家に帰ってるのを見た！』とか。調べてみると確かに刑死してるんだけど」

「そうなのよね。親分衆に訊《き》いても――」

そのとき、女性の悲鳴が聞こえた。

秀麗が軒の窓から顔を突き出すと、馬車の前方に倒れているおばさんと、その手から手提げをひったくって逃げる男が見えた。ひったくりはこっちに向かってくる。

秀麗は走る馬車の扉を開けて飛び降りた。

「待ちなさ――」

その時、秀麗の目の前でひったくりが急に前のめりに倒れこんだ。背後から誰かがひったくりを押さえこみ、腕をねじりあげる。男の骨がきしむ音が秀麗にも聞こえた。

「――折られたくなければ盗ったものをとっとと出しなさい」

旅装姿で深く頭巾《ずきん》をかぶっていたために顔は判然としなかったが、小柄な体格とその声で、女性としれる。しかも若い。秀麗は目を丸くした。

ひいひい言うひったくりから手提げを奪い返すと、少女は男の首筋に手刀を叩《たた》き込んで気絶させた。

「ふっ……あたしの前でひったくりなんて運が悪かったわね。さーてお金お金〜。そろそろ路銀が尽きてきたころだったのよね〜」

頭巾の少女はひったくりを仰向《あおむ》けに転がし、堂々と男の所持品を追い剝《は》ぎし始めた。秀麗はうしろから肩を叩いた。

「あ、あのちょっとあなた……」

「えっ？　あ、あら。その恰好《かっこう》は官吏さん？　くるの早――じゃなかった。盗っ人から追い剝ぎなんてしてません。つい癖で――ゴホン違った。ええ勿論《もちろん》警吏に引き渡――」

少女は秀麗の顔まで視線をあげると、ふっと沈黙した。頭巾を目深にかぶっている上に、口許にも風よけの布を巻いているため、秀麗は彼女に近づいても自分と同じ年頃の少女らしいということしかわからなかった。

「……もしかして噂の紅秀麗さんかしら？」

「え？　はい。どんな噂か存じませんが、そうです」

少女は秀麗の手を両手でぎゅうっと握りしめた。抱き寄せられ、なんだか激励のような慰められているような感じで背中を叩かれる。秀麗は訳がわからなかった。

「あ、あの？」

「迷わずひったくりの前に立ちはだかるなんて、勇気があるわね。なかなかできるこっちゃないわ。思った通りの女のコね。じゃ、またあとでお会いしましょう」

秀麗は少女を帰さなかった。少女の手にしているひったくりの財布をつかんだ。しばらく無言の引っ張り合いになる。秀麗は笑みを浮かべた。

「よくわかりませんが、これもお返し下さい。ひったくりの財布でも追い剝ぎはダメです」

「……はーい。ごめんなさい」

少女は渋々あきらめ、ぺこりと頭を下げて謝った。

その少女のそばに、パカパカと乗り手不在の漆黒の馬が近づき、止まる。

のびているひったくり男をひっくくっていた皐韓升は、馬を見て目を瞠《みは》った。

惚《ほ》れ惚《ぼ》れするほど素晴らしい名馬だった。軍馬でもここまで見事な馬は滅多に見たことがない。黒白《こくはく》両大将軍の馬だと言われても驚かない。

旅装の少女は、当然のようにその青毛の手綱をとった。

「ひったくられた女の人に、今度から手提げじゃなくて肩からナナメに引っかける袋にしたほうがいいって、忠告しといてね。それじゃー」

ひらりと手を振ると、少女は手綱を引いて、馬と一緒に人混みに消えていったのだった。

秀麗は手提げを女性に返し、ひったくりを警吏に引き渡してから、再び馬車に戻った。

馬車で待っていた蘇芳が訊《たず》ねた。

「あれ、女のコ?」

「そう。すごかったわね」

蘇芳は押し黙った後、これから行く場所を思ってぼそりと呟《つぶや》いた。

「……あんたほどじゃないと思うけど」

＊　＊　＊

楸瑛は藍邸で身繕いをしていた。いつも支度の手伝いをする侍女がいないのは、楸瑛自身が人払いしたからだ。辺り一面に書翰《しょかん》が乱雑にばらまかれて足の踏み場もないなかで、楸瑛は着衣を調えていく。その横顔からは華やぎが影をひそめ、硬質な静けさが揺らめいていた。

支度が終わる頃、扉の向こうから家令が声をかけてきた。

「若君」

「なんだ。出かけるから手短にしろ」

「玼《し》静蘭殿がお見えになっております」

楸瑛は髪を結う手を止めた。

「……別室に通せ。ただし茶は出さなくていい。私も彼もすぐ出る」

外出着のまま静蘭の待つ室《へや》へ行けば、静蘭も外衣を解いていなかった。

互いに挨拶《あいさつ》はしなかった。作り笑いもなしだ。そんな必要はないからだ。

静蘭は楸瑛の姿を感情のない双眸《そうぼう》で一瞥《いちべつ》した。

「お出かけですか、藍将軍？」

「妹を迎えに出る。で、用件は？」

「……さすがに〝花菖蒲《はなしょうぶ》〟の剣はもっていないようですね。安心しました」

楸瑛の腰に佩《は》いてある剣は、鍔《つば》に〝花菖蒲〟の紋が彫られたものではなかった。

「ようやく自覚したようですね」

楸瑛には二重の基準がある。

楸瑛は情報を選《よ》りわける。

藍家経由で手に入れた情報があっても、藍家に関係すると判断したならば秘匿する。

朝賀の時期、縹《ひょう》家当主が秀麗と接触したときもそうだった。

『縹家が政事《まつりごと》の表舞台から姿を消し、沈黙を守ってから数十年……』

あのとき、そう言った楸瑛を静蘭は嗤《わら》った。それが嘘だと知っていたからだ。

十五年前、清苑《せいえん》公子流罪の裏に縹家が関わっていたことは、藍家なら知っていたはずだ。

けれど楸瑛は知らないフリをした。あのとき、彼は藍家としての立場をとった。

『藍龍蓮』は国試を受けながら、朝廷に入らなかった。朝廷から引き上げさせた藍姓官吏もいまだに大半が戻っていない。藍家はまだ完全に王を認めてはいない。

楸瑛もまた、無意識に藍家直系と羽林軍将軍の立場を使い分けてきた。

藍家と王と。時と状況に応じて、楸瑛はどちらかを選んできた。

一年経ち、二年経った。縹家の姿が見え隠れしなければ、待ってもよかったかもしれない。

けれど、もう待てない。国情は刻々と変化し続ける。いつまでも仲良しこよしの主従ごっこは通用しない。

藍家は一手を打ってきた。肝心なのは、劉輝の後宮に藍家の姫が入るかどうかではない。

この一件で問われるのは、藍楸瑛が劉輝より藍家をとるかどうかだ。

「――どちらを選びますか？　藍将軍」

楸瑛と静蘭の間で、氷の火花が飛び交う。

「藍家は事あれど、ただ知らぬふりを決めこむだけです。第二公子の流罪の時も、王位争いの時も、紅藍両家が何もしなかったように」

次の王と目されてきた第二公子を流罪に処したせいで、藍家は先王に見切りをつけた。

出仕していた藍家の三つ子は、朝廷から藍姓官吏を引きあげて藍州に去り、戻ることはなかった。当時はまだ霄太師や茶太保《たいほ》が実務に就いていて事態を早期に収拾できたことと、入れ替わるように紅黎深たちが入朝してきたため、事なきを得た。が、この一件はのちのちまで尾を引いた。朝廷から藍本家筋が消えたことで増長した貴族たちが政事を私《わたくし》し始め、王位争いの一端ともなった。

王を助けるのではなく、まず様子見を決め込む。それが今の紅藍両家だった。

それが悪いとは言わない。大乱の時代のように朝廷が腐敗し、国全土が荒廃して、どこにも救いがないよりよほどいい。二家の姿勢もその教訓だろう。

——けれど、〝花〟を受け取ったなら話は別だ。

「忠義面をして、いざというとき主上のために働けません、では困りますからね。私ならそんな臣下は斬り捨てますが。無自覚なぶん、味方のフリをされるよりよほどタチが悪い」

劉輝に好意をもってるかどうかなど関係ない。そんなものはなんの役にも立ちはしない。

誰よりも早く、真実に気づいていた王。

「……主上はあなたが藍家をとってもいいと仰《おつしや》る。私にはとても言えない言葉です」

『余は二番目でいい』

そんなことを言える王が、どれだけいる。そこまでいわれても決断しないのなら。

「私は主上ほど甘くはありません」

静蘭は鍔こそ弾《はじ》きはしなかったが、鞘《さや》に入った剣を突きつけた。楸瑛の心臓に。

劉輝ができないなら、自分がやる。――必要なのは味方なのだ。本物の。

いつも、どんなときも、どこにいても劉輝のために誠を尽くし、決して裏切らない臣下。そうでなければ、弱点にしかならない。藍家が楔《くさび》を打ち込んできたように、どんどんつけこまれる。今だって劉輝の陣地は楸瑛と絳攸の不在によって崩されているのだ。

「あなたが藍家を選ぶなら、別に構いません。早々に藍州へお帰り下さい。〝花菖蒲〟の名誉も仮初《かりそ》めの忠誠もすべて返上して」

カタン、と室の扉が開いた。

「……そう兄様をいじめないでやってくれる？　あなたが元公子様でも、今は一般庶民でしょ。もう少し敬意を払ってやってよ。上からモノ言い過ぎじゃない？　それに楸瑛兄様の甘ちゃんでうっかり屋で、目を背けちゃいけないことでもギリギリまで逃げて逃げて逃げて逃げまくって、袋小路に入らなきゃ覚悟決めない性格は子供の頃からのものなんだから。そう簡単に変えられないのよ。だいたいあなただって好きなコに十年以上告白もしないで適当にいい場所確保してるのは同じじゃないの。偉そうに説教できる筋合いないわけ？」

静蘭は一瞬、秀麗と見間違えた。

入ってきた旅装の人物は、はらりと風よけの頭巾《ずきん》を後ろに押しやった。

楸瑛もまた呆気《あっけ》にとられた。

「十三姫……か？」

「そう。貴陽に入ってから道行く人に結構よく間違われたから、顔隠してきたんだけど」

楸瑛は久しく会っていなかった異母妹を、上から下までとっくり見た。……驚いた。

「……背恰好はそっくりだよ。顔かたちはそんなに似てないが、雰囲気がすごく似てる。胸の大きさは違うけど。大きくなったね、十三姫」

容姿でいうなら、妹のほうが数段美人だ。……汗と砂埃《すなぼこり》で汚れた顔を綺麗《きれい》にしたら……だが。

「……そこなの、兄様。といいたいけど結構高い確率で胸で別人て判断されたのよね……」

楸瑛との間に割って入ると、十三姫が静蘭へ邪険に手を振った。

「兄様に言いたいこと言ったみたいだし、用件がそれだけならもう出てってちょうだい。悪いけど、こっちはこっちで積もる話がもりだくさんなのよ。あなたに構ってる暇ないの」

「……確かに言いたいことは言わせていただきました。では、失礼」

静蘭が出て行った後、室《へや》には楸瑛と妹の二人だけになった。

「……よく静蘭にあれだけ言ったね」

「私、基本的に顔のイイ男って好きじゃないの。性格悪いのが多いから。あの人そのものズバリの性格だわね。大体ね、徹頭徹尾言ってることが当たってて私も内心そう思ってる正直な感想でも、あれだけ兄を言いたい放題言われて黙ってなんかいられないわ。私、藍本家の五人の兄様の中でいちばん楸瑛兄様がマシだと思ってるのよ、これでも一応」

「……ねえ十三姫、さっきも思ったけど、お前も私にかなりひどいこといってるよ……ところで護衛が見あたらないねぇ？」

「そーなのよねー。どっかではぐれちゃったのよねー」

「君が道中、盗賊を返り討ちにして追い剝《は》ぎしてたらしいって情報もあるんだが」

「悪者も退治できて近隣の村人さんにも感謝されて路銀も稼げて一石三鳥ー」

「十三姫！」

「大丈夫。ヤバそうな相手は馬でぶっちぎったり、通りすがりの正義の味方に押しつけて逃げてきたから。それにしても近頃馬の下手な男が増えたわねー。要鍛錬よね」

「君の馬術についてこられる男のほうが少ないだろうが！　なんたって君は――」

楸瑛は口を噤《つぐ》んだ。

「……すまない」

「いいわよ。しめっぽい顔しないでちょうだい。それよりさっきの会話からすると――」

十三姫は旅装を解かず、楸瑛はふと妹が運んできた藍州の南風のにおいをかいだように思った。潮風と、悠久の大河の轟《とどろ》きを。それは遠く、懐かしく、楸瑛の胸をしめつけた。

「……あの元公子様に言ってないみたいね。私が三兄様から『王の後宮に入ること』か『茈静蘭の嫁になること』のどっちかでいいって言われたってこと」

「後半は考えてない」

「あら。一応理由を聞きましょうか」

「君が静蘭の嫁になって幸せになれるとはまったく思えないし、何より彼を私の弟には死んでもしたくないから。今日も再認識したけどね、何があってもそれだけは絶対ごめんだよ。弟が龍蓮だけでも笑える人生なのに、さらにお先真っ暗人生を自分から選ぶつもりはない」

「ふふ、おしゃべりになったわね。少しは元気出たかしら？」

楸瑛は異母妹を見下ろした。身なりに気を遣わないのは相変わらずだが、これでも歌舞音曲その他芸事すべてに秀で、古今東西の書物にも通じている才媛《さいえん》だ。秀麗にもひけはとらない。

性格は秀麗よりは淡泊だが、決して感情が薄いわけではない。楸瑛が抱き寄せようと手を伸ばすと、十三姫はビクッと震えた。楸瑛は手をひっこめた。少しして、十三姫は自分から近寄り、楸瑛を抱きしめた。

楸瑛は異母兄弟の中でもいちばん親しい妹の来訪を、ようやく喜べる余裕ができた。

「……出たよ。曲がりなりにもかばってくれてありがとう、十三姫」

「一応兄ですからね」

「……まさか君が来るとは思わなかった」

十三番目の藍家の姫。

彼女を見ると、楸瑛はかつて失ったものの大きさを思いだして、今も心が重く沈む。

この妹が、王の後宮に送られる日がくるとは、あのころは思いもしなかった。

「でも、考えてみれば王の嫁としてぴったりだった？」

楸瑛は十三姫を抱きしめながら、呟《つぶや》いた。

「……ああ。ふさわしすぎるほどふさわしいよ。何も、かも。君にとっても、主上にとってもね。これ以上ない条件がそろってる。きっと君なら、誰より主上の心を理解することができるだろう。……兄上たちも容赦ないな」

「わかってたことじゃないの。三兄様がいいのは顔だけよ」

「…………まあね。私の考えが甘かっただけだ」

「それもいつものことじゃない」

「……じゅ、十三姫……」

「仕方ない兄様ねぇ」

十三姫は兄の背を慰めるように撫《な》でた。

「遅かれ早かれ、異母妹《わたしたち》の誰かがくることはわかってたでしょ？　なのにうっかり〝花〟を受けとって、うっかり王様の恋の応援をしちゃって。楸瑛兄様は藍家直系なんだから、しょせん『絶対の忠誠』なんて端《はな》から無理に決まってるのよ。……藍家のために生まれて、藍家のために死ねたら本望だって、ものすごく誇らしげに言うような人が」

沈黙が兄の答えだった。

「まったく。真面目に人生考えないで、嫌なことあったら逃げまくって、その場凌《しの》ぎの小手先な選択続けてきたから抜き差しならなくなるのよ。どうせ〃花〃を受けとるときも、ちょっと王様にイイ感じのこと言われて、カッコいいかもとか思って受けとっちゃったんでしょ」

「…………………………いやその」

「王様には可哀相だと思うわ。でも、このままズルズル行くほうがもっと可哀相だと思うわ。楸瑛兄様に藍家が捨てられる？」

その問いを、楸瑛は藍邸に引きこもってから、何百回と考えた。

……答えはいつも同じだった。

生まれたときから、すべてを藍家と兄のために捧《ささ》げてきた人生。

龍蓮と自分は違う。その道を楸瑛自身が望んで歩んできたのだ。

「……いいや。私から藍の名をとったら、何も残らない」

「……本当、仕方のない兄様ね。結局自分で悲しい思いしてるじゃないの。でも知ってるわ。それでも楸瑛兄様は最後は選ぶのよね。……藍家の男だもの」

十三姫は両の掌《てのひら》で楸瑛の頬をはさみこんだ。

「私は後宮に入らなきゃならないわ。そのためにきたの。王の嫁になる覚悟でね。私が最後で『やっぱりイヤ』なんて言うのは期待しないで。それが三兄様との取引の条件だもの」

「……わかってるよ。他ならぬ君なら、ここに来る前にイヤだといってるはずだからね」

「でもね、もう少し時間はあるわ。私もやることあるし。気になることもあるし。楸瑛兄様もそうでしょう？　ギリギリまで時間と私を使って悩んでいいわ」

十三姫は続けた。

「私、楸瑛兄様がそんなにバカだとは思ってないの。元公子様は思ってるみたいだけど」

「……彼は昔からそうだったよ……」

「ねえ兄様、わかってる？　簡単な方法があるのよ。私を殺せばいいの。で、どっかに埋めて行方不明ですとか別の男と駆け落ちしました、とか言えばいいわ。そうすればこの話はなくなるわ。王様も喜ぶし、楸瑛兄様も猶予ができる。次の異母妹を送りこむにしても、私ほどいい条件の妹を見繕うには時間がかかるもの。でしょ？」

楸瑛は十三姫と目を合わせた。冗談めかしていたが、妹がその覚悟もしてここまできたことを楸瑛は察した。……そういう妹なのだ。

「――見くびるな。そんなことは絶対しない」

十三姫は苦笑いした。

「馬鹿ね兄様。普通はするのよ。私たちは替えがきくもの。……楸瑛兄様がそんなだから、三兄様もどうあっても王様にあげたくないって思うのよ。きっと王様が〝花〟をあげたのもね」

そしてそんな楸瑛だからこそ、こんなに悩むはめになっているのだ。

「――それじゃ、道中私に兇手《きょうしゅ》を送りこんできたのは兄様じゃないわね？」

「違う」

　十三姫はやっと気を緩めたように、楸瑛の腕の中で体の力を抜いた。

「十三姫……途中で君が出してくれた文は読んだ」

「……………うん」

「……こっちでも動きがあってね。兵部侍郎がいろいろ手を回してくれている。君をしばらく後宮の離宮で匿《かくま》ったほうがいいって御史台に進言してくれたらしい」

　十三姫は考え込んだ。

「……兄様の考えは？」

「私も四六時中藍邸でお前を守ってるわけにはいかない。どの離宮をあてがわれるのかはわからないが、準備ができたら行ってもらうことになると思う」

「了解。紅家のお姫様もくるのよね？」

「そうなると思うよ。だからなおさらお前が一緒にいたほうがいい。多分秀麗殿も危ない」

＊　　＊　　＊

　ひったくりを御用にした後、秀麗たちが向かったのは、囚人たちを収監する牢城《ろうじょう》だった。

　出迎えたのは牢城を管轄する紫州府の役人だった。

「あっ、ようこそいらせられました、紅御史」

秀麗も礼を返した。もう何回か足を運んでいるため、顔見知りは少なくない。

「今日は牢城内の衛生環境と設備を調べさせていただきます。牢へ案内してください。あと囚人たちの起訴状を出しておいてください。特に再審請求が出されている案件と、まだ判決が出ていない未決案件は残らず出してください」

「はっ、はい！」

獄吏は妙に嬉《うれ》しげな声をあげて、いそいそと案内する。秀麗の冷たい声と態度は別に彼に向けられたものではないのだが、そういうのが好きらしい。

「ふっ……今日も負けないわよ」

「いや、充分好かれてると思う」

ぼそっと蘇芳が呟《つぶや》き、皐武官も苦笑いで同意した。

——まず軽犯罪の囚人が留置されている場所へ足を踏み入れる。

鉄格子が開き、秀麗が決然と一歩足を踏み入れた瞬間、歓声と口笛があがった。

「おっ、きたー！　ひゅーひゅ〜。もっと色っぽい恰好《かっこう》希望〜。夏・だし！」

「待ってましたぜ姐《あね》さん！　今日もかーわいー。こっち向いて〜」

「ばっかやろう！　貴陽親分衆からの通達を忘れやがったのか！　お嬢に下品な声かけんじゃねぇ！　礼儀正しくお迎えしやがれ。じゃねーと出たあと親分衆にナマス斬りにされるぞ」

「へーい。姐さん！　今日もお元気で!?」

「ご排便の調子も快適で⁉」

「相変わらず冷たいお顔が超素敵っす」

「ものすごくしびれるっす。サイコー。ブタ箱から出たら下僕にしてくださーい」

ぴくぴくと秀麗のこめかみが波打った。――誰が姐さんだ。

「――静かになさいっ‼　遊びにきてんじゃないのよっ！　いいからとっとと牢城の不満その他、言いたいことあったらいいなさい。聞いてあげるだけ聞いてあげるから。でも可愛い女の子がいないってのはナシ！　タンタン、書き取りよろしく」

秀麗自身じゃなく、野郎の蘇芳が担当するというところで、不平が続出する。

囚人たちのごたくや凶悪な眼《がん》つけや凄《すご》みを利かせた脅し文句にも蘇芳はもはや慣れた（静蘭のイジメに比べたらよっぽどマシである）。秀麗は設備や衛生環境を調べていく。

「……これから夏になりますので、清掃をこまめに。病人が出たらすぐ病牢へ移して看病を徹底してください。囚人服も洗濯を。古くなった牢具は即刻破棄を。誰かが着服していない限り、それだけの予算は出ています。賄えない場合は理由を添えて上申書を。会計監査をしたのち、必要な分だけ予算を下ろします。勿論《もちろん》切りつめられるところを切りつめた後ですが」

「はっ、はいっ」

先だって、囚人や配下の獄吏から忌み嫌われていた横暴な獄監が秀麗によってあっさり首になってからというもの、秀麗は妙に畏《おそ》れられ、かつ懐かれるようになってしまった。

もともと多くの御史は牢城の監察をやりたがらない。出世の糸口にはならないからだ。なので、名目上は交代制だったが、秀麗が御史台入りをしてから「新人の仕事」としてもっぱらお鉢が回ってくるようになった。貴陽に幾つかある牢城及び、紫州内に点在する牢城を見回りに行くのも仕事の一つだ。秀麗はこまめに監察に行き、容赦なく査定をし、悪徳獄吏を次々御史権限で左遷し、キッチリ仕事をしてくるので、ひと月ほどで州内の牢城の極悪な環境がかなり改善された。ついでに若い娘さんということで囚人から黄色い歓声を浴びるお姫様にもなった。

「いやー、陸御史以来です。ちゃんと定期的に牢城の見回りにきてくださる官吏は」

新しく獄監となった役人は嬉しそうにそう言った。

「陸御史は紅御史と違って、親しみやすいというより、怖かったですけど。ですが、本当にきちんと監察してくださったんです。牢城の監督もそうですけれど、膨大な訴状も残らず読んで、少しでも引っかかるところがあればすぐに調べて、多くの濡《ぬ》れ衣《ぎぬ》を晴らしてくださいました。逆に新たな罪を暴くことも多々あって、被害者の泣き寝入りも減りました。お若いですが、素晴らしい官吏ですよね。あの方のお仕事を拝見できたことは私の誇りなんです」

陸清雅への心からの賞賛の言葉は、秀麗にもう耳慣れたものだった。

「……ええ。彼は中央でもめざましい手柄を立てています」

多くの牢城で多くの獄吏から同じ言葉を聞いた。秀麗の前に立つ清雅の影が否応《いやおう》なく見える。

やるべきことはやっている。一切仕事に手抜きはしない。だからこそのあの自信なのだ。

それが悔しい。

認めたくないのに、秀麗はそれを口にできない。何一つ追いつけていない。仕事をこなせばこなすほど、前を行く清雅の完璧《かんぺき》な仕事ぶりを思い知らされる。

「――こんちくしょう、ってカオしてるぜ、お嬢ちゃん」

不意に牢の一つから笑い混じりの声が投げられた。少し低くてゆったりしたいい声だ。

「そういうカオも、結構かわいいぜ」

「……隼《しゅん》さん」

秀麗はつかつかとその牢へ向かった。

そこはもう軽犯罪者用ではなく、死刑寸前の囚人が収容される堅牢《けんろう》なつくりの牢だ。

なぜ死刑寸前かといえば、判決や再審待ちでまだ刑が確定されていないからだ。

秀麗が御史になってからこの牢城に頻繁に足を運ぶのも、「彼」がいるせいだ。

「今日も、あなたに会いにきたんです」

「どーも。悪い気はしないね。もう少し胸が大きけれぱ、俺の好みのど真ん中なんだけどな」

「小さくて良かったと思ったのは久々です。いい加減、牢に居座ってタダ飯食べるのはやめて、とっとと出てってください！　あなたもう冤罪《えんざい》が確定して鍵《かぎ》だって開いてるんですよ」

「あんたのおかげでだいぶ居心地よくなったからな。出る気が失《う》せた」

「ふざけんじゃないですよ。ここはタダで寝泊まりできる宿屋じゃないんです！」

暗い牢の奥から、くっくと笑いが聞こえてくる。

「だーいぶ口が悪くなったな。もっと優しくしてくれないか」

「働けるのに働かないで牢屋《ろうや》でゴロゴロして毎日しっかりタダ飯食べる人には優しくしません。働き口の紹介状書いてあげますから!!」

見かねた皐武官が秀麗に耳打ちした。毎回こんな口論で終わってしまうのだ。

「……僕、じゃなかった自分が引きずり出しましょうか？」

「うう、ありがとうございます皐武官。で、でもこの人はですねぇ。半端な腕っ節じゃなくって。獄吏五人がかりでも引きずり出せなくて――」

「……あのう、一応自分も羽林軍武官なんですけど……そんな弱く見えますか……」

「へえ？」

牢の奥の暗がりに座っていた男が、初めて興味深げな視線を皐武官に投げた。

ふらりと立ち上がる。その一動作に、皐武官はとっさに剣の柄に手を掛けた。が、抜けなかった。牢の奥から見えない手で押さえつけられているように。――悪寒が止まらない。

男が格子《こうし》に近づいてきた。皐武官は初めて男の顔を間近に見ることができた。

引き締まって浅黒い肌、伸び放題の髭《ひげ》と髪で顔は半分隠れているが――何より目を惹《ひ》いたのは、右目をざっくりとつぶしている傷跡だった。野性味のある顔立ちは燕青を思い起こさせるが、太陽のようにあっけらかんとした燕青と違い、彼はどこか物憂げな翳《かげ》りがある。額には、死刑囚に彫られる入れ墨がくっきりと刻まれている。

彼は皐武官を眺め、気に入った顔をした。

「いい反応してるが、まだだな。もう少し修行を積んでくれれば、ちょっとは遊べる――」

「隼さん！」

秀麗は格子越しに隻眼《せきがん》の男の衣服をつかんだ。頭に角《つの》が見えるような怒りっぷりだ。

男が皐武官から秀麗に目を移してやっと、皐武官の金縛りが解けた。知らず、詰めていた息を吐き出した。じっとりと掌《てのひら》に冷や汗が滲《にじ》んでいる。身体はまだ小刻みに震えていた。

「いい加減、本当、出てってください。外の世界はいいですよぉ。季節は初夏！　薄着で胸の大きなかわゆーい女のコもたっくさんいますよぉ。それを眺めながら汗水垂らして畑仕事するってゆーのはどーですか。青空の下、ウリ畑で素敵な出会いがきっとあなたを待ってるはず！」

「他の女じゃなくて、あんたが会いにくると思ってずっと居座ってたのに、切ないな」

「はいはいはいはい。私も格子越しじゃないあなたとお会いしたいわ。うふふオホホ」

秀麗はやけくそに笑う。ちょうど蘇芳が仕事を片付けてやってきた。

「すげー。あっちこっちで超モテモテじゃん。口説かれまくり。やっぱ野郎しかいない場所だと、どんな花でも綺麗《きれい》に見えるもんなんだな……まあ選ぶ余地ないもんな」

「こらタンタンひと言も二言も多いわよ！」

「まったくだ。あんまり正直にダダ漏れしてると、本気で好きになった女に信用されないぜ」

「全然慰めになってないことを真顔で言わないでください」

隻眼の男――隼は鉄格子越しの秀麗をつくづくと眺め、笑った。

「……あんたに会うのが楽しみだったってのは本当なんだぜ。惚《ほ》れた女に似てるからな」

秀麗は隼を見返した。

「楽しみだった、って、ことは――」

「出るよ。あんたに怒られるのも悪くないが、嫌われたくはないからな」

衣服をつかむ秀麗の細い腕を壊れ物を扱うようにそっと外し、鍵のかかっていない扉から長身をかがめるように出てくる。今までテコでも動かなかったことを思えば拍子抜けするほどあっさりした態度である。秀麗は驚いた。

「……どんな心境の変化が？」

「別に。あんたにもう一度会ってから出ようと勝手に決めてただけだ」

軽口ではなく、本心に聞こえた。

秀麗は男の額の入れ墨に目をやった。今回の冤罪で彫られたものではない。調書を見ると、彼は何度も死刑にされかかっている。あからさまに濡れ衣とわかるものでも、どうしてか彼は一度も抗弁しないのだ。まるで死にたがっているように。心ある官吏たちによって間際で救い出されてはいるものの、そのうちの一回で、死刑囚の入れ墨を彫られるまでに至ったのだろう。おかげで、街を歩くだけでも何度も通報されるし、まともな職にもつけないでいる。

秀麗は深々と頭を下げた。

「……今回の件、官吏として本当に申し訳なく思います。すみませんでした」

「なんで謝る。あんたがここに放り込んだわけじゃないだろ。むしろ罪を晴らしてくれた」

「無罪の方を牢《ろう》に放り込んだのには変わりありませんから」

「牢暮らしは結構気に入ってるから気にするな」

「――隼さん」

秀麗は隼を睨《にら》み付けた。

「あなたも無実なら無実と、そう主張してください。死刑にされかかってまで何も言わないなんて、あきらめ早すぎでしょう。ねばってください、ちゃんと」

隼は片方しかない目に、驚きと、ほろ苦いような、秀麗にはわからない表情を浮かべた。

「……ほんと、似てるぜ」

「え？」

「いや。あとまだ何か言いたそうな顔してるが？」

「職がないなら、私が雇います。あなたに働く気があるなら、ですが」

蘇芳と皐韓升が仰天した。

「おいこら! なに考えてんだあんた!」

「そうです。身のこなしだって素人《しろうと》じゃないですし、慣例通り牢城軍に送って兵役をさせたほうがよっぽど役に立つと思いますよ」

「二人の言う通りだぜ。いくら俺がいい男でも、死刑囚を使う官吏様なんて外聞悪いだろ」

秀麗は言葉を返した。

「あなたは死刑囚じゃありません」

「同じだよ。この入れ墨がある限りな」

隼は額の入れ墨を軽くつついたあと、秀麗の頭をなでた。

「悪いがその申し出は断る。でも、そう言ってくれて嬉《うれ》しかったぜ、お嬢ちゃん。俺の濡《ぬ》れ衣《ぎぬ》を晴らしてくれたあんたに、一つ教えてやろうと思って待ってたんだ」

隼は長身をかがめ、秀麗の耳元で囁《ささや》いた。

「……『牢屋で死んだ幽霊』に注意することだ」


(『牢屋で死んだ幽霊』……同じこと言われるとは思わなかったわ)

監察を終えて牢城を出た秀麗は、隼に言われたことを考えた。

皐武官が軒《くるま》を呼びに行ったため、秀麗と蘇芳は二人でポツンと路上に立っていた。紫州の領内であり、貴陽からもさして遠くはない土地ではあるが、牢城という場所のため、辺りに民家はほとんどなく、ものすごく寂れている。田畑でカラスがかーかー鳴いていて、夕暮れの現在はかなり気味が悪い。

「……タンタン、獄吏たちから『牢屋で死んだ幽霊』の件、聞き取ってくれた？」

「きいた。この牢城で刑死したやつじゃないけど、噂で聞いたことはあるって話してた。結構有名らしいよな、この『牢屋で死んだ幽霊』」

「貴陽の牢城だけの噂話なのかしら？」

「うんにゃ。別の州から赴任してきた獄吏も、同じ話聞いたっていってたわ」

秀麗は奇妙に思った。死んだら幽霊になる、という理屈はわかるが――。

「……なんで牢屋限定なのかしら。だいたい、通りを幽霊が歩いてるのを誰かが見たって、なんだって死んだ場所が『牢屋』ってわか――あ！」

「なに？　なんか閃《ひらめ》いたの？」

「閃いた！　あとで一緒に調べるわよタンタン！　……あら？　皐武官じゃない。戻ってくるの早くない？」

軒を呼びに行ったはずの皐武官が、猛然と走ってこっちへくる。

官用馬車が全部出払ってでもいたのかしら、と秀麗が思った時――。

「――絶対動かないで!!」

叫ぶと、彼は走りながら腰につけていた小弓をとって弓箭《ゆみや》を電光石火でつがえ、秀麗たちに向かって放った。

秀麗と蘇芳が動かなかったのは、別に皐武官に従ったわけでもなんでもなく、わけがわからず呆気にとられていたからだ。二人が怪我をしなかったのはそのせいと、何より皐武官の針の穴をも射貫《いぬ》く正確無比な弓射のおかげだった。

二人のすぐうしろで小さな呻《うめ》き声がした。

「……へ？　って、ええ!?」

「おわー！　なんだなんだなんだあ!?　いつのまにいたんだこいつら！」

辺りには誰もいなかったはずが、秀麗と蘇芳の背後に農民の姿をした男たちが忍び寄っていた。

恰好《かっこう》は農民でも、覆面をして、手には鋤《すき》でも鍬《くわ》でもない、奇妙な形の刃物をもっている。

皐武官の箭は一人の腕に突き刺さっている。それでもほとんど声を出さない。

皐武官はつづけざまに威嚇弓射をして男たちを引き離しにかかりながら、蘇芳に男として当然すべきことを頼んだ。

「タンタンさん、農民じゃありません！　僕が行くまで紅御史を守ってください！」

「無理！」

しかし人として正直な答えが返ってきた。皐武官は状況も忘れて思わず「えええー!?」と叫んでしまった。そんな！　当の秀麗は別にガッカリしたりはしなかった。当てずっぽうに逃げようとする蘇芳を慌てて押し止《とど》めた。

「あっタンタンばかっ！　そっちに逃げたら皐武官が困るじゃないの！　こっちこっち！」

皇武官がまさに逃げて欲しいと思った場所に逃げてくれる。

（……紅御史のほうがよっぽど頼りになる……）

「なんであんた慣れてんだー！」

「ダテに修羅場はくぐってないわよ！　ええーっとええーっと、こないだ凜《りん》さんからもらったもの——タンタン耳塞《ふさ》いで!!」

秀麗は袂《たもと》の内側に縫いつけてあった丸い紙包みをむしりとり、後ろの男たちへ投げつけた。

盛大な爆発音がした。秀麗はつんのめって転びかけ、地面に手をついた。すぐに起き上がって走り出す。手がすりむけた感覚がしたが、構ってられない。

「おわわわなになになんだあれ——————っ!?　すげぇ煙でてるけど!?」

「かんしゃく玉よ！　凜さん特製っ。いいから走って！」

煙幕で男たちが足止めされた隙に、皇武官は矢筒から火箭用の箭を取り出し、素早く火打ち石で点火すると牢城の中へ打ち込んだ。

すぐに牢城の内側で「わー！」「なんだなんだ！」「火箭!?」と騒ぎが起こるのが聞こえたかと思うと、牢城の門が開き、武装した兵士らがわらわらとでてきた。その時には謎の襲撃者たちはすでに逃げ去っていた。皇韓升はなおもあたりの気配を注意深くさぐり、もう大丈夫だと確信してから弓をさげた。

秀麗と蘇芳は呆然《ぼうぜん》とした。

「な、なに今の……」

「俺初めてだよ命狙われたの……手、すりむいてんじゃないの」

「ああ、さっき……」

秀麗は掌の泥を払ったが、別段大したことはなかった。すぐ血は止まるだろう。そう思い、手巾《しゅきん》で縛ったあと、牢城の官車を借りて城に帰ったのだった。

＊　＊　＊

正体不明の男たちに襲われた秀麗と蘇芳は、ぐったりした気持ちで御史台に戻った。

自室の扉を開け――秀麗は死にたくなった。最後の最後に――。

「……清雅……今日はもうあんたの顔は見たかないわ……お願いどっか行って……」

「ご挨拶《あいさつ》だな。しかしまたズタボロで帰ってきたな。通りすがりの土木工事を手伝って穴掘りでもやってきたのか？」

「うっさいわよ……ったく何の用なのよ」

「馬鹿か。仕事の話に決まって――」

清雅は手巾の巻かれた秀麗の手に目を留め、眉《まゆ》を顰《ひそ》めた。

「……おい、お前、その手、ちゃんと手当てしたのか？」

「へ？　ああ、いろいろあってちょっと転んですりむいただけ――えっ!?」

自分で巻いた手巾に何気なく目を落とし――秀麗はぎょっとした。手巾どころか着物の袖《そで》もぐっしょり血で濡れ、腕にまで血の糸が垂れているほど出血している。幸い濃い色の着物であまり目立っていないが、これが淡色の手巾や着物だったら途中で蘇芳に医者に連れていかれたかもしれない。

（だって、確かにすりむいただけだったわよね!?）

秀麗は慌てて蘇芳に気づかれないよう手を隠し、隣の室《へや》へいき、瓶《かめ》の水を桶《おけ》に汲《く》んで血を洗い流した。

「あれ、やっぱりそんなひどくない……け、ど」

傷自体はたいしたことがないのに、なぜか血が止まらない。とっくに固まっていていいはずなのに、後から後からじんわりとしみだしてくる。秀麗は動揺した。

水に、ゆるゆると血の筋が流れていく。それを見ている内に気分が悪くなってきた。血が流れでていく……。

（ちょっと、ちょっと待って……）

そのとき、桶の縁《ふち》に黒と白の毛玉がよじのぼってきた。

「……クロとシロ……？」

二匹の毛玉は、ぽちゃんと桶に飛び込み、水中で秀麗の掌にそっとすりよった。秀麗がクロとシロを掌に乗っける恰好で水から出すと、二匹はまたコロコロとどこかへ行ってしまった。

「？　？　水浴びに来たんじゃないわよね……」

痛みが消えていることに気づき、掌を見ると、血はほとんど止まっていた。

秀麗は気が抜けてへたり込んでしまった。

「……おい」

やってきた清雅に乱暴に腕をもちあげられても、秀麗は文句を言う気力もなかった。

清雅はやや拍子抜けしながら、秀麗の手を見た。さっき見た血の量からすると肉までズル剝《む》けてるかと思ったが、単なる擦過傷だ。血も止まりかけている。

「……別になんてことない擦り傷だろうが。泣くほど痛いのか？」

「誰が泣いてるってのよ」

「そうかよ。鏡があってもそういえたらたいしたもんだぜ」

清雅は秀麗の腕を離すと、やけに勝手知ったる様子で御史室の棚から救急箱をさぐりだしてきた。

秀麗は呆《あき》れてそれを眺めた。もうつっこむ気もない。

「……あんた、もしかして髪紐《ひも》の位置まで知ってるんじゃないの？」

「知って得するならな。——変わってないならここにあるだろうと思っただけだ」

「は？」

「ここはオレに与えられた最初の室だ」

秀麗は驚いた。このいちばん小さな、風通しも日当たりも悪い室で、清雅が一人きり膨大な書翰《しょかん》や巻書を積み上げて仕事をしている姿がなんとなく思い浮かんだ。

目の前の尊大な姿からは想像もつかないが、清雅にも確かにそういう時期があったのだ。

今の秀麗と同じように。

清雅は秀麗の考えを見透かしたように、チラリと視線を投げて寄こした。

「だからといって、オレと同じになれるとか誇大妄想するなよ？」

「ご心配なく。もとよりあんたと同じになるつもりはサラサラないわ」

「言ってろよ。ま、同じじゃオレもつまらないからな。叩《たた》き落とし甲斐《がい》がない」

清雅は秀麗の濡《ぬ》れた手を乾いた手巾でぬぐった。袖からカッチリとした銀の腕輪がのぞく。

清雅が救急箱を開ける段になって、秀麗はおののいた。

「……ま、まさか手当てしてくれるつもりなの？　何？　何の天変地異？　あんた本物？」

「傷口に塩をすりこむ絶好の機会をオレが見逃すかよ」

「いやーっ！　あんた絶対やるでしょ!!　結構！　大きなお世話！　タタタタンターン!!」

「なんの序曲だよ。あのタヌキなら即行長椅子で眠り込んでたぜ」

「………タ、タンタン〜………いだっ！　しみるしみるしみるー！」

たっぷり消毒液をふりかけられ、秀麗は悲鳴を上げた。絶対嫌がらせだ。

「ばか清雅！　マメ吉！　もちょっと優しくやんなさいよっ」

「なんだマメ吉って。お願いします清雅様っつったら考えてやらんでもない」

「冗談じゃないわ。言ったって絶っっ対やんないくせに!!」

「だいぶわかってきたじゃないか」

手を引っこ抜こうとしても、清雅の力が強くてびくともしない。

(私より頭半分背が高いくらいなのに、なんなのこの力!?)

涙目でぷるぷる痛みを堪《こら》えている秀麗に、清雅が意地悪に笑う。完全に面白がっている。

「〜〜〜ああああんたって男はっっ」

「最低、か? でも仕事は完璧《かんぺき》だろ。不正も手抜きも一切なし。牢城《ろうじょう》で聞かなかったか?」

「ええ。すんごい感謝されてたわよ。この人でなしな性格をよくぞ隠してたもんだわね!」

「不正なんかするヤツは三流だ。自分だけはバレないなんて本気で思ってやがる。目先の利益に目が眩《くら》んで自分から弱みをつくりやがって。あとで我が身に撥《は》ね返ってくるなんざ考えもしない無能な馬鹿どもだ。ま、おかげでオレが弱みをたっぷり握れて出世できるがな」

「あんたは、あんたに感謝してる人のことは何とも思わないわけ?」

「感謝してるぜ? ああいう愚民どものおかげでオレが出世できるんだからな」

清雅は秀麗に向かって、皮肉げに唇を吊《つ》り上げた。

「なんだ? まさかまだオレに妙な期待をしてるわけじゃないだろうな。オレは自分のために出世するんだ。そのために仕事は完璧にこなす、あとでつけ込まれるような三流な真似もしない。上のヤツらは引きずり下ろして、上がってくるヤツは蹴《け》落とす。それだけだ。

どこぞの誰かのために仕事してるわけじゃないんだよ。感謝？　馬鹿馬鹿しい。それより陥れられた自分の馬鹿さ加減を見直すべきだと思うね。学習能力のカケラもない無能っぷりには呆れるよ」

「……あんたのすべては自分に帰結するわけね」

「そのとおり。だから手抜きも不正もしない。すべて自分に返ってくるからな。公平だろ？」

「……どんなに仕事ができても、あんたのそういうところは絶対認めないわ」

「オレもお前の甘ちゃんなところが大嫌いだよ。思ったより根性あったのは認めるがな」

傷の手当てをし終えると、最後に包帯を結ぶ。清雅はこれ見よがしに、何かを期待する表情をした。

いちいち嫌みな男だと頭にきつつ、秀麗は言うべきことは言った。雑ではあったが。

「……くっ……ど、どうもありがとうございました！」

「どういたしまして。快感だね、お前を屈服させるこのカンジ……」

清雅はくつくつ笑うと、うってかわって仕事の顔になった。

「――十三姫が貴陽に到着した」

秀麗はハッとした。

「十三姫のほうの準備が整い次第、お前には後宮に行ってもらう。おそらく離宮の一つを借り受けることになるだろうが、十三姫とお前がそこにいることは当然極秘だ」

余計なことは一切言わない。

秀麗は気になっていたことがあった。

「……どうしても後宮じゃなきゃだめなの？」

「不満か」

「確かに後宮の警護は厳しいけど、いちばん暗殺や不審死が多い場所でもあるじゃないの。藍将軍のお邸《やしき》に武官を回して守ったほうが安全じゃないの？」

以前、秀麗自身、覆面貴妃だったにもかかわらず不審者に襲われて死にかけた。

冷静だな、と清雅は思った。……塩の件でも思ったが、この女は確かに頭の回転は悪くない。

「だからだ。あんまりガチガチに固めて兇手《きょうしゅ》がまるで出入りできなくても困る。ほどよくゆるくてちょうどいい。いいか、十三姫の警護は武官の役目で、オレたちの役目は背後関係を調べることだ。てっとりばやいのは兇手をとっつかまえて吐かせることだ」

「囮《おとり》ってわけ」

「死んでも困らない替え玉のお前がな」

秀麗は顔を引きつらせた。

「わ、わかったわよ。……で、通常業務も同時並行してやれっていわれたわよね」

「書き物の仕事は後宮でやれ。離宮の準備を整える折に一室確保しておく。室に御史の仕事に必要なものはそろえておく。お前自ら目を通す必要のないような簡便な仕事はなるたけ御史裏行のあのタヌキにやらせろ」

「外出は？」

「十三姫の扮装《ふんそう》して思う存分ウロウロしろ。オレが一緒についていってやる」

「あんたが⁉」

「お前に一人でウロウロされて囮になる間もなく死なれても困る」

「だって……あんたの仕事は？」

認めるのは癪《しゃく》だが、清雅は本当にいつ寝てるのかと思うくらいの仕事を一人で請け負っている。多分戸部《こぶ》の黄尚書《こう》にもひけはとらない。秀麗の仕事に付き合ってる暇などないはずだ。

清雅は小馬鹿にしたように鼻で笑った。

「お前と比べるなと言ってるだろう。オレがそばにつくのはお前の外出時だけだ。充分自分の仕事はこなせる。幸い上級御史と違って、俺は裁判関連やら議事監察やらの面倒な書《しょ》翰《かん》業務も少ないからな。自分次第でいくらでも仕事はできるといったはずだが？」

秀麗は気がついた。……もしかして、清雅が下級の監察御史に留《とど》まっている理由の一つがそれなのだろうか？

（……確かに上級の侍御史になると、あれやこれや煩雑な机案《つくえ》仕事が増えるし）

いかに能力が高かろうが、機動力としてはどうしても落ちざるを得ない。人数が少ない御史台で、皇毅はわざと清雅を出世させずに戦力として使っているのかもしれない。

（でも、出世意欲満々の清雅がそれをおとなしく受け入れてるってのは、……葵長官となんか取引でもしてるのかしら……）

秀麗と同じ監察御史の地位は明らかに清雅に不釣り合いだ。なのに焦ったり、不満をこぼすこともない。侍郎の地位まで一気に上り詰めた絳攸を思えば、清雅は傲慢《ごうまん》な性格と裏腹に、静かに機を待つ辛抱強さを備えているのは確かだ。――必ず出世できる自信があるのだ。

だからこそ、勝負をかけてきたときの清雅に、きっと万に一つの失敗も期待できない。

「当分は後宮で暮らしてもらうことになる。家の畑仕事やら収穫やらは誰かに頼んでおけ」

後宮。貴妃として猫をかぶっていた頃が蘇《よみがえ》る。……あれから結構時が経っているが――。

「……いつまで？」

「この一件の背後にいる人物の面が割れたらか、もしくは正式に藍楸瑛が十三姫を後宮にあげて、后妃《こうひ》か妾妃《しょうひ》の位につくまで、だな。警護も格段に厳しくなる上、お前という替え玉を撒《ま》き餌《え》にフラフラさせるのも難しくなる。できればその時までにある程度情報をつかんでおきたいもんだ」

秀麗は平然とした風をつづけた。清雅の理知的で見透かすような眼差《まなざ》しは、知っているのかいないのかまるで判断がつかない。秀麗の反応を観察しているようにも思えるし、単に秀麗の思い過ごしかもしれなかった。――清雅が洗いざらい秀麗のことを調べたなら、二年前の春、街から姿を消していたことは簡単に調べがつく。その期間霄太師が後宮に誰かを入れたという噂も高官の間で流れた。清雅ならもっと確実な情報をもっていても不思議ではない。

……どちらにせよ、秀麗から墓穴を掘るような真似はできなかった。

「わかったわ」

「離宮の準備が整ったら連絡する。あと一日二日だ。――以上」

清雅は言うだけ言うと、さっさと出て行ってしまった。

秀麗は床にいるのをやめ、椅子に身体をもたせた。やっとのことで。すると、隣室から蘇芳がひょっこりやってきてお茶を淹《い》れてくれた。寝たふりをしていたらしい。

秀麗はありがたくそれをすすった。なんだかどっと疲れて、頭もゴチャゴチャだ。

――いつもいつも、負けた気になる。清雅は一人ですべての手配を終えていたのに、秀麗ときたら通常業務を必死にこなすだけで精一杯なのだ。

秀麗の沈んだ顔に蘇芳が気がついた。感情豊かな女なので、ここ最近、顔つきでどんなことを思ってるかくらいはわかるようになった。

「……あのさー、なんかわかんねーけど、焦るなよ」

「……タンタン……だって私の仕事でもあるのに、もうすでにやることなんもないのよ」

「よかったじゃん。代わりに仕事やってくれてやりぃ～、くらいに思っとけば」

秀麗は目をパチクリさせた。「……え？」

「あんた十八なんだぜ。官吏も二年目。それでセーガに引けとらないなんて絶対不可能だろ。あいつだって六年かかってあーなったんだぜ。毎日やること山積みで駆け回ってるあんたが、これ以上何をどううまくやろうっての。人の助けは借りて恥じゃないだろ。相手がセーガでもさ。ステキな先輩に助けられちゃった〜ウフって喜んどけって」

「……ぐ……そ、そらホントにステキな先輩だったら喜ぶけど、清雅なんだもん……」

「んじゃ俺だったら？」

「素直に喜ぶわね」

「じゃーステキな先輩は俺だと思っとけよ。せっかく楽さしてもらったのに落ち込むほうが損だろ。他に使える時間が増えて嬉《うれ》しくないわけ？」

なんだか無茶苦茶な論理だと思ったが、その通りな気もした。ストンと心が軽くなる。静蘭のように優しく慰めるわけでもなく、燕青のように強く上に引っ張り上げてくれるわけでもない。気負いのない蘇芳の言葉は、秀麗の中にいつでも水のように染みこむ。

頑張るなといってるわけではない。自分の身の丈をよく考えろと、焦る秀麗の頭を冷やしてくれる。

事実、今の秀麗では清雅と同じ仕事を同じ速さでやることは不可能なのだ。それなら確かに、やってもらって得したと喜ぶ方がずっといい。

「……そうよね。そうだわ。ありがとタンタン」

泣いたカラスがなんとやらの秀麗に、蘇芳は呆《あき》れ半分に笑いがこみあげた。

「立ち直り早すぎ」

「いいじゃないのよ。よし、じゃあ頑張るわよタンタン！」

「いや、オレ寝る。瞼《まぶた》ひっつきそう。超くたくた。ごめん、マジで限界。あ、あんたに頼まれてた資料、『紫州における月別と牢獄《ろうごく》別の死刑者数』ってやつ、出しといたから」

蘇芳は手近な長椅子に倒れこむと、本当に寝てしまった。どうやら清雅が帰るまで必死で起きてくれていただけだったらしい。

秀麗は毛布をかけてやり、隣の執務室へ戻った。机案に資料が箱で山積みされているのを見て、蘇芳に感謝した。

さっきの清雅の話を思い返す。

――もう一度、後宮へ。

なぜだろう。秀麗は懐かしいと思ったけれど、同時に心の奥が優しくひっかかれるような、奇妙に痛がゆい心地がした。

あれから二年が経った。すべてが変わったとは思わないけれど、決して同じではない。

すべては夢のように、箱に入れて秀麗の中でそっと奥の棚にしまっておいたのに。

……いつか取り出し、懐かしく眺める日が来るとしても、こんなに早くではなかった。

あの夢のような現実は、まだ想い出になりきれていなくて。秀麗も劉輝も、心のどこかで、あの夢のつづきを見られるのではないかと、思っている。

けれど秀麗は知っていた。恐らくは劉輝も。あれは夢だったのだ。影のない夢を、見たのだ。

あの桜の後宮に、戻れる日は二度とこない。
（……さあ、私は私の仕事をしなくちゃ）
劉輝の妃《きさき》になる、十三姫を守るために。
それが秀麗が自分で選び、望んで歩きはじめた現実《いま》だった。

第三章　真夜中に廻《まわ》るいくつかの歯車

蘇芳の出してくれた資料を使って、月別、牢獄別の死刑者数を書き出していった秀麗は、列挙される数字を見直した。

「……やっぱり少しおかしい……偏りがあるわね。てことはもしかして他州も――」

秀麗は書棚を見上げた。調べたい資料は天井近くにあるのだが、一抱えもある箱の中だ。

（……ハシゴ使えば届くけど……重くておろせない……）

今日の件を思えば蘇芳を起こすのは忍びない。

誰かに頼もうにも、他の御史もいない。入ってみて秀麗も知ったことだが、本当に御史の数は洒落《しゃれ》にならないくらい少ない。御史台三院の全御史を合わせても、おそらく二十人いるかいないかだ。そのうちいちばん数が多い監察御史はほとんど地方に出払っているし、他の御史も常に不在で、いまだに秀麗が御史台に出仕していてばったり出くわすといったら清雅と晏樹くらいなのだ。

（ていうか御史台で晏樹様によく出くわすほうが問題よね……）

秀麗は意を決し、とりあえず自分で箱を出せるかやってみようとした。

「……何をとってほしいんだ？」

後ろから聞こえた声に、秀麗は驚いた。いつでも唐突に現れる少年である。

「リオウくん……！　どっから入ってきたの。じゃなくて！」

秀麗はおろおろした。

「ダメよ！　御史台に入ってきちゃ！　ここに入れるのは高官でもごく限られてるの。清雅に発見されたら背後霊にならされるわよ！」

背後霊？　リオウは変な顔をしながら答えた。

「仙洞令君の官位はいつでも御史台に入れるが」

秀麗は通達を思いだした。

「……仙洞令君になったのよね、リオウくん……そうだった」

「官位でいえば葵皇毅より上だ。で、何をとってほしいんだ？」

「え。そんな。私にだってとれないのに――」

「……あんたと比べるな。だいたいあんた、手を怪我してるだろうが」

秀麗はハッとして、清雅が巻いてくれた包帯を見た。

止まらない血の印象を忘れたくて、秀麗は慌てて書棚の上を指さした。

「あ、その……上の、そう、冊子が積み重なってるあの箱をとろうと――」

「ほらよ。これでいいのか」

梯子《はしご》を登り、書棚の間から調書がぎっしり詰まった箱を、リオウは楽々とおろしてきた。

「……ありがとう。リオウくん、力持ちね」

「別に。ただの男と女の差だろ」

リオウの様子がいつもと違うように秀麗には思えた。何か話したそうな。珍しい。

「……私にどんなご用？　お茶飲んでく？」

「……茶なら俺が淹《い》れる。あんまり男になんでもかんでもしてやると、それが当然だと思って、つけあがるぜ。少しはやってもらうことを覚えろよ。男と同じように仕事するなら尚更《なおさら》だ。もともと女のほうが力も体力もないし、頑丈でもないんだ」

秀麗は目をパチクリさせた。まさかこんなことをいわれるとは。

（清雅とは偉い違いだわ……リオウくんの爪の垢《あか》でももらって茶にいれて出してやろうかしら）

「優しいわね、リオウくん」

「別に。うちの一族なら普通のことだ。お前みたいなほうが珍しい」

かかあ天下なのかしら、と思いつつ、リオウがお茶を淹れてくれるのを椅子で待つことにした。そのときリオウが一瞬何かを探すように視線を巡らした。

秀麗の勘が働いた。

「二胡《にこ》、弾いたら聴いていってくれる？」

「……仕事があるんじゃないのか」

「気分転換も仕事のうちです。リオウくんが聴いてくれるなら、だけど」

リオウは少し躊躇《ためら》ったのち、頷《うなず》いた。

蘇芳がお茶を注ぐかたわらで、秀麗はしまっておいた二胡を取り出した。隣の室では

ぼそっと白状した。

リオウはしばらく黙って聴いていたが、自分のぶんの湯呑《ゆの》みがカラになったあたりで、

「……王、に、傷つけることをいった……かもしれない……」

「……劉輝に？」

「別に嘘を言ったとは思ってないが、言い過ぎた……と思う」

リオウは『無能』と、特殊な生まれのせいで、一族でも誰かと関わることがほとんどなかったから、こういったことがよくわからない。悠舜にたしなめられたあとも、なんだかスッキリしない。胸に何かがわだかまって、落ち着かない。こんな奇妙な感覚は初めてだった。あれから数日たつが、王と会ってはいない。

秀麗は二胡を弾きながら訊《たず》ねた。

「……劉輝に直接謝った？」

「……いや」

「じゃあ、行ってきたほうがいいわ。劉輝は優しいから、謝ればきっと許してくれるわ。そうしたら、ちゃんと自分の室《へや》で眠れるわよ。……私がいえた義理じゃないんだけど」

……時々、秀麗は何もかも捨てて、官吏をやめて、後宮に入るのもいいか、と思うこと

があった。

劉輝に愛され、劉輝が訪れるのを待ち、二胡を弾き、桜の下でお弁当を食べて。たまに落ち込む劉輝を支え、時には叱咤《しった》し、疲れたときには優しく慰める。もちろん価値のある人生だ。引き替えに、貴妃のときと同じく、外の世界で何か事が起きても秀麗には知らされず、知ったとしても別に何かできるわけでもなく。

……劉輝が玉座で、朝賀の時、一人泣きそうな顔をしていることも、知らぬまま後宮で暮らす。

官吏にならなければ、劉輝の王としての顔を知らなければ、そういう人生も、もしかしたらあったかもしれない。けれど知った上で、選ぶことができるのなら。

たくさんの人に囲まれても、独りぼっちのような、劉輝のあんな悲しい顔は見たくない。

桜の下で、約束をしたのだ。荷物が一人で重いなら、一緒に持つと。……一緒に……。

……けれどその約束はいつ叶《かな》うだろう。時々秀麗は弱気になる。秀麗がいなくても、朝廷は回る。能吏は大勢いる。全部が全部劉輝の敵でもない。楸瑛も絳攸もいる。秀麗が味方になろうがなるまいがたいした違いもない。皇毅の言う通り、今の自分はたとえ死んでも誰も困らない程度の存在だ。約束の場所は果てしなく遠い。

それでも。

秀麗が先にあきらめるわけにはいかない。劉輝に対して胸を張れなくなるようなあきらめの仕方だけはしたくない。それまでは、あの約束は生きている。秀麗はそう思っている。

「謝っても許してくれなかったのか？」

秀麗は我に返った。リオウに向けて、首を横に振る。

「……まあ、意地の張り合いってとこかしら。でもリオウくんなら、劉輝も意地なんか張らないと思うから、大丈夫よ。きっと待ってるわ。劉輝はあなたのこと好きだもの」

「……好き？　あいつが？　俺を？」

リオウの黒よりも深い瞳《ひとみ》が驚きに見開かれる。秀麗は笑ってしまった。

「そうよ。劉輝の好意はものすごくわかりやすいじゃないの。おおっとぉ、って思うくらい」

「……鳩が飛んでるようには見えたが、それは知らなかったな」

「……そうね、鳩は飛んでそうね。多分飛んでるわ。でもあれがわからないっていうと、これから先女の子に好意を寄せられても全然気づかないうちに終わっちゃうわよリオウくん……」

子守歌が終わる。響きがたゆたう中、リオウは椅子から音もなく立ち上がった。

「俺は……お前の二胡は……嫌いじゃない」

「あら、嬉《うれ》しいわ」

帰ろうとした時、リオウは秀麗のその相に気づいてギクリとした。

「……お前……体の具合が悪いとか、どこかおかしいとか、ないか」

秀麗は息を呑《の》んだ。包帯が巻かれた掌《てのひら》を、隠すように握りしめる。

「……どうして？　そんなに顔色悪く見える？」

「……い、や……。何かあったら……言いにこい。仙洞省……いや、うちの一族、なら。……なんとかできるかもしれない……」

秀麗はそっと手の包帯に目を落とした。確かに仙洞省なら、多少のおかしなことにも答えをくれるような気がする。今はあれやこれやで忙しくて無理だが、余裕ができたら、ちょっと相談に行ってもいいかもしれない。そう思えば、驚くくらい心が軽くなった。

「ありがとうリオウくん。そうさせてもらうわ」

「別に……邪魔して悪かったな」

リオウは呟《つぶや》いて、窓から出て行った。……戸口からでなく。

＊　＊　＊

「珠翠〜〜〜〜〜〜…………」

劉輝はその晩、外朝から後宮に戻ると、まっさきに筆頭女官をさがした。

そのあまりに情けない声に、珠翠は慌てて王のそばに上がると優しく慰めた。

「りゅ、劉輝様……またなんというお顔をなさっているのです。メソメソしてはいけません」

「刺繍《ししゅう》をしよう」

珠翠はたじろいだ。この世でいちばん嫌なものを聞いた、とでもいうような顔だ。

「刺繍。余は刺繍をして気を晴らすことにした。付き合ってくれ」

「……なんでまた私のいちばん苦手なものを選ぶのです。というか、殿方が気を晴らすのに刺繍というのはどうなんですか。カッコ良く剣で発散なさったらいかがです」

「ふん……余の顔が良くたって、それがなんだ！　カッコ良くたって大好きな臣下にも大好きな娘さんにもふられまくりだぞ。ちっともいいことなんかない。顔だけよくてもダメなのだ。だからこれからはカッコ良くないほうも試すことにする！」

「はいはい、相変わらず当たっているようないないような、それでいて微妙にトンチンカンなヤケを起こさないでください。心配せずとも今の駄々こね主上はとてもカッコよいとは申せませんから、別に刺繍なんかしなくったって充分――」

「刺繍」

「……わかりました。お付き合いいたします」

珠翠は美しい顔を背けた。ヘンな小技を教えてしまった私が馬鹿だった。

「剣だと珠翠と話ができないだろう。剣稽古《げいこ》を見てるだけだとつまらぬだろうし」

「そ、そんなことは～」

珠翠は作り笑いを浮かべた。見てるだけどころか、相手もできますなんて口が裂けても言えない。むしろ刺繍をするくらいなら剣の相手を務めるほうがよっぽどましだ。

珠翠は自分の私室へ王を通した。二人分の針と糸を用意すると、向かい合ってちくちく布地に針を刺す。初心者にもかかわらず劉輝が器用に縫っていくので、珠翠は落ちこむ。なんでかこれっぽかしはいつまでも上達しない。

「そういえば御史台と兵部から離宮の使用許可がきていたが、どうなってる？」

「あらかた十三姫をお迎えする支度は終わりました。場所は桃仙宮《とうせんぐう》です。一日二日ほどで十三姫と秀麗様がいらっしゃるかと。それに合わせて私も主上のお傍から一時離れまして、そちらへ参ります」

「……うむ。よろしく……何があっても余はくるなといわれているから……」

「嬉しくないのですか」

「だってな珠翠！　十三姫と秀麗が後宮へくるんだぞ。嬉しいんだか嬉しくないんだかさっぱりわからんではないか。どう反応していいのかまるでわからん」

ものすごく正直な感想を劉輝は述べた。

珠翠もその通りだと思った。

「主上は、十三姫をご存じなのですか？　どんな姫君なのでしょうか」

「それがわからんのだ。藍家はちょっと特殊でな。正妻の産んだ五人をのぞいて、他の異母兄弟は色々な育てられ方をしていると聞いている」

「色々な育てられ方？」

「そう。藍門一族に預けて養育させることもあれば、農民や商人の暮らしをさせたり。武門の家に養子に出すこともあれば、隠者のもとで学問を磨かせたり、有名な舞姫に弟子入りさせている姫もいると聞く。預け先については母君の血筋も多少は考慮されるようだが、結構適当に養育先を選んであっちこっちで育てているらしい。生まれた子供の未来は運任せというやつだな」

「……あのボウフラ将軍の適当さ加減の源がわかった気がします。それにしても、あらゆる職種、あらゆる身分で一族のために使える者を育てる、というその一族主義はさすが藍家というべきか……」

「ああ。で、どこにどんな異母兄弟を送ったかは極秘にされる。その徹底した秘密主義のせいで、十三姫がどこでどう育てられたのかもわからん、というわけなのだ」

わかっているのは、あの藍家の三つ子当主が、掌中の珠《たま》の中から十三姫という娘を選抜して劉輝のもとへ送って寄こした、という事実だけだ。考えるだけで冷や冷やものだ。

(まあどんな才色兼備の娘がこようとも、さすがに珠翠にはかなわんだろうが)

劉輝は珠翠の横顔を盗み見た。近寄りがたいまでに美しく完璧《かんぺき》な女官だが、誰もいない時を見計らい、こっそり劉輝の刺繍と自分の刺繍をいつまでもいつまでもいつまでも見比べ、しゅんとしているという可愛い一面もある。そして何より優しい。

「……珠翠、近々嫁に行く予定とか、ないな？　あっても余が邪魔していいか？　いやする」

「なんですか、いきなり」

「これで珠翠までいなくなられたら、余は真面目に泣いてしまうからな」

珠翠は手を止めた。珠翠の胸が痛んだ。きっと、今、珠翠より王のほうがずっと苦しい。今の言葉が冗談なようで本気だということを、珠翠はわかっていた。

少しずつ何かが欠けていく。何かがこぼれていく。

楸瑛も絳攸も傍にいない。口ではわかっていると言いながら、それは劉輝から王としての自信を失わせる。二人が消え、脆《もろ》い自分の現実を突きつけられる。標《しるべ》にしていた灯火《ともしび》が消えて、真っ暗闇を一人きりで歩くようにひどく不安になる。こんなにもあの二人に頼っていたことを思い知らされる。そしてあの二人しかいなかったことも。

旺季の言う通り、二人がいさえすればいいと、他の臣の心を得る努力を欠いたのは劉輝自身。

すべて自分で招いた結果だと、劉輝が思っていることを珠翠は知っている。

「……主上」

「う、いや、別に一生嫁に行かないでくれとか、そういった無茶はいわないが。でも楸瑛も、知らない間に珠翠に嫁に行って欲しくないと思うし」

「は？　あのボウフラなら大喜びするに決まっているではございませんか。私が女官を辞めたら、もう私にいちいち逢瀬《おうせ》を邪魔されなくてすむのですから。あんな男の話はどうでもいいんです。……主上」

「は、はい」

ついにボウフラ男からただのボウフラになってしまった、と劉輝は楸瑛を憐《あわ》れんだ。

珠翠はうつむいて、ジグザグの刺繍を見た。不ぞろいで下手くそな目。

この刺繍のように、いつも珠翠は肝心なとき、うまくやれない。

「おそばにいたいと思っております。できるだけ……できるだけ長く。それは本当です」

「……珠翠？」

「で、ですが……どうしてもおそばを離れなくてはならなくなる日がくるかもしれません」

嘘をつく。「かもしれない」ではなく、間違いなく、その日はくる。

リオウの漆黒の眸《ひとみ》が脳裏に蘇《よみがえ》り、珠翠の声は震えた。懸命に平静を装う。

「これだけは……信じてください。私はこうして過ごす時が大好きでした。主上も、秀麗様も……邵可様も、本当に大好きで……お傍にいさせていただくだけで幸せでした。たとえどのような別れ方をしても……それだけはお心の隅にでもお留めいただければ……嬉しく存じます」

劉輝は焦った。こんなことを言われるとは思わなかった。

「な、なんだ。もしかして、本当に嫁に行くのか!?」

「……そうですね。そう思っていただいて結構です」

「待て！　全然幸せそうじゃないぞ！　前に言っていた好きな男というやつではないな」

「いいえ。充分……幸せでした。充分です……」

珠翠は小声で、囁《ささや》いた。

「私は……今までたくさんのものから逃げて、いつも誰かに守られてきました。逃げて逃げて——いつかこんな日がくるのは、当然だったのかもしれません。私は、私に課せられたいくつもの義務もお役目も果たさず、一人勝手に、自分の幸せだけを選んで、生きてきてしまったから……」

束の間、紗《しゃ》が剝《は》がれるように、少女のように頼りなく寄る辺ない表情がのぞいた。劉輝はそのとき初めて、ただの珠翠としての、顔を見た気がした。

珠翠はハッとして、口もとを着物の袖《そで》でおさえた。余計なことを言いすぎた。

「あの、でも、大丈夫です。まだしばらくは……しばらくは、おそばにいられると思いますから。さすがに今の主上を放ってはおけませんし」

劉輝は胸を撫《な》でおろした。……時間があるなら、なんだかんだとごねて相手の男にいちゃモンつけて邪魔できるかもしれない。なんといっても劉輝は王なのだ。王様。

珠翠は正確にそんな王の心を読み取り、困ったような曖昧《あいまい》な顔をした。

王の心が、とても嬉《うれ》しかったから、何も言わないことにした。

……劉輝が帰ったあと、珠翠は自室から出た。人気のない暗い外回廊をよろめきながらゆく。見えない何かから逃れるように。

とろりとした夜だった。甘い花の香が闇から香ってくる……。珠翠は闇の中、自分がどこを歩いているのかもわからない。全身から汗が噴き出す。夜に沈んだ冷たい太い円柱にもたれかかる。それでも立っていられずにずるずるとしゃがみこむ。目の前がまだらに染まり、点滅する。心臓がどくどくと耳の近くで音を立てる。

頭の中で、珠翠のものではない声が鳴り響く。それはもうずっと聞こえなかった声。

——役目ヲ　果タセ……命ニ従エ——……

声を振り払うように弱々しく頭を振る。珠翠という人格も意志も何もかもがズタズタに引き裂かれて、大波にさらわれそうになる。

「……だめ……まだ、おそばを離れないと……王と……約束……」

璃桜《りおう》様に見つかった時から覚悟はしていた。でも、だめだ。まだ、だめ。嫌だ、いやだ。——忘れたくない。まだそばにいたい。できるだけ長く。長く……。あの寂しがり屋の王の傍に、たくさん文をくださる秀麗様のお傍に、……愛する邵可《ひと》のそばにいたい。

涙がにじんだ。どうか壊さないで。「私」を、壊さないで——……。

闇から少年が現れる。

珠翠に近づき、石の床に横たわった珠翠を、リオウが抱き起こした。

「……よくここまで抵抗できるな。たいしたもんだ」

リオウは呟《つぶや》いた。珠翠という女官に会え、と父に言われたが、まさかこうなるとは思っていなかった。どうやらリオウの目が暗示の発動媒体にされていたらしい。

「……あんたの室はどこだ？　送っていってやるから」

リオウにはどうすることもできないし、こうなってしまえばもはや時間の問題だ。この強固な意志に敬意を払って、抵抗するだけさせてやっても別に構うまい。

「いや……近寄らないで……」

頑是無い子供のように首を振る。ほとんど意識が飛んでいるらしい。

(なんか俺すごい毛嫌いされてないか……)

知らなかったとはいえ、リオウがきたせいでこうなったのだから、気が咎《とが》めた。

リオウは珠翠を手近な室に運ぼうと、ほっそりした肢体の下に腕を差し入れた。

「……そのまま、置いていってもらおうか」

殺気に満ちた、冷ややかな男の声がリオウの背に突き刺さる。

……近づく気配に少しも気づかなかった。リオウは珠翠から手を離した。

すれ違う時も、一分の隙もない。あの王といい――。

(……顔に似合わず、結構やるのが多いよな……)

リオウは男が珠翠をそっと抱き上げるのを目の端で捕らえながら、秀麗に言われたとおり王に謝りにいくために、夜の後宮をまた歩いていった。


(……誰……)

珠翠はぼんやりと目をあけたが、目の前がかすんで、すべてがおぼろげだった。

やわらかな寝台に横たえられる。脂汗で張りつく髪が気持ち悪い。それを察したかのように、誰かの指先が器用に動き、優しく髪をかきやってくれた。

(……邵可様……？)

もしかして言葉に出したのかもしれない。慣れた仕草で髪紐《ひも》をほどき、簪《かんざし》を抜いてくれていた手が、ふと止まった。

「……可さま？」

しゃべるな、とでもいうように優しく頭を撫《な》でてくれる。少し躊躇《ためら》いがちで、不器用な撫で方は、記憶の遥か底に埋もれていた邵可のものと同じ。

涙がこぼれた。

「………行ってください」

邵可は珠翠などに構っていてはいけない。

秀麗様が危険な時でさえ、一度も表立って動かなかった。邵可が動けば、解決することは山ほどある。どれほど王の助けとなれることか。それをしないのは、本当に危機的状況に陥った時、邵可が切り札にならなくなるからだ。愛娘《まな》でさえ、国と秤《はかり》にかけることができる氷の理性。

――先王が目をつけ、霄太師が認めた。邵可こそ、他に比類のない生粋の政治家。

ギリギリまで邵可は動かない。動いてはいけない。気取られてはいけない。そうでなくとも、邵可が守らなくてはならないものはとてもとてもたくさんあるのだから。

「お願い……行ってください………」

足手まといにだけはなりたくない。自分のことは自分で何とかすると決めたのだ。

必死で保っていた意識がとぎれがちになる。疲れて――眠りたくなって、目をつむる。

抱きしめられた。子供をあやすように優しく、慰めるように、そっと。

たったそれだけで、珠翠の鉛のような疲労は心地の良い気怠《けだる》さに変わる。珠翠は心からくつろいで、水に沈んでいくように眠りへ落ちていった。

＊　＊　＊

パキン、と茶碗《ちゃわん》が砕け散った。

別に落としたわけでもない。ただ机案《つくえ》の上に置いてあっただけの茶碗が、唐突に弾《はじ》け飛んだのである。飲み残していた茶が破片の間を流れて机案からしたたった。悠舜はそれを見ながら、筆を擱《お》いて手もとの文書が濡《ぬ》れないように脇へよせた。

別段この怪異に驚くこともなく、茶を布巾《ふきん》でぬぐい、割れた茶器のカケラも自分で片付ける。すべて屑籠《くずかご》に捨てた頃、ひょっこりと酒を担いで同期がやってきた。

「おう悠舜、邪魔するぜ」

「……相変わらずどこの破落戸《ごろつき》かという入室をしますね、飛翔《ひしょう》……」

悠舜は工部の管《かん》尚書の恰好《かっこう》を眺めた。

「どうしました？　まさかお酒を呑《の》みにきたわけじゃないでしょうね」

「よくわかったな、さすが悠舜。尚書令室なら、ぐだぐだ文句言われずに呑めるからな」

悠舜の返事も待たず、肩に紐で吊《つ》るして引っかけていた酒瓶と、酒杯を二つ出して酒を注ぎ、一つを悠舜の机案に、一つは自分で持ったまま飛翔は床にどっかとあぐらをかいた。

飛翔は黙って手酌で三杯あおった。飛翔が酒を呑みにきたわけではないことを知っていたから、悠舜もちびちび付き合った。

ややあって、飛翔は口をきった。

「……悠舜。オレは貴族じゃねぇ。別に何ももってねぇからな。何があろうが、オレはお前の傍にいてやる」

「ありがとう、飛翔。……でも、ですか？」

「陽玉《ようぎょく》はカンベンしてやってくれ。あいつめちゃくちゃ我が家大好き野郎だからな。碧家から何か言われたら、多分逆らえねーと思うわ。大事なモンが違うのは、しゃーねぇさ。無理に引き留めるつもりもねぇ。つーかオレが引き留めたってあいつがハナタレ王のもとに残るとはてんで思えねーけどよ」

悠舜は懐かしいような、いつのまにか遠くまで歩いてきたのに気づいたような、不思議な気持ちになった。……十年以上前に、一緒に及第した同期。

それぞれがそれぞれの大切なものを選んで、別々の道を歩んで、ここまできた。

「……ふふ、好きなものはお酒だけではなくなったようですね、飛翔？」

「うっせぇ。大体な、オレたちはお前がいっちばん心配なんだよ！」

「……たち」

「うっ。うるせー。お前な、せめて地固めするまでもう少し王から距離おいとけや！　ニッコニコ人畜無害そうな顔して、立て続けにズバズバ貴族派斬りやがって。お前なら凌晏樹みてぇに中立でも充分やってけるだろ。あんまり王をかばいすぎるとお前が死ぬぞ」

「結構。もとより半端な覚悟で朝廷《ここ》に戻ってきたわけではありません」

飛翔は言葉を飲みこんだ。かつて悠舜が茶州行きになった経緯は、飛翔にとっても苦い記憶だった。

悠舜は大官たちの顔ぶれを思い起こした。

「飛翔……今の朝廷の元になっている、先王陛下と霄太師が各省それぞれに配置した人選は絶妙でした。国試派も貴族派も、それぞれが容易には動けない人選――」

王の最も親密な秘書役として、多くの議案を王と共に考え、書翰《しょかん》作成をする中書省《ちゅうしょしょう》の要職は埋めず、未《いま》だほとんど空位。王自ら書翰作成することで補ってきた。

貴族派の多くは、門下省へ配置。王の意見も退けられる大権を持たせる。

逆に尚書省には多く国試派の実力者を配置。これによって、たとえ門下省で反対された案件でも、実際に法令を施行する尚書たちの最終権限をもって押し切ることが可能になった。ゆえに女人国試も、茶州の事案も、門下省の反対を押し切って最後は施行できた。

これでは貴族派が不利に見えるが、御史台に貴族派の若手・葵皇毅を配置することで相殺。

つまりは現在、貴族派、国試派ともに勢力は拮抗《きっこう》し、五分と五分。

けれど、それも長くはつづかない。あくまで一時凌《しの》ぎの策だ。抑えがきく数年の内に脇を固められるだろうと、先王と霄太師は考えていたのだろうが――。

（……即位したての新王に、ご自分たちの能力を基準に考えないで頂きたいものですね……）

さすがの悠舜も硯《すずり》を投げつけたくなる。今度霄太師にあったら本当に投げつけてやろう。

「まったく、飛翔、あなたたちもいけないのですよ。少しも王に優しくしてあげないから」

「だーってよぉ、最初の印象が悪すぎたんだよ。引きこもり、両刀、朝議にゃ出ねぇわハンコはてきとーに押すわの無気力バヵ王っぷり。お前だって即位式で怒ってたろが」

「即位式は、でしょう。頑張りはじめたな、と思ったところで少し歩み寄りを見せたらどうなのです。誰も彼も王に求める一線が高すぎます。二十一歳なのですよ。じーっと待つより『オレが育てる』くらいの気概はないのですか。あなたの大好きなお酒だって、勝手に熟成しているのではないんですよ。手間暇かけて気にかけておいしくなるんです」

「えー……両刀王にンなことしてオレが喰《く》われちゃったらどーすんだよ……」

「――飛翔。言っていいことと悪いことがありますよ」

声音は穏やかながら、カツ、と杯を置く音は鋭い。飛翔はバツが悪そうにした。

「……わり。確かにちょっとほっぽりすぎたかも。次から次へと若手二人と馬鹿なこと言ってきやがるんで、ふざけんなよこんガキャ、って怒り半分呆《あき》れ半分で、ついなー……」

「では面と向かって怒鳴ってあげればよかったのです。そうすれば王も、絳攸殿も藍将軍も、ちゃんと反省して考えます。若すぎて浅慮になるのも、ついつい焦って最後はごり押しに走るのも仕方がありません。失敗して迷って学習して成長するのが当然です。それを有能だからと任せっきりにして──若いからこそ誰か年寄りが後ろについていないと、小生意気な若造が、でなめられるのは世の常でしょう。霄太師はもう実務についておりませんし──」

「待てやコラ。誰が年寄りだ！」

「尚書みんなです。何か文句でもあるのですか」

悠舜がにべもなく斬り捨てる。飛翔はたじたじとなった。……すげぇ怒っている。

もともと悠舜はめちゃめちゃアツイ男だということを忘れていた。悠舜にかかれば黎深でさえ頭を下げて謝り、十年前には怒り心頭で茶州に自主左遷したくらいのアツい男だ。

「せめて尚書たちが王側にいるとはっきりわかる立ち位置までできていれば、絳攸殿にも藍将軍にも思う存分誰もが通る青春の悩みを満喫させてあげられたのです。なのに──」

絳攸も楸瑛も若すぎたし、紅藍両家に守られて、自分が背負うものを深く考えなかった。まず獲得すべきだった尚書たちはそろいもそろってくせ者揃いで、王に協力するというよりは遠目から王が何を為《な》すのか、距離を置いて見続けるという立ち位置をとりつづけた。

結果、〝花〟二人がいなくなっただけで、王は傍目《はため》に孤立無援になってしまった。

はたと、飛翔は理解した。そうか──。

（だから悠舜はあんなめちゃくちゃ王をかばいまくりな行動をしてたのか……）

尚書令たる悠舜まで中立なんかでお茶を濁せば、ますます王の孤立が目立つだけだ。飛翔は心の底から反省した。

「悪かった。今度からはあの小僧が三十年ものの熟成酒だと思うことにするぜ」

「さん……まあ、あんまり寝かせすぎないように見ていてくださいね……」

「でもよ、悠舜。この二年、あの小僧は俺たち尚書になんも言わなかった。力になってくれとも、何ともな。それも事実だぜ」

悠舜にはわかるような気がした。……孤独の中で幼少期を過ごし、突然王位につかざるをえなくなった末の公子。

……言えなかったのだ。有能な尚書たちに、認めるに足る王かと、胸を張って問うことが。

勿論《もちろん》、そんなことは理由にならない。臣下に歩み寄り、心を得る努力をしなかったという結果がすべてだ。他の兄公子が消え、彼が世継ぎと目されてから先王崩御まで数年という準備期間もあったのだ。

そのツケは払わなくてはならない。けれど、最初から完璧《かんぺき》な王などいない。

「……機会を下さい、飛翔。まだ遅くはないはずです。それに時間は多分、あまりありません」

飛翔は半ばそれを感じとって、今夜悠舜のもとを訪ねたようだった。何かただならぬことが起こり始めている。見えないところで。

「……勝算は、あるのか？」

「今のところは何とも。色々次善の策を用意しておきますから、万一の時はあとをよろしく」

「バカ野郎。奥方はどうすんだよ」

「話し合い済みです。もしもの時は一緒に死んでくれるそうですので、ご心配なく」

飛翔が心の底から悠舜を案じていることが、言葉以外のすべてで伝わってきた。悠舜は微笑むことしかできなかった。……そう、この数年のツケは重い。六部《りくぶ》の尚書たちの大半も王を認めていない。縹家や門下省だけではない。黎深をはじめ、尚書たちとも相対しなくてはならない。

ことによっては、敵対することも覚悟しなくてはならなかった。

（特に黎深――）

簡単に仕事をほっぽりだし、絳攸に押しつけて、王から引き離したあの友人と、いずれは。

＊　　＊　　＊

離宮の下調べから楸瑛が帰ってきたというので、十三姫は室《へや》に赴いた。

「兄様、入るわよ」

「ん？　ああ……」

十三姫は、楸瑛が掌《てのひら》の中で弄《もてあそ》んでいる扇を見て、首を傾げた。

「……玉華義姉《ぎょくかねえ》様のものっぽくない扇だわね」

「違う女性のだからね」

十三姫は目を丸くした。まじまじと兄を凝視する。……これは予想外だった。

「……あ。あらそぉなの」

「なんで声が裏返ってるんだ。別に恋人でも何でもないぞ。相手は心底別の男にぞっこんで、私なんか頭の天辺《てっぺん》から足の爪先《つまさき》まで眼中外だ。今日なんて間違われたよ」

「………………………………兄様」

「なんだ」

十三姫は頭を抱えた。……だめだ。いってもきっとわからない。自分がどんな顔をしているのかにも気づいてないのだから。

「……なんでもない。今日、ってことはその女性は後宮の女官かなにか？」

「あたり。筆頭女官だ。君も離宮でお世話になるよ」

「了解。で、離宮の様子はどうだった？　警衛の様子とか。イイ感じ？」

「離宮は綺麗《きれい》に整えられていたけどね……まあ行けばわかるよ。百聞は一見にしかずだ」

「はーん」

それだけで十三姫はおおよそを察した。

「藍邸《うち》で守るほうが楽だが、これ幸いと御史台に我が物顔で出入りされても面倒だ。こんなときでもないと藍邸《うち》には乗り込めないからな。秀麗殿だけなら別に構わないが、嬉々《きき》としてオマケがついてくるだろうし。それに朝廷に預ければお前に何かあったとき御史台の責任にできる」

「藍家の男っぽくてカッコいいわ、兄様。私と秀麗さん守る気サラサラないわね」

「二人とも私が守らなくても勝手に頑張るだろう。おかげで楽に動けて助かるよ」

「ったくサイテーだわね。わかったわよ。なんとかするわよ」

「藍家の男だからね。……他の何者にもなれないよ」

　十三姫は楸瑛を後ろから抱きしめた。

「あんまり無理しないのよ。妹の前でカッコつけるだけ損よ。……まだ時間はあるわ」

　寄り添う十三姫のぬくもりが、楸瑛を慰めた。ズバズバものをいう妹だが、温かな心をもっている。妙なことだが、この妹がきてくれてよかったと思う。一人きりで考えているときよりずっと楽になった。楸瑛はぽつっと呟いた。

「……あいつが死んで、五年か……」

「史上最低の馬鹿野郎だったわね」

「そうか。私はあいつほどいい男を知らないよ。……何もかも、最高の親友だった」

「……過去形で言わないで」

　今度は楸瑛が妹を抱きしめる番だった。

「……十三姫、次に私が会いに行くときが、最後だと、王にお伝えしてくれ」

十三姫は顔を上げ、黙って兄を見つめた。彼女の言うべきことは一つしかなかった。

「……わかったわ」

「それと……」

楸瑛は掌の扇を見つめ、もう一つの頼みごとをした。

第四章　秀麗、十三姫と会う

その日、秀麗は蘇芳と一緒に指定された時間通り後宮へと赴いた。

『行けばわかる』

と、清雅が言っていたが、果たして後宮へつづく門で待っていたのは、珠翠と静蘭だった。

「──珠翠、静蘭……！」

確かに口が堅く、秀麗の事情を知り、いちいち勘繰らなくても誰より信頼できる二人だ。

（……ほんと、どこまで知ってんのかしらあの男）

いや、どうしてそこまで秀麗のことを知る必要があるのか、ということを考えた方がいいのかもしれない。

珠翠が一歩進み出て、微笑んだ。

「秀麗様……お久しゅうございます」

「珠翠！　元気だっ……」

珠翠に小走りに駆け寄った秀麗は、最後まで言えなかった。胡蝶に優るとも劣らぬ美貌《びぼう》の筆頭女官なのは変わりないが――。化粧で隠してもわかる。

「……どうしたの。ずいぶん、やつれたわ……」

「いえ……最近少し眠れずにいるだけです。ご心配なさらないでくださいませ」

珠翠は取り繕った。それは嘘ではなかった。本当に、このごろ酷《ひど》く寝覚めが悪い。

「大丈夫ですから」

「なら……いいけれど。あとで何かくつろげるお香とか、取り寄せようね。――静蘭」

「はい。お待ちしておりましたお嬢様、タンタン君。御史台から話は伺っております。桃仙宮に案内します。十三姫はもうついておられます」

秀麗はまたドキッとした。さて、劉輝のお妃候補《きさき》はどんなお姫様なのだろう。

静蘭は静蘭で楸瑛の邸《やしき》で会った少女を思いだし、これまた少し複雑だった。

（……さすが藍家。目の付けどころは確かにいい。が……劉輝の手に負えるだろうか）

桃仙宮は後宮でも外れにある。桃林を抜けた先の、鏡のような桃遊池《とうゆうち》の傍に閑々と佇《たたず》む小さな離宮だ。池に張り出している四阿《あずまや》は桃仙亭と呼ばれ、春には桃林から飛んでくる桃の花びらが池に散る様が見られる、隠れた名所でもある。

以前は寂れないように最小限に宮の手入れをしているだけだったが、さすがに内密とはいえ、十三姫の隠れ家になるということで、侍官や女官がぱらぱらと桃仙宮の門を出入りしていた。

その時、門から一人の少女が凄《すご》い勢いで駆け出してきた。

秀麗一行も目に入っていない様子で、少女は桃仙宮全体を振り返り、仁王立ちで腰に手を当て、上から下まで左から右まで眺め回す。かと思いきや、突然頭を抱えてその場にしゃがみこんだ。

「……わーお……ほんっと…………………だらけだわ」

「……何だらけなんですか」

秀麗はその肩をトントンと叩《たた》いて訊《き》いてみた。既視感を覚える。確か数日前にもこんなことがあったような――。それに、この声。

（あ、ひったくりの追い剝《は》ぎをしてた女のコに似て――）

「え？　そりゃもちろんあ――あら」

振り返った少女と、秀麗の目が合った。

秀麗はまさか、と思った。まさか彼女があの時の少女で、さらにまさか劉輝の――？

「あ、あの……ひったくりを追い剝――じゃない、追っかけてくれた――？」

十三姫は立ち上がり、にっこりと笑った。

「当たり。初めまして、じゃないわね。ひったくられた女性に忠告してくれた？」

＊　　＊　　＊

蘇芳と静蘭は清雅が秀麗用に割り当てた室《へや》に向かった。

秀麗は別室で十三姫と「お着替え」をしている。

「タンタン君、なんだか浮かない顔ですね」

「そぉ？」

「ええ」

蘇芳は耳の後ろをかいた。しばらくして、蘇芳が訊いた。

「……あんたさー、お姫様と一緒に茶州にもついてったんだよな」

「ええ」

「浪燕青って、どんなヤツ？」

静蘭は驚いた。

「なんですか藪《やぶ》から棒に」

「……や、あの女の輔佐《ほさ》してたってきーたから」

静蘭は納得した。……なるほど。

「……燕青並みにお嬢様の輔佐をするのはかなり難しいですよ。喧嘩《けんか》の腕は羽林軍大将軍並みですし、性格は大雑把でどんぶり勘定で適当なくせに視野が広いので、勝負所を外すことはまずありません。一か八かの策は打たず、状況に応じて臨機応変に対処できる能力が高いので、窮地に強い。馬鹿そうに見えて本当に馬鹿ですが、『何かおかしい』を確実に見抜くので、下手な策士じゃてんで相手になりません。お嬢様の望むことなら、不可能でも可能にする男ですよ」

蘇芳は呆気《あっけ》にとられた。この家人がお嬢様以外でここまで褒めるのを初めて聞いた。

「……へー、まさかあんたに友達がいたとは思わなかった」

「友達？　あいつが？　ぜんっぜん違いますよ」

「なんだ。やっぱりな。あんた友達いなそーだもんなー」

自分で言ったのにも拘《かかわ》らず、蘇芳に即行で納得された静蘭はひるんだ。

(友達いなそうだと？)

しかしよくよく考えてみれば、……そうかもしれないと静蘭は思った。なんということだ。

「あんたちょっとセーガに似てるもん。すんげぇ自尊心高くて、自分が一番になることが当然で、誰とも距離置いて、周りはみんな敵ばっかーみたいな。お嬢様がいなかったら、だけど」

まさに公子時代の自分を言い当てられた。

「そのあんたが珍しく褒めるから、友達かと思っただけ」

「…………ち、違います」

静蘭は最後の意地を張った。燕青を友人などと認めるのはなんかものすごく癪《しゃく》だ。たとえ燕青がこの場にいなくても、言葉にした時点で何かが負ける気がする。

「……やーっぱ俺なんかとは器から違うわけねー……」

「タンタン君、お嬢様の役に立ちたいんですか」

「うーん……つかあまりにも役に立たなすぎだなーってさ。俺いる意味ないし、マジで」

「そんなことありませんよ。お嬢様はタンタン君に充分助けられてますよ」

静蘭は本音で言った。蘇芳の「普通」の言葉は、秀麗に立ち止まって「現実」を見つめさせ、細い細い道を勢いだけで走らないように歯止めをかける。一人で何ができて何ができないかを考えさせ、秀麗個人の地力を底上げさせてくれている。確かに燕青の助けを借りれば秀麗は何でもできるかもしれないが、燕青なしでもできる個人の力を上げている段階なのだ。

当の蘇芳は無自覚なので、まったく役に立ってないと思っているらしい。

「でもさー、俺じゃなくてもいいと思うわけ。こないだのはマジでまぐれだし。下につくにしても、もっと役に立つヤツ絶対いるし。俺みたいなもともとの出来があんまよくないのって、結局頭いーやつの足引っ張ることとくらいしかできないんだよなー」

蘇芳はぼやいた。

甘いところは助けるとは言ったが、実際秀麗の適応力は相当高く、一度清雅にこてんぱんにしてやられてからはあまり隙を見せなくなった。相変わらず甘いのは確かだが、その上で清雅と真っ向から闘えている。注意深くなり、人の言動の裏を読むのも長けてきている。結果的に清雅という容赦のない男の存在は、秀麗の能力を短期間で上げているのだ。

比べて蘇芳はどうか。何もできてない。傍にいるのは無意味じゃないかと思う。

一方、自分のことより他人のことがよくわかる静蘭は、果たしてどう伝えたものか迷った。

下につく者みんながみんな、燕青並みに役に立つ必要などない。そもそも燕青が規格外なのだ。与えられた仕事をきちんとこなせればそれでいい。上を目指すなら別だが、蘇芳は別に出世したいわけではなさそうだ。

秀麗の傍にいて影響を受けたのかもしれない。――成長したがっているのだ。と思いきや。

「そろそろ田舎にいって畑仕事しよーかなー」

……違ったらしい。蘇芳は読めそうで読めない。これは蘇芳の隠れた長所であり、武器だった。静蘭にも読めないということは、おおかたの人間の予想外をつくはずだ。

「タンタン君。あきらめ早すぎませんか」

「俺の特技だもん」

「君の特技は他にもありますよ。タンタン君、『自分じゃないとできないこと』なんて滅多にありませんよ。誰かにできることは大概他の誰かにもできます。『この人じゃないと』というのは、実績と信頼を重ねるからこそそう思われるだけです。お嬢様にとっての私や燕青も同じことですし、タンタン君もそうです」

「俺？」

「ええ。たとえば清雅くんと君のどちらかを輔佐に選べといわれたら、お嬢様は間違いなく君を選びます。清雅くんの能力が高かろうが、お嬢様を助けた実績と信頼が優っているからです。そういうことですよ。いま官吏でお嬢様の傍にいられる立場としては君が一番です」

蘇芳は何かを考えるように宙を仰いだ。

静蘭の何気ない言葉が、のちの蘇芳の選択に多少なりと影響を与えることになるとは、このときの静蘭は気づきもしなかった。

「……ふーん。わかった。でもあんたもお嬢様に張りつかなくなったよな」

「それも信頼と実績ですね。私がいなくても、なんだかんだとお嬢様は切り抜けてますから。傍にいなくても、私も安心できるようになったんです」

それは不思議な感覚だった。秀麗が自分の手を必要としなくなったら、自分はどうなるのだろうとずっと恐れていたのに。真実は逆だった。心がふっと楽になった。前はいつもどこか不安だった。二つとない脆《もろ》い硝子《ガラス》細工のように、秀麗は自分が守らなくては壊れてしまうと思いこんで。

実際は超絶頑丈だった。どんなことがあっても壊れないなら、静蘭は絶対に大切なものを失わずにすむ。絶対に。それは——本当に静蘭を安心させた。今の静蘭は離れていても秀麗を信じられる。

それが、燕青が何度も繰り返した『秀麗を信頼しろ』という言葉の意味だったのだろう。

(なんであいつのほうがよくわかってるんだ。むかつく……)

「お嬢様離れができたってことね」

「……なんで逆じゃないんですか」

「だって一緒にいるときあんたのほうが嬉《うれ》しそーだし。本当はちょっと寂しーんだろ」

「……。でも今はもっと心配な人が一人いますからね。お嬢様？」

「まったくだわ」

扉の方を振り返った蘇芳は、落雷のごとき激しい衝撃を受けた。こ、これは——。

「…………胸が大きくなってね？」

即座に静蘭の拳《こぶし》が蘇芳の脳天を見舞った。ぼそぼそと静蘭が蘇芳に小声で指導する。

「たとえそれが真実でも、いくらでも見て見ぬふりができるでしょう、タンタン君？　綺《き》麗《れい》になったとか、充分お姫様に見えるとか、睫《まつ》毛《げ》が長くなったとか！　もっと別の逃げ道が!!」

秀麗は赤面した。怒りで。静蘭はタンタンと話すと本当に本音が出まくりだ。

「……静蘭、聞こえてるわよ……。だってしょーがないでしょ!?　囮《おとり》なんだから！」

静蘭は口許《くちもと》を押さえた。しまった。

「いえ別に悪いとはひと言も！」

「そーだよ。全然悪くないって。たとえニセモノでも男は大きいほうが嬉《うれ》しーもんだよ」

静蘭は蘇芳を蹴《け》り飛ばした。

「相変わらずひと言多いですね君は。小ぶりで何が悪いんです。お嬢様のせいじゃないでしょう。いい加減にしないと陽の目を拝めなくしますよ？　お墓にはタケノコを供えてあげます」

「やめろよ竹が生えてくるじゃん！　あれってあっというまにノコノコ増えて辺りの土壌栄養分めちゃくちゃ吸いとって近隣の村人超大迷惑すんだぜ。死んでからも嫌がらせすんなよ」

「ふっ……私らしい気の利いたお供え物だと思いませんか」

「うう……なんてやつだ。最低だと思わないのかあんたんとこの家人⁉」

「──どっちも最低よ」

蔑《さげす》みの目で睨《にら》まれ、静蘭と蘇芳は口を噤《つぐ》んだ。

「そーよ。最低だわね。胸なんてねー、邪魔だし重いし歳取ればたれてくるのよ」

ひょこっとうしろから十三姫が顔を出す。こちらは身分の低い女官姿に変わっていた。

秀麗は慌ててたしなめた。どうやら着替えの時にすでに秀麗はこの物言いに接し、あれこれ注意したらしい。控えている珠翠もあきらめの顔つきだった。

「十三姫！　後宮勤めの名家の子女らしく！　とお願いしたはずです。それでばれちゃったらどうするんです！」

「はーい。ごめんなさい」

十三姫はひったくりの時と同じように素直に謝った。それから静蘭に問いかけた。

「……ちょっとお伺いしたいんだけど、ここの警衛の指揮は誰が？」

「今回は兵部と十六衛が担当してくれているはずですが」

「あなた、関わる予定は？」

「いいえ。全体の警衛は任せて、私はたまに顔を出す程度です。……何か気にかかることがあるなら、警衛を見直させますが」

「いいえ、いいの。じゃ、このままで」

「は？」

「あとはあなたのお嬢様と相談するから、これ以上は秘密ー」

……不思議な姫だ、と静蘭は思った。

秀麗は秀麗で、蘇芳に一つ頼みごとをした。

「タンタン、ちょっと調べてほしいことがあるの」

「なに？」

「あの牢屋《ろうや》で会った隼て人のこと。何度か牢屋に放り込まれてるっていってたでしょう。今までどこの牢城に捕まったか、履歴を残らず調べて欲しいの。人目を引く容貌《ようぼう》だから記憶に残りやすいと思うし――」

このとき、もし『人目を引く容貌』を秀麗が細かく伝えていて、それをそばにいた十三姫が聞いていたら、少しばかり話は違っていたかもしれなかった。

蘇芳は外朝に戻っていった。

秀麗が意を決して劉輝のお后《きさき》候補と向かい合おうとした時、十三姫が秀麗の袖《そで》をつんつんとひっぱった。

「ね、秀麗ちゃん」

「……ちゃん？」

「えーっと、ダメ？」

「いえ、なんか新鮮で。なんでしょうか」

「そこの池で魚釣りしてるから、お昼になったら呼びにきてね。露台で釣ってるから」

秀麗も静蘭も珠翠も目を点にした。……魚釣り？

「……趣味、魚釣りですか？」

「ううん。趣味は遠乗り。今度一緒にやりましょうね。魚釣りは毒味用よ。ここって、毒味に利用できる金魚鉢とかないんだもの。それ釣ってくるから」

秀麗は気を引き締めた。そう、彼女は暗殺対象なのだ。——が。

（なんで本人がこんなあっけらかんと——）

「あの……あなた本当に藍家のお姫様ですよね？」

「そう。でも本家で育ったわけじゃないから。育った家が家でねー。まあ気にしないで」

気にする、と秀麗も静蘭も珠翠も心の中で突っ込んだ。

藍家のお姫様はそのまま池と繋《つな》がっている露台へ出て行こうとする。広い露台からは池の中程まで釣殿が渡してあるのだった。

「さっき探したけどなかったのよねー。明日《あした》、静蘭さんにもってきてもらえる？」

「十三姫！　釣り竿《ざお》は⁉」

「だって釣り竿なしにどうやって釣るんです！」

「んー。糸と餌があれば大丈夫。糸と餌はもってるから」

釣りの達人――⁉

十三姫は本当にふらっと出て行ってしまった。

「せ、静蘭……明日にでも釣り竿、と、あと十三姫の護衛を兼ねて一緒に露台で魚釣ってきて……」

「わ、わかりました……」

――昼食《ちゅうじき》のころには、本当に十三姫は桃遊池で大小六匹くらい魚をつりあげていた。静蘭はかつて我が家の一部だったこの池で、こんな魚が生息していたことを初めて知った。ちなみに「糸釣り」での静蘭の釣果はゼロだった。

「神経質だから魚が寄ってこないんじゃないのー」

ついつい十三姫は嫌みを言ってしまった。自分が意外と楸瑛に兄妹愛をもっていたことに気づいたのは、静蘭のお陰と感謝するべきかもしれない。

もちろんいわれた静蘭は屈辱を味わった。今度は絶対釣ってやる――。

女官が運んできた昼食の膳《ぜん》を、その釣った魚に毒味させてみると、何皿目かで魚が白い腹を上にしてぷくぷく浮いた。ぼそっと十三姫が呟《つぶや》いた。

「……やっぱりねー」

静蘭は警戒の色を露《あらわ》にした。

「――警衛に不備があるようです。見直しましょう」

「いいっつったじゃないの。こーゆーのは気をつけてればなんとかなるし、守備を見直したって網を抜けてくるもんなのよ。こっちが防備固めて、向こうもどんどんわかりにくい手口をくりだしてくるほうが危ないわ。女官を問いつめたって何も知らないに決まってるし。私と秀麗ちゃんで気をつけるから、警固体制は今のままにしといてちょうだい」

秀麗の背筋に冷たいものが伝った。

「静蘭、これから食事は全部私がつくるわ。毎日食材もってきて。あと調味料も。桃仙宮の庖厨《だいどころ》の調味料にも何入ってるかわからないから」

十三姫は嬉しそうに手を叩《たた》いた。

「あら。龍蓮兄様も虜にした噂の手料理が食べられるのね。やったわ」

「……今日はこの魚を外で焼いて食べるしかないですけどね……塩なしで」

魚たちは、秀麗の視線に鉢の中でおのれの末期を悟った。

夜になると、十三姫が枕をもって秀麗の私室へやってきた。

「秀麗ちゃん。一緒に寝ましょう」

「寝ていい？」ではなくすでに決定事項である。秀麗もだいぶ彼女に慣れてきた。

「いいですよ。でもまだ仕事があるので、先に寝ててください」

「はーい」

十三姫はもぞもぞと秀麗の寝台にもぐりこんだ。秀麗は文机《ふづくえ》で灯《あか》りをともして書き物をつづける。

十三姫はそんな秀麗を確認すると、天井に視線を走らせた。天井裏でごそごそしているのが二人いる。

（はー……本当、穴だらけの警護よねー……楸瑛兄様が呆《あき》れて口ごもるわけだわ。いくら油断を誘うったってねー）

寝たふりをしてみる。天井裏の人は動かない。

ややあって、秀麗が蠟燭《ろうそく》を消した。仕事が終わったようだ。着替える気配のあと、十三姫が寝ていると思って、そっと横にもぐりこんでくる。

疲れているのか、秀麗はすぐに眠り込んだ。

天井裏の二人の内、一人の気配が遠ざかる。どうやら、秀麗と十三姫が何時に眠るのかを調べにきたらしい。残った一人の気配が不穏さを漂わせる。女二人で眠っているのを見て、仕掛けてみる気になったらしい。

十三姫は迷った。懐中に小柄《こづか》は忍ばせてある。一人なら片付けられる。が、初日でそんなことをすれば向こうが用心深くなる。

自分たち二人の日課を調べる人間がいるのなら、仕掛けてくる日は決まっているはずだ。十三姫と楸瑛の目的は雑魚ではない。

（あいつがいるかどうかだもの――）

十三姫は寝返りを打ち、わざと大きなくしゃみをした。寝惚《ねぼ》けを装い、むくっと起きる。天井にいた気配はどこかへ消えた。

「十三姫……？　風邪ひきますよ……」

こちらは本当に寝惚けている秀麗が、布団を引っ張り上げてくれた。

「はーい。ごめんなさい」

十三姫は小さく返事をして、ごそごそと秀麗の隣にまた潜り込んだ。

＊　＊　＊

数日後――。

桃仙宮を訪ねてきた清雅が見たのは、池の畔《ほとり》で釣り糸をたらしている秀麗の姿であった。

「……何してんだお前」

「本日の毒味用の魚釣り。仕事の息抜きも兼ねて」

「ああ」と、清雅は言った。

食材は茈静蘭が調達し、料理は秀麗と隙はないが、水瓶の水まではそうはいかない。秀麗が毎度井戸まで汲《く》みに行くわけにもいかない。飲み水にも何度か毒が混入していることがわかってから、水も毎朝魚で毒味をさせていると報告書に書いてあった。

「毎日死なないように頑張ってるようだな」

「ふん。どうせ知ってるんでしょ」

「当然だろ」

「で、何の用なわけ。囮《おとり》捜査の日報はちゃんとタンタンに届けてもらってるはずだけど」

「ちょっと確かめたいことがあるんでな。今日はお前を借りる。十三姫の恰好《かっこう》をしてこい」


皮肉なことに、清雅がいちばんまっとうな褒め言葉をいってくれた。

秀麗をしげしげ眺め、珍しく悪気なく感嘆してくれた。

「……へえ、見違えるもんじゃないか。結構驚いたぜ」

「どうもありがとう」

こないだの静蘭と蘇芳の「感想」をまだ根にもっていた秀麗は、ちゃんと礼を言った。

「なんだ。素直に礼を言われるとは思わなかったな」

「だって今までの褒め言葉の中であんたがいちばんマシだったんだもの」

「ああ」

清雅はチラッと秀麗の胸元を見たが、すぐ逸《そ》らした。

「お前の周りの男は女に対する最低限の礼儀もなってないのか。確かにろくな男がいないな」

「そ、そんなことない……と思うわよ……うっかり本音がでちゃっただけ……で……多分」

「うっかり本音が出ただと？　ますます最低だと思うが」

「だってあんただって今のがいいんでしょ？」

「は？　俺は元のほうがいいから別にどうとも思わない」

「え。なんで。なんでよ。あんたが慰めいうとは思えないから真実本音よね？　理由は？」

秀麗は問い質《ただ》した。勢いに押されて清雅は少々のけぞった。胸のことで色々あったらしい。

「好みの問題だろ。俺は見るからに女女したのは好きじゃないだけだ」

「くっ……なんでよりによって少数派代表が今のトコあんたなのよぅ」

秀麗は肩を落とした。不倶《ふぐ》戴天《たいてん》の天敵にいわれると非常に複雑だ。

「悪かったな。で、本物の十三姫はどこだ？　まだ会ってないんだが」

「あいにくあんたにゃ会いたくないんですってよ。残念だったわね」

「……警戒されてるらしいな」

「日頃の行いが悪いせいじゃないの」

清雅はにやっとした。

「違いない。まあいい。長官からはお前と協力しろとはいわれてないからな。俺は俺のやり方でやるだけだ」

清雅は優雅な仕草で秀麗の手をとった。いつもの強引なところは一つもない。

秀麗はおののいた。

「……な、なんだかずいぶん紳士的じゃないの」

「当然だろ。今のお前は十三姫なんだぜ。内偵と同じだ。俺に対するくだらない感情で万に一つも失敗するような真似は許さない。囮として役に立たないなら、俺の権限で即刻この件からおろす」

冷ややかな眼差《まなざ》しだった。……その通りだ、と秀麗は思った。

しばらく侍女の賃仕事もやっていないが、亡き母が叩き込んでくれた礼儀作法だ。決して忘れない。

（……大丈夫）

すべるように歩き出した秀麗に、清雅は小さく会心の笑みを浮かべた。

感情がもろに出るように見えて、その気になれば結構なんでもできる。

（見てくれも悪くない。これなら後宮の女官として内偵もできそうだな）

今までは侍官に扮《ふん》して内偵をするか、女官を籠絡《ろうらく》するかのどちらかだった。皇毅のもくろみ通り、いちばん面倒な後宮でのゴタゴタをさぐるには最適かもしれない。

「心配するな。十三姫には優しくしてやる」

「いざとなったら見捨てるつもり満々の人の言葉は耳半分で聞いとくわ」

「賢明だな」と清雅は応じた。

＊　＊　＊

十三姫は秀麗と清雅が出かけるのを物陰から見送った後、楸瑛宛に早文を一通書いた。

「……そろそろ新月だし、あの清雅って男が動いたってことは……」

数日、兇手《きょうしゅ》の動きをさぐっていて確信したことがある。兇手は十三姫だけを狙っているわけではない。これを機に秀麗も始末しようとしている。

（「十三姫の替え玉で殺されましたー」ってなれば殉職ですむから、紅家も怒れないし）

聞けば、秀麗が牢城《ろうじょう》に仕事で行ったとき、すでに狙われたらしい。秀麗は「十三姫と似てる」から間違えられたのだろうと思っているが、十中八九秀麗自身を狙ったのだ。

となれば十三姫でも秀麗でも、相手は引っかかってくる。

あの陸清雅という男も、ここ数日観察した結果、そう結論づけて今日秀麗を連れにきたに違いない。

上司から「死んでも構わない」許可が出ているという秀麗を、陸清雅が本気で守るかどうかは五分だ。

清雅の罠にみすみす引っかかるとしても、十三姫も楸瑛に文を出すほかなかった。

（なんつー陰険でいけ好かない野郎なのっっっ!!）

人生における「いけ好かない野郎」順位が初めて覆ったと十三姫は思った。今まではあるバヵ野郎が首位を独走していたが、今からはあの陸清雅という男にしてやる。

十三姫は珠翠に言付けて早文を出してもらうと、秀麗が途中でやめざるをえなかった魚釣りを引き継ぐことにした。今は釣り竿《ざお》が二本もある。やはり竿があると楽だ。

室《へや》の壁に立てかけた竿の一本を手に取ったとき、扉が静かに開いた。

「……十三姫、か？」

十三姫は振り返った。

兄から聞いた通りの容貌《ようぼう》だった。いつくるかと思っていたが――。

「ええ。お初にお目にかかるわね、王様。――ところで一緒に釣りでもどうかしら？　二本あるから」

（……なぜ余は釣りをしているのか……）

劉輝は池に張りだした露台で、十三姫と並んで釣りをしていた。

生まれて初めての釣りである。

もともとボーッとするのが嫌いではない劉輝は、日中の気持ちの良い風に吹かれ、思わずまったりしかけた。意外と釣りというのはいいかもしれない。釣れなくてもいいところがいい。

「意外とくるの遅かったわねー」

劉輝は我に返った。いや、釣りをしにきたのではないのだ。

「御史台と兵部から行くなと言われていたのだ。なので実は今日も内緒できたのだ」

「へーえ。で、内緒できてまで私に言いたいことって何かしら」

「……そなたを後宮には迎えられない」

「秀麗ちゃんを愛してるから？」

ちゃん？　もしや仲良くなっているのだろうか。劉輝はそわそわした。いったい二人でどんな会話をしているのだ――。

（「劉輝をよろしく頼みます」「任せてー」とかって話になってたらどうしよう――）

考えれば考えるほど悪い想像がふくらみ、劉輝は嫌な汗が出てきた。

「あら？　愛してないの？」

「いや！　愛してる。めちゃめちゃ愛してる」

「そーよね。でも後宮の隅に私一人くらいいたって支障はないと思うけど。あなたの愛する秀麗ちゃんは、『奥さんは一人じゃなきゃ絶対イヤ！』っていったことでもあるの？」

「違う」

劉輝はうつむいた。それならどんなに楽だったことか。

「……逆だ」

「逆？」

「……秀麗は、余が一人でも誰かを娶《めと》ったら、きっとこれ幸いと喜ぶ」

「……つまり秀麗ちゃんはあなたのことを全然愛してないってこと？」

劉輝の胸にその言葉はかなり深く突き刺さった。向こう側まで貫通したかもしれない。

「うん？　でも、さっきの話と繋《つな》がらないわよねー」

「ち、ちが――そうじゃなくて！　理由ができるのだ。『私が奥さんにならなくたって、もういるんだからいいじゃない』って」

「……あ、なるほど。そういうこと」

そして、そういわれれば劉輝は何も言えない。その通りだからだ。

秀麗の決意は生半可なものでは動かせない。劉輝は何度もふられ、嫁にはなれないと言われた。それでも劉輝に一縷《いちる》の望みがあったのは、後宮がカラだったからだ。劉輝が秀麗以外娶るつもりがないことを示している限りは、可能性は残る。

後宮がカラか否かは、互いの切り札なのだ。カラなままなら劉輝の切り札になり、一人でも妃《きさき》を入れれば秀麗の切り札になる。秀麗はそれを楯《たて》に最後まで劉輝を拒絶できる。だから劉輝は何が何でも見合い話を蹴《け》り続けてきた。……それしか、劉輝にできることはなかった。

「だから奥さんは一人って宣言したのね。そうすれば後宮《ここ》に女のコ入れにくくなるから」

「……そうだ」

「けど、甘かったわね。兄様たちはそれを逆手にとった。一人きりの妃、にバッチリはまって誰も文句のつけようもない、『藍家の姫』を入れてきた。結構長い間、あなたを放っておいた兄様たちが、ここにきて手を出してくるとは思ってなかったんでしょ？」

「う……、その通り、だ」

十三姫は水面を揺らしていく涼しい風に目を細め、溜息《ためいき》をついた。

「……考えが足りなすぎね。計画とも呼べないわよそんなの。計画なんてものは、どんなに緻密《ちみつ》に練ったって邪魔が入るのが当然だし、それが王の計画ならなおさらだわ。後宮に女のコを一人も入れなきゃいいなんて、いつまでもやってられないじゃない。入れざるを得ない場合も想定して練るのが戦略っていうのよ。楸瑛兄様が断ってくれるのを当てにするほうが間違い」

劉輝はぐうの音も出なかった。

「あのね、三兄様は楸瑛兄様と違って本当に甘くないわよ」

「そんなことをいっていいのか？」

「私はあなたの妃として送られたのよ。三兄様たちが選びに選んでね。私が何を話そうがどう動こうが、藍家の不利にはならないって判断したからよ。実際、事実だわ。私が藍家の裏事情を教えたってたいした違いはないの。それも兄様たちには織り込みずみ。だから最初に言っておくわ。私が後宮へきたのは、嫌々でも何でもない。私自身の意思よ」

「それが不思議だ。……栄耀《えいよう》栄華を望んでいるようには見えない」

「そんな妃なら、藍家の恥になるわ。最初から送らないわよ。入ったからには、あなたを支えて、後宮を侍官女官とも取り仕切って、良妻賢母を務める覚悟できたのよ」

「……だが、余はそなたを女人として愛せない」

「ええ、それでいいわ。だからこそ私が選ばれたのよ」

「……どういうことだ？」

「私も愛してる人がいるから」

十三姫は答えた。池を見つめるその横顔は、紛れもなく誰かを愛している顔だった。

「……なら、なんで後宮入りに応じたのだ？　身分の差か？　だがそなたならそんなもの蹴《け》飛ばす気がする」

「そりゃその程度なら蹴飛ばすわよ」

十三姫の胸には、その男の影が消えずに焼きついている。……むかつくけれど、誰より愛した人。

「……前にね、約束をね、したのよ。三兄様と」

「約束？」

「その人の命を助けるかわりに、どんなことでもききます、って」

劉輝は気色ばんだ。

「まさか――」

「あー違う違う。別に後宮入りと引き替えにその男の命を楯にとったわけじゃないわ。三兄様は自分で酷《ひど》い状況をつくったりしないの。状況を利用して、相手が従うギリギリの線を見極めて、計算した上で必要なぶんだけ非道なことをするのよ。相手が逆らわないように」

「……そっちのが酷い気がするが」

「藍家の当主だもの」

十三姫は当然のように言ってのけた。

「……あのときはね、三兄様しかその人を助けられなかったの。だから、私は願った」

ずっと一緒に生きていくのだと思っていた人を助けるために。

二度と会えなくていい。どこかで生きてると思えるだけでいい。この世のどこかにいるあの人を、勝手に愛しているだけでいい。だからどうかあの人の命を助けてください、と――。

「……今回の私の後宮入りはね、そのときの代価なの。だから、私は後宮《ここ》へきたの」

十三姫は一度した約束は必ず守る。たとえ相手が破っても自分は破らない。そう、教わって育った。……その性格も兄たちは考慮に入れたのだろう。

「……十三姫、その男と幸せになりたいと思わないのか？」

「約束って、そういうもんじゃないわ。私は三兄様にあの人の命を願って、かわりに一度だけ必ずいうことをきくって、約束したわ。もしあの男が私の前に現れて、――まああり えないけど、跪《ひざまず》いてオレと結婚してくれって言ったって、それがなんなの？　それが『約束』を破る理由なんかになりはしないわ。守らなくちゃ『約束』の意味がないわ。あの時

ない

の私が、世界で一番愛する男の命と引き替えに願ったことよ。踏みにじることはできないわ。あの時の私にも、三兄様にも一生顔向けできない。愛した男にもね。だってそう教えてくれた当人だもの」

劉輝は恥じ入った。

十三姫は劉輝を慰めたくなった。

「ごめんね。うまいこと私の気を変えさせようと思ったんでしょ。私を殺して後宮入りを棚上げする方がよっぽど簡単よ。切羽詰まったらそうしたらいいわ。恨まないし」

劉輝は眉《まゆ》を曇らした。十三姫は繰り返した。

「本当よ。恨まないわ。もしものときはやっていいから」

「……十三姫……」

「押しかけて悪かったと思ってるのよ、これでも。でも、あなたに譲れないものがあるように、私も約束を破るわけにはいかないの。だから私が『後宮に入らないで帰る』って選択肢はのぞいてちょうだい。楸瑛兄様にも譲れないものがあるわ。折り合いがつかなければ、選ぶしかない。戦と同じ。一番弱い私を殺せば、当座は何とかなるわ」

「だが、藍家は余をその程度だと思うだろう」

十三姫は心を動かされた。計らずも。

「……その通りね。ふーん、楸瑛兄様と同じことをいったわね。これなら可能性はあるかも」

「ね、王様、この世に、どんな難問でも最後は全部うまくいく方法、ってあると思う？」

十三姫は池を眺めながら訊《き》いた。劉輝も同じように池を見た。

鏡のように綺麗《きれい》な池。

この世のすべてはこんなふうに綺麗なはずなのに、風が吹けばすぐにざわめいてしまう。

「……余は秀麗を手放してから、いつもその方法を考えてる」

「そう。じゃ、三人目の男になるかもしれないわ」

「三人目？」

「どんなにこんがらがった問題でも、綺麗にほぐせる人が二人いるんですって。一人は三兄様の中に、もう一人は紅家にいるって聞いたわ。あなたは三人目になるかも。龍蓮兄様はわかっててもほぐさないで放っておくから問題外らしいけど」

劉輝はその言葉を反芻《はんすう》した。今の言葉のなかに、ものすごく重要なものがあった。

「……それはもしかして」

「ねえ王様」

十三姫は釣り竿《ざお》を露台に置いた。目はうつくしい池を眺めたままで。

「あなたの話をいろいろ聞いて、他の男よりはいいかも、って思ったわ。──あなたには本当に大好きな女の子がいて、私も愛してる男がいる。私はあなたを男として愛せないかもしれないけど、友人としてうまくやっていけるかもしれない。そう思ったわ。それは本当。嫁になるなら、できるだけ賢妃になろうとも思ったわ。ちゃんと幸せになるつもりでね。約束だから嫌々きたわけじゃないのよ。そういう人生もいいかもしれない、って。今もそう思ってる」

「……十三姫」

「しょーがないわね。人生うまくいかないのは当然だわ。全部うまくやれないかもしれない。ちょっとはうまくやれるかも。もしかしたらすべてうまくいくかも。わからないわ。私は後宮に入らなくちゃならないし、あなたは入れたくない。楸瑛兄様は家か王かでぐらぐら揺れてる。あなたの好きな秀麗ちゃんは私を守らなくちゃならなくて、囮《おとり》にされて兇手に狙われてる。御史台長官には『万一のときは十三姫を守って死んでこい』って言われたんですって。何の皮肉かしら。なのにあなたは黙って見てなくちゃならない。もうめちゃくちゃよね」

「……本当だ。言われてみればめちゃくちゃではないか……」

十三姫は笑いだした。

「今頃気づいたの？　そのくらい仕事でも切羽詰まってると見たわ。まあうちのトンマな兄もその一因なんでしょうけど。だから秀麗ちゃんもあなたのためにあんなに頑張ってるのね。愛されてるわ。それはちゃんとわかってる？」

「……知って、る」

「でもそれ以上頑張って欲しいっていうのね」

劉輝はリオウの言葉を思い出して、うつむいた。

十三姫はそれ以上は何も言わなかった。

「……約束するわ。兇手のことはなんとかする。私も秀麗ちゃんも絶対死なないわ。ちょっと気になってることもあるのよ。心配しないで。あなたにはあなたの向き合うべき問題があるんでしょう。——何があっても私があなたの大事な秀麗を守るわ」

劉輝はようやく、一つの真実に気づいた。

「……そうか。そのために楸瑛は、ここにそなたを寄こしたのか」

「半分正解」

十三姫はくすりと笑った。それは秀麗より大人びた笑い方だった。

「……あとの半分は？」

「自分で気づいてちょうだい。……多分、あなたならわかるわ。あとね、楸瑛兄様から伝言」

劉輝の表情で、十三姫は王がとっくに覚悟を決めていることを知った。

後回しにはできない——十三姫は伝えた。

確かに、楸瑛兄様がのびのびにしてしまったのもわかる。……この王は優しすぎる。

「……『今度会うときが最後です』ですって」

劉輝は声を詰まらせた。息の仕方を忘れたような気がした。

「……わ、かった」

劉輝は膝《ひざ》に顔を埋《うず》めた。十三姫はその背中をさすってあげた。そうしたくなったから。

＊　＊　＊

釣殿で王と別れた後、十三姫は美人の筆頭女官を捜しにいった。日に一度は捜しに行くのだ。

（さて……と。珠翠さんはどこかしら。文はもう出してくれたと思うし……）

兄から、どうか気をつけてやってくれ、と十三姫は頼まれていた。

『……まえまえから少し、心配なひとだから』

何が、とは兄は言わなかった。十三姫は観察していたものの、別段珠翠に変わったところは見られなかった。

珠翠を捜し歩いていると、回廊の隅に本人がうずくまっていた。様子がおかしい。

十三姫は駆け寄って珠翠を抱き起こした。

「……十三姫……申し訳ございません……大丈夫です……少し、目眩《めまい》が……」

滝のような汗を滴らせている。十三姫はすぐに珠翠のしめている帯をゆるめ、胸元をくつろがせ、沓《くつ》を脱がせ、汗を拭《ふ》いた。重い簪《かんざし》も遠慮なく抜く。珠翠が懐中にしまっていた扇であおいでやり、十三姫が持ち歩いている竹筒の水を飲ませた。

「……手慣れておいでですね……」

「育った家じゃ、ぶっ倒れてる人は日常茶飯事だったのよ。気にしないで」

「どんなお家ですか……」

「しゃべらないで」

十三姫は珠翠の額と首の裏に自分の手を当てる。自分の体温が低いことを自覚しているので、水袋がわりだ。珠翠の苦しげな面差しがやわらいだ。

「……とても、気持ちがいいです……」

やがて汗も引き、顔色も戻ってきた。珠翠はか細い声でお礼を言った。

「もう……大丈夫そうです。起きあがれます……。……なんでしょうか？　顔に、何か？」

十三姫はなんでもないと首を横に振った。

（……見事に正反対なのよね玉華義姉《ねえ》様と……相変わらず馬っ鹿だわ兄様）

十三姫はしみじみ兄に呆《あき》れた。珠翠に会って十三姫は一発でわかったのに、当人は全然わかっていないらしい。

「すごい美人だと思って。不躾《ぶしつけ》で申し訳ないけど、楸瑛兄様とかどう？　考えてみない？」

「――生憎《あいにく》ですが」

妹の情けでさぐりを入れてみたが、即座に斬り捨てられた。今まで見た覚えのない苦虫を噛《か》み潰《つぶ》したような顔である。十三姫はもうちょっと頑張ってみた。

「あら。あれで結構もててると聞いたんだけど」

「そうですね。私がいちいち女官との逢瀬を邪魔しに行かなければ、もっともてていらっしゃったと思います。藍将軍が足繁く後宮へおいでになるようになって私の仕事が爆発的に増え、ものすごく迷惑を被りました」

「……ご、ごめんなさい。妹として恥ずかしいわ……」

わざわざ自分でぶち壊すような真似をして、自虐趣味でもあるのか。

珠翠は口許《くちもと》をおさえた。

「あ……も、申し訳ございません。口が過ぎました」

「いいのよ本当のことだもの。でもねー。妹なら確かに馬鹿だなんだと好き勝手いえるけど、他の女性が兄にぶつくさいえるのって、珍しいのよね。客観的には非の打ち所がないし」

珠翠はいかにも疑わしげな目つきだったが、これは本当だ。

「楸瑛兄様が『非の打ち所がある』自分を見せる人って滅多にいないのよ。弱みを見せないように叩《たた》き込まれてるから。そつなく何でもこなして、目につく欠点もないし。だから傍目《はため》にいい男に見えるの。特に女にはね。兄様に非の打ち所を見つけた女の人って希少価値なのよ」

「そうですか」

まるで何の意味もない「そうですか」に、さすがの十三姫も撃沈した。

（……本当……すごい眼中外だわ……こら難しいわ……顔だけじゃだめよ兄様……）

だいたい、当の兄が無自覚なところからしてどうしようもない。

まあ、いつでもどこでもそつのない筆頭女官である珠翠からこんなに雑に扱われるのも「特別」だと思うので、自覚したらそこに賭《か》けるしかない。……かなり切ない「特別」ではあるが。

「珠翠さん……どこか、体がお悪いの？」

「いいえ……とは、申せませんね。この状況を見られてしまっては。ですが、大丈夫です」

珠翠は身を起こし、だいぶしっかりした手つきで、身繕いを始めた。

そうしながら、十三姫へ物言いたげな様子を見せた。

「何？」

「はい……十三姫……僭越《せんえつ》だとお怒りになるかもしれませんが……」

珠翠は小さく「頼み」を告げた。

十三姫は思案しながら問い返した。

「……それ、あなた一人の考え？」

「はい」

珠翠は跪《ひざまず》き、深々と首《こうべ》を垂れた。

「……どうか……劉輝様のために、後宮へお入りになって下さい」

第五章　牢の中の幽霊

十三姫が珠翠を介抱していた頃、秀麗は思いっきり心の中で清雅を罵倒《ばとう》していた。

（せ、清雅の人でなし〰〰〰〰っっっ!!）

秀麗は牢城《ろうじょう》の外のうら寂れた場所で、ポツンと一人きり馬車に取り残されていた。清雅は牢城の中だ。馭者《ぎょしゃ》まで連れていった。城門警備の武吏すら引っ込み、門は固く閉ざされている。

牢城の常で、やはりこの辺り一帯も人気がない。傍を流れる綺麗《きれい》な川の音さえサラサラと聞こえてくる。正真正銘一人っきりである。

（いくらなんでもあからさますぎる囮《おとり》じゃないの!!）

ひっかかるどころか、これでは囮だとバレバレではないか。

「『バレバレなら逆に襲ってこないだろ？』ですって？　あ、あんの馬鹿清雅……本っ気で私が死んでもいいと思ってやがるわね……」

馬車は箱形で、弓矢も防げるような頑丈な造りになっている。格子《こうし》のはまった窓の細い隙間からのぞかない限り外は見えないし、今はそれも布で覆っている。午後だが、馬車の中はかなり暗い。蠟燭《ろうそく》に火をつけていると、何か光るものが視界を過《よぎ》った。

「あら螢《ほたる》……入ってきちゃったのね。そっか。もうそんな時期なのね。暗いから夕方だと勘違いして――」

そのとき、川音の他に草むらを鳴らす足音が聞こえてきた。まっすぐ馬車へ近寄ってくる。ゆったりとした足音だった。隠す気など微塵《みじん》もないような堂々たる歩き方だ。一人。

格子窓のすぐ向こうで、ちょっとおかしそうに誰かが言った。

「……見慣れたその馬車に乗ってるのは、官吏のお嬢ちゃんかな」

秀麗は体を固くした。耳にとけこむような、低く快いこの独特な声は――濡《ぬ》れ衣《ぎぬ》が晴れたにもかかわらず、牢城にタダ飯を食べて居座っていた隼のものだった。

(……なんで、私が中にいるって、知ってるの)

心臓が早鐘を打ち始める。

今の秀麗はもう彼をただの一般人とは思っていなかった。秀麗が蘇芳に調べてくれるように頼んだ件は、調べられる限りではあったが、結果が出ている。

彼が毎回濡れ衣で放り込まれていた牢城では、高い確率であることが起こっていた――。

馬車越しに隼が訊《き》いてきた。

「『牢の中の幽霊』、調べられたか?」

聞こえるか聞こえないかの、微《かす》かな囁《ささや》き声だった。

秀麗は覚悟を決めた。埒《らち》があかない。落ちてきたボタモチは手に入れる主義だ。

「……調べました」

「やっぱり賢いお嬢ちゃんだな。その情報はお嬢ちゃんだけの武器になるぜ」

「あなたは……誰なんですか」

「幽霊だよ。『牢の中の幽霊』の一人だ」

秀麗の脳裏で何かが繋《つな》がりかける。多分、とても大事なことを言われた――。

「――十三姫にいわれたことは抜かりなく全部やっておけ。あれに任せておけば、そんじょそこらの兇手《きょうしゅ》じゃ相手にならん。死なずにすむ」

秀麗は息を詰めた。……十三姫のことを――個人的に知っているようなこの口ぶり。

「ことは新月の夜に起こる。そのときは藍楸瑛を待機させておけ」

「……あなたは、本当に、誰」

「……あんたが、オレを使うって本気で言ってくれたときは、嬉《うれ》しかったぜ、お嬢ちゃん。なるべくなら、死なせたくない」

嘘と思えない、あたたかみのこもる微かな声が、秀麗の耳に届く。

「……陸清雅……あいつには、オレのことは言わないほうがいい。面倒なことになる。すっとぼけとけ。そうすれば、何もかもすべてうまくいく道が開く……かもしれない。ひどく難しいけどな。誰もが考えて、考えて、考えて、妥協しないで選択すれば」

螢が秀麗の視界を彷徨《さまよ》う。ふわふわと、光っては消える。まるで暗示に掛かったかのような気になる。螢は不規則に飛んで、細い格子から、外に彷徨いでた。

するとそれまで落ちついていた隼の声が、僅《わず》かに驚きに乱れた。

「……螢……参ったな。何の暗示だ」

苦笑いの中に、懐かしさと愛《いと》しさが混じる。

「お嬢ちゃん、あんたはオレが愛した女によく似てる。螢みたいな女だったよ。だから余計なことをいったのかもしれないな。だけど、これが最初で最後だ……」

声の余韻が目眩《めまい》のようにぐらぐら響いた。だから清雅が馬車の扉を開けたのが、隼が去ってどれくらい時間がたってからのことだったのか、秀麗にはよくわからなかった。

「……清雅……」

「――話し込んでいたな。どういう知り合いだ？」

清雅はじっと秀麗を見つめている。その眸《ひとみ》はさぐるようでもあり、単に返事を待っているだけのようにも見える。けれど、清雅は無駄なおしゃべりはしない。

『……陸清雅……あいつには、オレのことは言わないほうがいい』

秀麗は乱れた気持ちを静めようと努めた。慎重に――。

清雅は「話し込んでいたな」といった。

「どんな話をしていたの、とは訊かないのね」

清雅の表情が消えていく。……清雅が知りたいのは話の内容ではなく、「どんな男」だったのか、なのだ。清雅がどこかで様子を見ていたにせよ、顔まで判別できなかったのかもしれない。隼はかなり馬車に近いところにいたし、顔を隠していた可能性もある。

「それに、知り合いなら、話し込む以外に、何をするの？　たとえば私を襲う、とか？」

清雅は何か知っている。秀麗の知らないことを。

少なくとも、誰かが何かを仕掛けてくるのを確信して、秀麗を一人にしたのだ。

「襲ってはこなかったろうが」

隼の話をやめない。秀麗から情報を引き出そうとしている。

襲ってはこなかった。けれど秀麗は囮として連れ出されたのだ。

――清雅が待っていたのは、間違いなく隼だ。

「清雅。誰も来なかったし、何もなかったわ」

「……お利口さんになったな、秀麗。ちょっかいかけて鍛えすぎたかな。いいだろう、信じちゃいないが、是と言うしかないな。どうせ近々会えるだろうからな」

清雅は初めて、秀麗を名前で呼んだ。

清雅は馬車に乗りこんできた。手を伸ばすと、乱れてほつれた秀麗の髪を軽く引いた。

「なに」

「とけかかってるだろ。結い直してやるよ。結構うまいぜ」

馬車が、動き出す。ゆらりと蠟燭の火が揺れる。

秀麗が外を見ようと格子窓に身を寄せると、清雅の手がするりと簪《かんざし》を抜き取った。秀麗の漆黒の髪がほどけおちる。腰をさらわれ、後ろから抱きしめられるように窓から引きはがされる。

清雅は秀麗の小さな後頭部に顔を埋《うず》めた。そのまま喉《のど》の奥で笑って低く囁く。

「……静かにしてろ」

唇を押しつけられているため、声が頭に直接響いてくるかのようだった。

秀麗の心臓が鼓動を打ち始める。

「どこに、行くつもりなの」

「さてな。外から鍵《かぎ》がかかってる。どのみち暴れるだけ無駄だぜ」

そういうと、清雅は秀麗の髪を指先で軽く梳《す》き、簪一つで器用に結い始めた。逃げようとしても、清雅の腕がからみついてきて抱き寄せられる。

スッ、スッと簪の尖端《せんたん》が髪の間を通り抜けていく感覚がする。

「ちょ、ちょっとあんた——」

「黙ってろ。手元が狂ったら困るのはお前だぜ。オレはひと月の謹慎処分ですむからな」

耳朶《みみたぶ》に清雅の息がかかる。ひんやりとした清雅の指先が、秀麗の喉にふれた。もう一方の手で簪の鋭い尖端を後頭部に軽く当てる。清雅の指先一つで秀麗など簡単にどうとでもなる、とでもいうように。秀麗は抵抗をやめた。

清雅はくつくつと笑った。長い指を操って器用に髪結いを再開する。

「せっかくこのオレが親切心で珍しく結ってやろうってのに、じたばたするなよ」

「あんたの親切心なんてそれこそトドが自分のトド人生を反省するようなもんよ。不気味すぎて裏があるとしか思えないわ」

「心の底から人を信じてたちょっと前までのお前の言葉とは思えないね」

秀麗は謎解きに集中しようとした。

――清雅の目的は、なに。

(最初に清雅はなんていってた？)

『確かめたいことがある』

そういったのだ。そのひとつはさっきの隼で間違いない。が、恐らくは、まだあるのだ。

清雅は無意味なことはしない。

(……何を、確かめたいの。どこに向かってるの)

「借りてきた猫みたいにおとなしくなったな。――ただの時間つぶしだ。少し付き合え」

心を読んだかのように清雅が言う。

「時間つぶし？」

「お前のことを誰が迎えに来るかと思ってね」

生え際から髪の先まで、さらさらとした感触を楽しむように指先で梳きおろす。うなじに清雅の指先が触れ、羽のように微かな体温を残す。言動とは正反対の、優しい仕草だった。癖のように一度そうしてから、指先に引っかけるように髪をわけていく。驚いたことに、確かに清雅は手慣れていた。髪紐《ひも》を唇の端にくわえて器用に結んでいき、簪をさす。

「――終わりだ。こっちのが似合うぜ」

そんなことをいわれても、鏡もないのでどうなってるのかわからない。

「……ヘンな髪型にして笑いをとろうってんじゃないでしょうね」

「ああ、そうすりゃよかったな。オレとしたことが抜かったぜ。今度やってやる」

今度、ということは、本当に殺すつもりはないらしい、今日は。秀麗はホッとした。

「なんでこんなに手慣れてるわけ。妹さんでもいるの？」

何気ない問いだったが、刹那《せつな》、火影に浮かんだ清雅の顔を目にした秀麗は身震いした。

その冷酷さに。

「調べればわかることをいちいち訊《き》くなよ」

馬車はまだがたごと揺れている。かなりの砂利道らしい。ということは外れに近い。

大きいとはいえない馬車で、秀麗はめいっぱい清雅から距離をとった。気づいた清雅の
目が面白そうにきらめき、寄ってきた。まるで子ネズミを見つけた猫のようだ。

「なっ、何なんで寄ってくんのよ！」

「逃げるなよ。逃げると追いつめたくなるだろ」

「そんなのあんただけよ！　人としてどうなの」

「色気のない女だな。こういうときはもっと別の反応するもんだろ。年頃の男女が二人き
りで胸ときめかせるのは別のことなんだろ？」

「タンタン講座は普通の一般人用で、あんたは全然あてはまらないから信用しないでくだ
さい」

「充分ときめいてるぜ」

「最小公約数で見たっていじめて喜んでるようにしか思えないんだけど」

「オレのトキメキはそこらへんにあるらしいな」

逃げ場所を探して身を浮かせた一瞬の隙に手首をからめとられた。もう一方の手で払いのけようとすれば、それもやすやすとつかまれる。

（膝蹴《ひざげ》りで股間《こかん》を蹴り飛ばす！）

——より先に足払いをかけられて座席に尻《しり》もちをついた。太腿《ふともも》の間に衣ごと片膝を割り入れられ、身動きがとれなくなった。

「甘い。いっとくがオレは結構強いぜ？」

「ど、どどどーしようってのよ」

「どうするかな。——晏樹様にしたように、オレに取り入ってみたらどうだ？」

口許《くちもと》は笑っていたが、清雅の目は嘲《あざけ》りに満ちていた。

秀麗は唐突に理解した。清雅は秀麗というより、女性を信じていないのだ。

絳攸のように女嫌いなどという話ではない。女という生き物そのものに不信を抱いてる。信頼も、信用にも値しない。感情で裏切り、媚《こび》を売り、男に取り入り、利用し、欲しいものは何もかも手に入れないと気が済まない。窮地になればか弱いふりで助けてもらいたがる。

そんな心の声が聞こえてきそうな目だった。

秀麗の胸に嵐のような感情がこみあげた。なぜかわからない。悔しくて悔しくて情けなかった。清雅はただ奪いたいのだ。秀麗が懸命に守ってる理想や、誇りや、心から信じているたくさんの大切なものを。

清雅も気づいた。秀麗が自分の心から、巧妙に隠していたはずの真実をすくいとったことを。それが清雅の癇《かん》に触れた。秀麗の両手首を力ずくで押さえこむ。秀麗は清雅を睨《にら》みあげた。

「……によっ、やりたいことやったらいいじゃないの！　私は——あんたなんかに取り入ったりしない。あんたが私から奪えるものなんか何もないわ。この先どれだけたったって同じよ！」

清雅の唇に凄艶《せいえん》な微笑が広がる。まるで、それを聞きたかったとでもいうように。

「——その言葉、忘れるな」

火影が揺れる。清雅の顔が近づいた。秀麗は目を背けはしなかった。何をされようが、秀麗は何も失わない。清雅の前髪が秀麗の額にこぼれ落ちる。二人ともに、ほんの一瞬でも視線を逸《そ》らしはしなかった。退《ひ》いたら負けだった。清雅の双眸《そうぼう》に自分の姿が映りこむ。秀麗は初めて、いつも自分がどんな顔で清雅を見ていたのかを知った。唇が重なる寸前、清雅の理知的で冷たい眼差《まなざ》しが、少しだけやわらいだ気がした。

——その時、清雅の動きが止まった。その視線が馬車の外へ向けられる。

秀麗も気づいた。馬蹄《ばてい》の音が、聞こえてくる。

「……運がいいな？」

清雅が笑った。ともすれば唇が触れ合う距離で。息がかかる。まるで口づけされているようで、秀麗の身体に震えがきた。

枷《かせ》のようだった手首が自由になる。何事もなかったように清雅が離れ、徹頭徹尾仕事の顔で外の気配をうかがう。蹄《ひづめ》の音が近づいてくる。

秀麗は詰めていた息を吐き出した。清雅に見られているのに気がついた。

秀麗は気のきいた嫌みをいえるほど思考力が残っていなかった。ヤケッパチで呟《つぶや》く。

「……いえーい。馬、バンザイ。帰ったら厩舎《きゅうしゃ》に行って人参《にんじん》たくさんあげなくっちゃ」

「いうことがそれかよ」

「他に何をいえっての」

「オレは邪魔が入って、結構本気で名残惜しいんだぜ。残念」

清雅は親指についていた白粉《おしろい》を、ぺろりと舌先でなめとる。誘うように涼しげな目を秀麗に投げる。馬鹿にされているのだと思い、秀麗は相手にしなかった。

馬車が止まる。外側の鍵が外され、扉が開く。

秀麗は驚いた。

「……藍将軍!?」

「やあ、秀麗殿。お迎えに」

日が没し、馬車の外はすっかり暗くなっていた。灯火の明かりの中に、いつもの微笑を浮かべて楸瑛が立っていた。愛馬の手綱を手に。

「こんな時間に、おかしな方へ向かう官用馬車があるので、どうしたものかとね。——陸御史……だったかな。秀麗殿は私が送ってさしあげても勿論《もちろん》構わないね？」

「ええ。どうぞ」

清雅が先に馬車からおり、嘘くさい笑顔全開で秀麗に手を差し伸べる。払いのけようとする秀麗に構わず、清雅は秀麗の身体を抱きあげ、軽々と地面に下ろす。

「——藍将軍」

秀麗をのせて軍馬に騎乗した楸瑛に、清雅が声をかけた。

「……あなたが、迎えにいらっしゃるとはね」

清雅の微笑と、楸瑛の眼差しが一瞬交叉《こうさ》する。楸瑛は応《こた》えず、手綱を打った。


馬を走らせながら、楸瑛は相見《あいまみ》た陸清雅のことを考えた。

歳は絳攸より下だが、なぜ出てこなかったのかわからないくらいの逸材だ。

葵皇毅の隠し玉といわれているが、国試組でないからこそ伏しておけた男だ。国試だと及第順位がハッキリ出る。最初から一身に注目を浴びてしまう。だからこそ出世もしやすいが、清雅は逆だ。資蔭制《しいんせい》で入ってきたからこそ、とっておきの隠し玉になり得たのだ。

秀麗の一件で出てこなければ、今も存在に気づかないでいたかもしれない。

あれだけの能吏ながら、いまだ監察御史のままでいる。武官文官問わず、宰相までも引きずり下ろすことができる官位に。

楸瑛が出向けば、勘づかれる可能性があったが、その通りになった。まんまと陸清雅の仕掛けた策にはまったようだった。

けれど、秀麗がどこへ連れ去られるかわからないものを、放っておくわけにはいかない。

だから、十三姫は楸瑛に、追ってくれるように頼んだ。

「……秀麗殿、よくあの男と渡り合ってるね」

「努力はしてますが、全然渡り合えてません」

「今の気分は？」

「馬バンザイ、藍将軍バンザーイって感じです」

「……なんの集会だろうって感じの掛け声だね」

楸瑛は思わず笑ってしまった。

「きてくださって、ありがとうございました、藍将軍」

「……ところで秀麗殿、何があったか、訊いてもいいかな」

秀麗は迷ったものの、清雅には言わなかったことを、楸瑛へ話した。隼のことも。

「……新月の夜、藍将軍を、後宮へ配置しろ、と。藍将軍でなければダメだそうです」

「わかった。ありがとう。その男のことは、十三姫以外には誰にも内緒にしてくれ。王にも」

楸瑛の前に座っていた秀麗は、そのとき楸瑛がどんな顔をしていたのかはわからない。

今まで聞いたことのないような、低く鋭い声だった。

しばらく無言で馬を駆けさせ、とっぷりと夜が更けるころ、城の火が見えてきた。

「……秀麗殿、君は、何もかもすべてうまくいく方法があるといったら、信じるかな?」

秀麗は隼の言葉を思いだした。

「……それ、私に会いに来た人も、同じことを言っていました」

沈黙が落ちる。まるで失ってしまったものが、不意に目の前に現れたかのような沈黙だった。

「…………君は?」

「信じます。今までも、これからも。……藍将軍は?」

「私はね、一度も、信じたことはなかったよ。そう……ただの一度も」

初夏にしては少し冷たい風に運ばれて、楸瑛のひそやかな囁《ささや》きはすぐにかき消えた。

秀麗はそれ以上訊《き》かなかった。

——楸瑛は後宮の門へ乗り付けると、秀麗を抱き下ろす。楸瑛はその髪型に目を注いだ。

馬車から出てきたときも思ったが——。

さほど複雑な結い方ではない。すっきりまとまり、けれど見えないところを編みこんだり、ちょっと手が込んでいる。微笑めば可愛らしさを引き立て、清雅を睨んだときにはきりりとした清廉さが際だった。甘すぎず、少女らしさも残る、そのまま姫にも官吏にもなれそうな髪型だ。

「その髪、とても似合っているよ。君に一番似合うかもしれない。やってくれたのは珠翠殿かな。十三姫じゃまだ無理だろう。君のことを一番知ってるのは自分、みたいな自信を感じる」

秀麗は即座に簪《かんざし》を引っこ抜き、髪紐《ひも》を次々ほどき、ぐしゃぐしゃと乱暴に髪をといた。ヤケ酒をあおる親爺《おやじ》のようなやさぐれた目をした秀麗に、楸瑛はまさか、と思った。

「……陸清雅くんの特技には、髪結いがあったりして……」

「付け加えておいて下さい。……藍将軍」

「何？」

「二度は聞きません。劉輝のこと、どう思ってらっしゃるか、訊いてもいいですか」

楸瑛は微笑んだ。踵《きびす》を返し、再び騎乗する。

「好きだよ」

「……でもね、秀麗殿。好きと忠誠を誓うのは違う。……愚かなことだね。私はようやくそれに気づいた。……遅すぎたかもしれない」

凪《な》いだ水面のように、静かな声だった。秀麗は察した。

桃をもらったときとは違う。楸瑛はもう、心を決めたのだ。

おそらくは、周囲からどう思われるか承知の上で、登城もやめて。

手綱をうち、駆け去った楸瑛の腰に、……〝花菖蒲《はなしょうぶ》〟の剣はなかった。

＊　＊　＊

気を揉《も》んで待っていた十三姫は、無事帰ってきた秀麗にホッとした。小走りに近づくと、秀麗はしおしおとした様子である。

「あら、ちょっとどうしたの。落ちこんでる？　そのぐしゃぐしゃな髪も、どしたの」

「……ごめんなさい……せっかくやってくれたのに」

「いいけど、なんか『きーっ』って喚《わめ》きだしたい顔してるわねー」

「なんでわかるの。でもその前に、馬にたくさん人参あげたい」

十三姫はパッと顔を輝かせた。

「最高じゃない。あとで一緒に行きましょう。馬が寝ちゃう前に。時間的に満腹だと思うけど、一本くらいなら体重に支障はないと思うし」

「……馬、好きですよね十三姫」

「ま、ね。あなたが官吏好きなのと同じ？」

秀麗は首を捻《ひね》った。……わからないたとえだ。前からたびたび思っていたが、ちょっとずれてるこの感じには覚えが――。

「あ、わかった。龍蓮お兄ちゃんに少し似てる……」

「なんですって！　いやーっ、すごい侮辱!!　私の一生は終わったも同然よ。馬に似てるっていわれたほうが百倍マシだわ！」

「えぇー？　それどうなんですか。龍蓮は馬以下ってこと？」

「間違い！　馬以下なのは当然で、えーと、……馬糞《ばふん》以下。馬をとって……フン以下ね！」

本気で言っているらしい十三姫に、秀麗は笑い転げた。

「そこまで馬に敬意を払わなくても！」

「……ちょっと、そんな笑うこと言ってないわよ。真面目に言ったんだけど。ちょっと！」

開けていた露台の扉から、光るものが入ってきて二人の目の前を横切った。

「あら、螢《ほたる》……今日はよくよく縁が――十三姫？」

十三姫は、チカチカと光る螢を、魅入られたように見ていた。どこか泣きそうな顔で。

秀麗は隼の言葉を思いだした。十三姫を知っている口ぶりをしていた。

「十三姫……浅黒い肌で、隻眼《せきがん》の男の人に、覚えはありますか？」

十三姫は弾《はじ》かれるように秀麗へ向き直った。

「……会ったの……!?」

秀麗は頷《うなず》き、今日の出来事を話した。

話すうちに、十三姫は青ざめていった。

「十三姫……」

「待って」

十三姫は呟《つぶや》いた。懇願するように消え入りそうな声で。

「何も訊《き》かないで。お願い……もう少しだけ待ってちょうだい。ごめんなさい、一緒に人参やりにいけないわ」

秀麗は一人で馬に人参をやりに行った。

（清雅が待っていたのは隼——ということは）

十中八九、隼は秀麗と清雅が追う兇手《きょうしゅ》なのだろう。少なくとも何らかの形で関わっているはずだ。それは隼に親しみを感じていただけに、秀麗の心を沈ませた。それに——。

『幽霊だよ。「牢《ろう》の中の幽霊」の一人だ』

あの言葉の意味が秀麗の想像通りなら、何通かの投書をもとに蘇芳と何気なく調べ始めたこの一件は、重大な意味を持つことになる——。

（……だから清雅がこの件に関わったのかしら？　でも——）

現在、牢城関係は秀麗に一任状態だ。いくら清雅でも、なんのツテもなくこのことに辿《たど》り着けるだろうか。隼も「秀麗の武器」だといった。多分、清雅は知らない。

清雅もまた秀麗の知らない別の情報を握っているのだろう。それも秀麗より多く。

（その一つが隼さんに関する情報……。でも清雅でも摑《つか》みきれないことがあって、私を囮《おとり》にした）

たとえば容姿。おそらくは隼の容姿を、清雅は知らなかった。

それから、隼のことを他の誰かが追っているのかどうか。秀麗を餌に馬車を走らせたら、藍将軍がきた。隼か秀麗の行動に網を張っていないと、あの場にはこれない。現れたのが藍楸瑛というのは、清雅にとって重要なことだったのだ。

けれど、まだ何か足りない気がする。何か気づいていないことがある気がする。

考え込んでいると、厩舎《きゅうしゃ》に着いてしまった。後宮にも小さな厩舎がある。

秀麗は起きていた一頭の馬に人参をやった。太らないように一本だけ。

「……結構可愛いかも」

すり寄ってきた馬を撫《な》でる。秀麗はちょっとほだされた。十三姫の気持ちがわかる。

「余は馬になりたい」

ぼそっとうしろから声がかけられた。秀麗は振り返り、微笑んだ。

「あら、十三姫と同じね、劉輝」

厩舎のそばに、小さな四阿《あずまや》があった。

「星でも見ましょうか」

秀麗が四阿へ歩き出すと、すぐうしろを劉輝がついてきた。

秀麗は懐かしく思った。最初に出会ったころと、同じようで。

あのころはいつだって秀麗が先を歩き、劉輝が後ろをついてきた。後宮を出たら、秀麗の遥か先を、劉輝は歩いていた。いつか――秀麗は追いつける日がくるだろうか。

二人は仲良く並んで四阿の腰かけに座った。石造りのそれはひんやりと冷たい。

遠く、夏の夜昊《よぞら》が広がっていた。

劉輝は昊を見なかった。じっとうつむいていた。

「……おめでとう、などといったら、怒るぞ」

「いわないわ」

劉輝は思いきって、ものすごく気になっていたことを訊《き》いてみた。

「少しは、や、や、や、ヤキモチ焼いたか？」

「そうねぇ」

秀麗は正直にこぼした。

「……ちょっと妬《や》いたかも。十三姫がくるってきいて、ドキッとしたし」

「本当か⁉」

「うん。まあ静蘭が奥さんもらっても妬くと思うけど」

劉輝は微妙な気持ちになった。

「……でも、奥さんと幸せになって嬉しいって、心から喜べるように努力するわ」

誰よりも愛しているし、かけがえのない大切な人。秀麗にとっての、静蘭がそうであるように、劉輝もまたそうだと、伝わってくるようだった。

劉輝がいまだに訊いていない問いを投げたら、秀麗は望む答えをくれるだろう。好かれていないとは思わない。愛されていないとも思わない。秀麗は誰かを好きな気持ちにあえて名前を付けないだけなのだ。つければ、縛られ、引きずられてしまう。余計な感情がついてくる。抱えたまま劉輝と付き合うには、互いの立場も責務も重すぎる。時間をかけて乗り越えていく暇も余裕もない。即位から怒濤《どとう》のように過ぎたこの三年。

だから、秀麗は劉輝のことを好きな気持ちに名前を付けない。何があっても揺らがずに傍にいるためには、そうであるしかない。恋をすれば、別れも執着も憎悪も嫉妬《しっと》もついてくる。それでは劉輝の官吏にはなれない。ずっと傍にはいられない。

だから秀麗は劉輝に恋をしない。大好きで大切だから——恋はしない。

……心のどこかで、劉輝もそのことに気づいていた。

それでも秀麗は最後の陣地を残してくれている。

劉輝があきらめていないことを知っているから。

「そういえば、リオウくん、謝りに行った？」

「よく知っているな」

珠翠と一緒に刺繡《ししゅう》をしたあとのことだった。珠翠の姿がないと、女官の一人が心配そうに劉輝に知らせにきた。捜しに行こうとした矢先、リオウがやってきて、珠翠が具合を悪くして室に戻ったことと、「前にあんたに言い過ぎた……謝る」と謝罪を口にした。

（リオウは何も間違ったことはいってないのに）

「……良い子だな、リオウは。一緒に刺繡にも付き合ってくれたのだ」

「……そりゃ本当にまれに見るいいコだわ」

「リオウは不思議だ。余に敬語を使わない。……ずいぶんと久しぶりのことだ」

そしてどこまでも率直だった。……もう二度とないかもしれないと思っていたことだ。

楸瑛と絳攸が傍から離れて、リオウがきた。縹家の思惑がなんだろうが。

リオウと二人で府庫で過ごした夜々は、劉輝の心を慰めてくれた。

それでも、別の何かで、寂しさの埋め合わせをすることはできない。

誰も誰かのかわりにはなれない。

「ねぇ劉輝、藍将軍がお休みをもらったのは聞いたけれど、絳攸様はどうしたの?」

「ヘンな噂があるようだが、単に絳攸は超多忙なだけだ」

秀麗の叔父《おじ》が仕事をしないせいで。と劉輝は心の中で付け足した。

「寂しいならあなたから会いに行けば?」

劉輝は面食らった。……会いに行く?

「……でも本当に、絳攸は忙しくて、邪魔をしたら怒られる」

「なら謝って帰ってくればいいじゃない。あなた、私に会いに来るときは私の都合なんてまったくお構いなしにふら〜っときてたじゃないのよ」

「……そういえばそうか」

ただでさえ楸瑛なしで絳攸が劉輝の執務室までたどり着くのは難しい……。

「今からでも行ってくれば?」

「今から?」

「私とはいつでも会えるじゃない。こんな風に。呼べばちゃんと行くし」

その通りだ、と劉輝は思った。こないだ府庫でリオウとご飯を食べた時のように、呼ばなくてもきてくれる。

「そうか。そうだな」

秀麗は夜昊を見上げた。宝石箱をひっくり返したような星くず。

「藍将軍は、あなたのことが好きだって、言ってたわ」

「わかってる」

秀麗の胸までも切なくなるような囁《ささや》きだった。そう。劉輝が知らないわけがないのだ。

「……そういえば午《ひる》も気になったが、本当に大丈夫なのかあれで」

「なにが？」

「だから——」

劉輝の指摘は秀麗には思いがけないものだった。

清雅が知っていて、秀麗が知らなかったことが、このときまた一つはまった。

＊　　＊　　＊

——絳攸はコンコン、と窓を叩《たた》く音に、訝《いぶか》しみながら顔を向けた。

吏部侍郎室にいるのは絳攸一人だった。

ひょこっとのぞいた顔と、呑気《のんき》にふられた手に、絳攸はあんぐりと口を開けた。

「ばっ……」

絳攸は怒鳴り飛ばそうとし、気が抜けた。なんだか笑い出したくなった。

窓を開けに行くと、劉輝はそわそわしていた。手には酒瓶がある。しかも飲みかけ。

「……邪魔だと怒られたら帰ってくればいいといわれたのだが」

「秀麗にか？」

劉輝はこくっと頷《うなず》いた。

「いい輔佐《ほさ》になるな、秀麗は。――入れ」

「え」

「その酒を呑《の》むくらいの時間はあるだろう。ちょうどもう仕事に嫌気がさしていた頃だ」

劉輝の顔が明るくなる。

「これは通りすがりの管尚書がなんでかくれたのだ。『悪かったな』って。何の話だろう？」

絳攸はわかった気がした。……悠舜がまずは工部尚書を陥《お》としてくれたのだ。

「ありがたく呑むか。……薄めてな……」

絳攸は吏部侍郎室へ王を迎え入れた。いつぶりか……。

第六章　二重の任務

――数日が過ぎた。

秀麗は桃仙宮から滅多に出ず、清雅もあれから一度も秀麗のもとを訪れなかった。

清雅の音沙汰《おとさた》がなくなった理由は多分――。

（何か、つかんだんだわ……）

任務解決の糸口をつかんだから、もう秀麗は必要ないのだ。かといって御史台が動きだす気配はいまだない。……何かを待って息をひそめているのだろうか？

『ことは新月に起こる』

隼の言葉を信じるなら、清雅は新月の日を待っているのかもしれない。秀麗は隼から知らされたが、清雅には別の情報源があるのかもしれない。

（問題はその『別』が何かってことよね……）

清雅が手にしている情報、この件の核心がそれのはずだった。

秀麗も、劉輝が教えてくれたことで糸口をつかめそうな気がしたが、まだ見落としていることがあるようで、いまだに全体像をとらえきれないままで時を過ごしている。

もう少しで一本につながりそうなのに――。

『考えて、考えて、考えて、妥協しないで選択すれば――』

隼のゆったりとした声が繰り返し秀麗の脳裏を巡る。

（……いちばんはじめの地点に戻ってみよう）

十三姫暗殺。確かに重大事だ。だが、後宮での暗殺は昔から珍しくもない。それこそ王だって死ぬときは死んできた。何より葵皇毅の直々の命令。担当には清雅という最精鋭の人選。

（そういえば……どうして、葵長官は清雅だけじゃなくて私も指名したのかしら）

そのとき、蘇芳が顔をのぞかせた。

「またむずかしー顔してんね」

「タンタン。御史の仕事たくさん任せちゃってごめんね」

「別にー。修行だと思ってるから。地道に修行。で、何考えてたの？」

何の修行だろうと秀麗は首を傾げた。

蘇芳はくつろいだ様子で秀麗の前に椅子をひっぱってきて座り、冷茶を二人分入れた。

「ありがと。……どうして今回の一件、私と清雅に任されたのかしらって」

「あんた一人じゃ不安だからじゃないの」

「おかしいわ。じゃあ余計清雅だけに担当させりゃいいじゃない」

「そっか。じゃー、清雅はたくさん他に仕事あって大変だから？　でもいつものことだよな」

その瞬間、秀麗の中でカケラが一つ、はまった。

「……タンタン、すごいわ。多分それよ」

「は？」

「清雅は、他に仕事があるのよ」

秀麗はとらえた糸の端をたぐっていった。釣り上げかけた獲物を逃さないうちに――。

「……十三姫暗殺の……裏に……もっと大きな案件《ヤマ》があって……それに清雅を集中させるために、表の十三姫の件は私に振り分けられた……裏の案件は大きすぎて、十三姫のことまで清雅は構っていられない。それくらいなら私でなんとかなると葵長官は判断した……。でもその裏……もっと、大きな何かが、あるんだわ……十三姫暗殺と細い糸で繋《つな》がってる何か」

「――当たり」

と、誰かが言った。後宮なのに、この声は――。

「晏樹様……！」

晏樹はホクホクと嬉《うれ》しげに十三姫仕様の秀麗を眺め回した。

「可愛い～。すごく可愛いね。見に来た甲斐《かい》があったな。素っ気ない官服とかじゃなくて、そういうお姫様みたいなカッコでお仕事してほしいな。私の権力で朝議通すから」

「権力はもっと有意義に使ってください。じゃなくて、なんで晏樹様がこんなところに！」

「エライから」

「そういう問題じゃないでしょう！」

「じゃ、追い出す？　出てけって言われたら、素直に出てくよ。嫌われたくないから」

「……どうぞお座り下さい。冷茶を出します」

秀麗は己の良心に顔を背けた。……この人と付き合うとどんどん真っ正直から外れていく。

とはいえ、真っ正直で手に入らない情報は不法な手段で手に入れるしかない。

蘇芳がもう一客茶器を出して、冷茶を注ぐ。秀麗も立ち上がった。

「そうだ。晏樹様と次にあったら渡そうと思っていたものがあるんです」

「恋文だね？　わかってるよ。勿論《もちろん》受けとるとも。歳の差なんて障害じゃないよね」

「歳の差以前に色々障害があることをわかってください。これが恋文に見えますか」

「桃。僕の大好物。でもなんで一個と一切れなんてびみょ〜な感じなのかな？」

「皇毅様が、晏樹様から桃をもらったら不幸になるっていったので、お返ししようと」

伝えながら、秀麗は思い返した。……あれ？　不幸になるんだったっけ？　まあいい。

確かそんな感じのことだったはずだ。

晏樹は憤慨した。

「皇毅が？　なんて失礼な男なんだ。せっかくの私の好意を不幸の桃にするなんて。人の恋路を邪魔するつもりかあいつ。ちなみに他になんかいってた？」

「え？　えーと確か……ろくでなしのトドの背後霊みたいな男……とかなんとか」

　またまた秀麗は首を捻《ひね》った。……あれ？　こんな感じだったろうか。確かにこんな単語を言っていたが、何か違う風につなげてしまった気がする。

　蘇芳もヘンな顔をした。……あの葵長官もそんな楽しいことをいうことがあるのか。

（ていうか、どんな顔していったんだ……見たかったなー）

　勿論当の晏樹は怒った。

「ろくでなしのトドの背後霊みたいな男だって？　さすがの温厚な私だって怒るよ。私のどこの何をどう切り貼りしたらそんなのになるんだ。いまだかつてそんな微妙でわけのわからない物体になったためしはないよ。あとで文句いいに行ってやる」

「ご存分に。桃はお返しします。一個と一切れでしたよね。これで帳消しにしてください」

「……君も不幸の桃だと信じてるんだね。桃は返却不可。一世一代の決意であげたんだもん」

「ふらっとやってきてテキトーに頂いた記憶しかありませんが」

「君はいつでも僕の真実を見抜くね。実はその通りなんだ。手持ちに桃しかなくてね～」

　晏樹と話していると、どれが嘘で真実なのかわからなくなる。雲をつかむように、すべてがあやふやに思えてくる。そして話の芯《しん》をいつのまにか見失う。

（修行！）

　秀麗は自分の手からすり抜けようとする考えを、引き戻した。――流されないように。

「……当たり、って、言いましたよね」

「そんなこと言ったかな」

「清雅のこと……」

「今日は何をくれるのかな？」

晏樹の来訪は予定外だ。しかも自称嘘つき。ふらっとやってきた幸運をつかめるかどうか――。

秀麗は骰子《さいころ》を振りだした。

「――今すぐお姫様仕様をやめて、付け髭《ひげ》つけたむさい武官の扮装《ふんそう》をしてこようと思います」

「待って！」

晏樹は案外あっさり引っかかった。本気で引き留めている。

「そんなもったいない！……わかった。ついでにこないだみたいにこの桃剝《む》いてくれるっていう特典もつけてくれたら、桃を食べる間だけ世間話してあげる」

秀麗はサッと小刀と皿をとりにいった。

「やるなぁ。頑張るね」

晏樹は満足気に言った。まだ自分から何かを差しだそうとはしない。少ない情報を元に晏樹から「待って」と言わせる方法をさがしてくる。

「引っかかってくださってありがとうございます」

「その恰好《かっこう》、とっても可愛いし。こうなると、君が『私の何が欲しいですか』って訊《き》いてくるときが俄然《がぜん》楽しみになってきたな〜。そうしたらなんて答えようか、今から考えておこう」

「……今の、確かにろくでなしっぽいにおいがしました……」

秀麗は桃を剝き始めた。

早速晏樹が一切れほおばる。

「えーと……晏樹様、何か変わったこととかございます？」

「すごい大雑把な問いだね。別に何もないと思うけど」

晏樹と話すときは、いつでも頭を全開に回さなくてはならない。

十三姫、清雅の裏の仕事、暗殺……これを繫げるために、晏樹に何を訊けばいい。

清雅には、十三姫暗殺とは別の重要な任務がある。それはなんだ。

（清雅が唯一、私を使ったのは、囮《おとり》として外にひっぱり出したとき……）

思えば清雅は十三姫の護衛には不熱心だったが、兇手《きょうしゅ》の情報はほしがっていた。

ということは清雅の仕事の要は『兇手』にある。さらに、その『兇手』が関わっているのは、十三姫暗殺よりも重大な件ということになる。

『兇手』が関わっている案件なら、間違いなく暗殺で、なおかつ対象は十三姫より重要度が高い。

秀麗は息を吞《の》んだ。……もしかして……。

そもそも御史台の本来の任務は官吏に関係することだ。官吏に関係する、暗殺。

(……たとえば別の場所で、官吏が、同じ兇手に殺されていたとしたら――?)

晏樹は、おもちゃ箱から何が出てくるかといった顔をしている。

「……晏樹様……最近、ここひと月ふた月、地方で、結構急な感じで亡くなられた、ある程度高い位の官吏をご存じ――じゃない、ええと、高官で、亡くなられた方を、何人ご存じですか?」

中央で官吏の不審死の話は聞かないから、この推測が当たっていれば異変があるのは地方のはずだった。しかも凄腕《すごうで》の清雅が関わるくらいなら、亡くなったのが下っ端官吏ということもないはずだ。

晏樹は不確かな問いははぐらかして答えない。知ってる前提で問わないと逃げられる。晏樹は手をのばし、指先で秀麗の顎《あご》を軽くもちあげた。まるでよくできましたと言うように、笑う。

「私の知っている中では、五人だね」

「五人――」

秀麗の目が見開かれる。――多い。

「わかりました。ありがとうございます。桃、全部剝きましたんでごゆっくり。――タンタン、一緒にきて」

脇目もふらずスッ飛んでいく少女を、晏樹は見送った。

「皇毅に怒られるかなー。ま、いっか」

皿に切り分けられた桃を、晏樹は一切れ口に入れて、指についた果汁を舌でぺろりと舐《な》めとった。


秀麗は別室で官服に着替えながら、蘇芳に頼みごとをした。

「タンタン！　確か鴻臚寺《こうろじ》に入った冗官仲間がいたわよね⁉」

「うん。毎日毎日葬式の話ばっかりで悟りを開きそうとかって昼飯んとき話してるし」

「じゃ、彼に協力してもらって、ここ数ヶ月で急死した地方の高官と、その方たちに共通点があるか調べてくれる？」

「あんたは？」

「吏部に行って調べ物してくる」

「なんで吏部？」

「亡くなる時のことは重要だけど、亡くなった後のことはそれ以上に重要かもしれないから」

「全然わからん。あとでちゃんと教えて。じゃ、行ってくる」

「うん。お願い」

官服に着替え終わると、秀麗は外朝に向かって突っ走る。コトが起こるのが新月だとしたら、時間はそうない。それまでに清雅と同じことを考えて、行動できるか――。

これまでずっともやもやしていた謎が解けていく。

『本当にあれで大丈夫なのか？　必要以上に警衛が穴だらけだぞ』

そういった劉輝の言葉が、秀麗の中でハッキリと意味を成す。

(――急死したっていう官吏たちが私の考え通りなら)

一本に繫《つな》がる。清雅が本当に「守る」相手が誰なのかも。

(まだ間に合う――)

本命を狙うなら、十三姫を狙うのと時を同じくして狙わねば囮の意味がない。

だから、清雅は何もせずに待っているのだ。

あと二日後にせまる、新月の夜。十三姫と秀麗が、桃仙宮で襲われる時を。

秀麗だけではない。後宮丸ごと囮だったのだ。秀麗に仕事を与えれば、必ず自分が十三姫を守ってみせると言うのを見越して。そうすれば清雅が十三姫を全面的に守らなくてすむ。実際、十三姫を守れなければ降格左遷どころか処刑の覚悟で臨めといったのは皇毅だ。

秀麗が必死で十三姫を守らないわけがない。

そうしておけば、清雅はゆっくりと罠《わな》を張れる。

別の場所で。兇手《きょうしゅ》が本当に狙いにくる、ある人物のそばで。

(――――っ)

いつだって清雅は秀麗を利用する。

利用して、解決するなら構わない。それが役に立つならいい。けれど何も知らないまま利用されて終わるだけなら、この間とまるで変わっていない。

今の秀麗では、清雅を出し抜くことも先んじることもできない。だからといってただ蚊《か》帳《や》の外にいるわけにはいかない。――この件は、秀麗と清雅の二人に任されたのだ。

それに、秀麗にしかできないこともあるかもしれないから。

＊　　＊　　＊

清雅は御史室で、届いた文を読んでいた。目を通すと、机案《つくえ》に放り出した。そこにはある日時と、一つの依頼が書かれている。今回の清雅の情報の入手元が「彼」だったので、非常に楽だった。

「あと二日、か」

手はずは整っている。いつものように、自分の仕事をするだけだ。

このところ火の消えたようなある御史室を思い浮かべる。時々榛蘇芳が仕事をしているが、それ以外は静かなものだ。清雅の唇にうっすら笑みが引かれる。

「あの女は、どう出るやら」

利用されっぱなしか、それとも少しは頭を働かせるか。どちらにせよ、大勢に影響はない。

自分が他の御史のことを考えている珍事に気づき、おかしな気になる。同僚はおろか、引きずり下ろす相手にさえ、関心を持つことは滅多になかったのだが。

手首に嵌《は》めた銀の腕輪に目をやった。

陸家の次期当主の証《あかし》。実質的には自分がすでに当主のようなものだ。

この腕輪を自分が嵌めるまで、遅すぎたことはあっても早すぎたことはない。

秀麗の、真っ向から睨《にら》み付けてくる目を思いだす。

あの眼差しをしている限り、紅秀麗を視界にいれていてもいい。もし一度でも清雅に負けを認めたら、まるで最初からいなかったように清雅の人生と記憶から抹消するだけのことだった。

清雅は皇毅に二日後の検挙の許可を取りに行くために、椅子から立ち上がった。

＊　＊　＊

蘇芳が調べてくれた調査結果と、秀麗が吏部で調べた記録をつきあわせると、すべてはまった。あとは新月の夜に向けて秀麗なりの手はずを整えるだけだ。

まずは静蘭をとっつかまえた。

事情を説明して協力を要請する。と、静蘭は妙ににやけている。

「静蘭～笑いごとじゃないのよ。そりゃ、私の取り越し苦労にすぎなかったときは遠慮なく笑ってくれていいけど。今はダメ！」

「申し訳ありません。おかしいわけではなく、嬉《うれ》しくて思わず」

「嬉しい？」

「……今だからいえる話ですが、お嬢様の、末は宰相、私が将軍というあの夢いっぱいの未来予想図、あのときは全然信じてなかったんですが」

「なんですって──!? ちょっと静蘭!! あのとき『叶《かな》いますよ』とか言ってたじゃないの！」

「うっ……すみません。まだスレてまして……。でも、今は信じてます」

あの頃の静蘭は秀麗が官吏になれるとも思わなかったし、静蘭も将軍になるつもりなどなかった。あの大きな邸《やしき》の小さな家族のなかで、秀麗と邵可を守って、ずっと生きていくのだと思っていた。それが自分の幸せだと、信じていた。

「本当です。今は信じてますよ。心から」

睨む秀麗に静蘭は謝った。

静蘭が信じていなくても、秀麗が信じていたから、あの約束は息絶えなかった。

今は二人とも信じているから、きっと叶うだろう。

「なら、許してあげる」

静蘭の愛する心の広いお嬢様は、笑って許してくれた。

次に秀麗は蘇芳を連れて、牢城《ろうじょう》に飛んだ。

そこで秀麗は格子《こうし》の向こうに世にも奇妙なモノを見た。

「………そこにいるひと、もしかして前に茶州州牧やってた人じゃーありません？」

「あはー。当たり〜。この左頬の十字傷がその証拠」

「燕青!!　何やってんのよこんなとこでー!!」

格子の向こうでかつての副官は右往左往した。文字通り。

「こ、ここれにはいろいろ理由がさー。ええっとー、破落戸《ごろつき》にからまれてる女の人を助けてー、喧嘩《けんか》をしてたらー、そしたらー」

「語尾伸ばさなーい。そしたら警吏につかまってココに放り込まれたってわけ？」

「いや驚いたぜ。すっげ居心地イイ宿だよなー。清潔だしメシもちゃんと出るし獄吏も親切」

「宿じゃなく牢屋!!　あーもう燕青みたいな宿なしのために綺麗《きれい》にしたんじゃないわよ!!」

「やーっぱ姫さんの仕事か」

秀麗が怒り任せに鍵《かぎ》を開けると、燕青はのそっと出てきた。懐かしい破顔一笑で、秀麗の腰をつかんで高く抱きあげる。

「ちゃんとメシ食ってよく寝て元気にしてたか？」

「……うん！」

秀麗は燕青の首にかじりついた。燕青もそんな秀麗を抱き返した。

「どうして貴陽にいるの？　まだ国試の時期じゃないでしょう」

「制試に行けって、追い出された。櫂瑜《かいゆ》のじーちゃんと州官に山ほど推薦状もたされて」

秀麗は目を丸くした。——制試。

王や尚書令の鶴の一声で不定期に開かれる登用試験。国試と違い、何度もの難関を突破しなくても、貴陽で一発及第すれば中央官吏に登用される特別枠。秀麗の時にとられたような例外措置でなくれっきとした正試験だ。それを受けるには大官や大貴族の推薦状が必要だが——。

「開催されるの⁉」

「みたいだな。……ま、それだけじゃねーみてぇだけど」

後半は口中で呟《つぶや》く。櫂瑜は燕青を悠舜や秀麗の傍に置くために、紫州に向かわせた節がある。信頼できる駒が少ないのか。それとも、中央で何かが起こりかけているのか——。

燕青はそばにしゃがみこんで二人を観察している蘇芳に気づいた。

「姫さんの輔佐《ほさ》か？　楽しーだろ？　もれなくおっかねぇ背後霊が憑《つ》いてくるけどな」

「……やー、あの家人はこの頃ついてこなくなった。それにしてもなんか凄《すご》い相思相愛だね」

「ふっふ。まーな！　秘訣《ひけつ》は静蘭に何度姫さんとの縁をぶった切られても結び直す根性だな」

蘇芳は羨《うらや》ましい、と思った。自分など何度縁を切ろうとしても、とっ捕まってきたのに。

燕青は秀麗に目を戻した。いい顔つきになった。肩の力もちゃんと抜けている。

何が起こっているかは知らないが、秀麗がこんな顔をしているということは。

「さーて姫さん、俺にできることは？」

桃仙宮へ帰った秀麗は最後に十三姫に会いに行った。

「――十三姫」

「ふっ……わかってるわ。膝《ひざ》を詰めて話をしようっていうのね」

「そのとおり。むだにカッコつけてないで、さ、椅子から下りてお座布団に座ってください」

十三姫の室《へや》は、すでに人払いがされてあった。秀麗が来ることを予期していたらしい。

十三姫は上目遣いで秀麗を見た。

「……逃げちゃダメ？」

「ダメダメ。可愛らしくしてもダメです」

「ちぇっ。そーよねー」

腹を決めたのか、十三姫は真向かいぴったりに座布団を寄せて座った。膝と膝が指一本くらいしか離れていない。……秀麗は思わずのけぞった。説教でもこんなに近くない。

「……ち、近すぎない？」

「だって膝詰めでしょ？」

言葉をまんま受けとるところは、ちょっと劉輝に似ていると秀麗は思った。

「それに近い方が聞かれにくいし。……。………」

十三姫は黙った。秀麗は待った。話してくれる気があるなら、せかす必要はない。

やっと十三姫は口火を切った。

「……濃い肌と、隻眼《せきがん》の男の話よね？」

「はい」

「えー……後で話すっていうのはー……どうでしょうか」

十三姫は神妙に言った。秀麗は一喝した。

「十三姫！」

「逃げてるわけじゃなくて！　んーと……ちょ、ちょっと待って。もっとうまく説明するから」

またしばらく間があったのち、ぼそぼそと話を再開した。

「……んとね、私が藍州から紫州に入った辺りで、まあ、ちょっと襲われたわけよ。何事もなく無傷で貴陽までこれたんだけど……気になったのよね」

「何がです？」

「兇手《きょうしゅ》の闘い方に、覚えがあったの。……確かあなた、武芸はサッパリよね？」

「兵法書なら色々読破してますが」

「素敵！　ぜひ今度語り合いましょう！」

十三姫は馬の話と同じくらい眼をキラキラさせて秀麗の手をとった。

馬と兵法に興味を示す姫。……秀麗もなんとなくわかりかけてきた。

（……も、もしかして十三姫の育った家って……）

十三姫はまた尻《しり》の据わりが悪そうな面持ちに戻り、話をつづけた。

「じゃなくて……実戦の闘い方って、家とか流派によって結構癖が出るのよ。わかる人が手合わせすれば、ピンとくるっていうか。で、ピンときちゃった、のよねー……」

尻すぼみの語尾になる。秀麗は十三姫の言わんとすることを悟った。

十三姫と楸瑛があの隼という兇手と知り合いらしいことは察せられたが、秀麗の思っていた以上に深い繋《つな》がりがあるのかもしれない。

だからこそ、楸瑛は隼のことを清雅に言わないでくれと、口止めしたのだ。

御史台に藍家の弱みを握られることになるから。

「……でも、わかった気がするのよね……」

「何がです？」

「三兄様が、どうしてたくさんの異母妹から『私』を選んだのか」

十三姫は呟《つぶや》いた。

「三兄様はね、いつも一番良い方法を考えてるわけよ。どんな風に転んでも損にならない道と、藍家の首を絞めない道を。その上で布石を打ってるの。だから、間違いなく、『私』を後宮へ送ったことと、『今』っていう時期にも思惑があると思うのよね」

「？　待って。よくわかりません」

「えっと、藍家は別に王に敵対してはいないわけ。敵と判断すれば完膚無きまでに叩き潰《つぶ》しにかかるもの。こういう宙ぶらりんで忘れた頃に打ってきた手ってねぇ……たいてい、なんていうの、ホラ、国試に楸瑛兄様と龍蓮兄様を送りこんだときと同じで」

「……劉輝の器をはかってるってことですか？」

「多分。この状況で、王様がどんな判断をして、どう動くのかを見たいのよ。三兄様は楸瑛兄様をいちばん可愛がってるから、本気で家に帰らせるつもりでいる。でもね、王様の器も計る機会にするっていうなら、一本だけ逃げ道を用意しておくはずなの。だって全部の道を塞《ふさ》いじゃったら、器を計るも何もないでしょ？　王がそのたった一本の道を見つけられなかったらそれで終わり。三兄様たちはその程度かって思うだけ。でも見つけたら——」

十三姫は一度言葉を切った。

「……今回は、国試に楸瑛兄様や龍蓮兄様を送ったときみたいな様子見じゃないわ。最大限、王を試すつもりでいる。だったら、兄様たちが用意する器の上限もめいっぱいまであるはず……。どれだけたくさん器に入れられるかは、王次第。逆に言えば、何もかも詰められる道もある——かもしれない」

「……藍将軍も詰められるってこと……？」

「……そこまではわからないわ。第一、楸瑛兄様の性格を考えると……」

もともと楸瑛がいちばん藍家の男らしくない性格なのだ。

藍家の男ならば、うっかり雰囲気に流されようが、王に忠誠なんか誓わない。どんなときも藍家側に戻れるようにのらりくらりと逃げる。先王にも藍家は忠誠を誓わなかったし、歴代でも滅多にいない。

楸瑛はその滅多にいない変わり種なのだ。気骨があり、自分を律するのも人一倍強い。確固たる信念があり、どんな時もそれを自ら破ることをよしとしない。こうと決めたら、どこまでもそれを貫き通す。

……裏を返せば、楸瑛は今の藍本家で唯一、真実忠誠を誓える男だった。ひとたび己の王と認めたなら、兄であろうと藍家であろうと、すべてを擲《なげう》って王の許《もと》に馳《は》せ参じてしまえる。

だからこそ、三つ子の兄は十三姫という駒を後宮へ送り、本当に王に忠誠を誓っているのか、確かめようとした。楸瑛の性格からして、一度〝花〟を返上したとなれば、たとえ王が跪《ひざまず》いて懇願しようが、楸瑛が二度受けとることは決してないだろう。

十三姫の見るところ、楸瑛は心を決めている。

「……三兄様の打つ手は、意味があるわ。『私』を、『この時期』に『後宮』に送ったこともそうだし、『何もかもうまくいく方法』の歯車には、私も組み込まれてる。勿論《もちろん》あなたも」

「私!?」

「そうよ。私、あなたのすることはやれるよう、饅頭《まんじゆう》作りまで習わされたのよ。どう考えたってかなりの中心にいるわ。……で、脇道に逸《そ》れて説明してきたけど」

「……本題なんでしたっけ？」

「謎の男の話を言うか言わないかでしょ。膝詰めて」

「そうでした」

さすがの秀麗も反省した。

「後で話せないかっていったのはね、それが『良い道』に繫がる気がしたから」

十三姫の言葉には、楸瑛へのあたたかみがこもっていた。

「……私はね、いーのよ。ちゃんと納得してきたし、嫌々きたわけでなし。境遇がどうなろうが図太く生きられる自信もあるわ。本家の楸瑛兄様と違って藍家にしがらみも少ない。……でも、楸瑛兄様は違う。ちゃらんぽらんにやってたらいきなり大波に呑まれて揉《も》まれて、これからどーしよう状態じゃない。久々に会ったら、思いの外、すごい落ち込んでたから」

「十三姫……」

「できればね、良い道をみつけたいわ。それはきっと、楸瑛兄様にとっても良い道だと思うから。……なんだかんだいって付き合いも長いし深いし、あのなんでも完璧《かんぺき》にできるぜオレ・装ってて実はうっかり田吾作《たごさく》加減が好きなのよね」

素直に兄妹愛に感動していいのか悩むことを言う姫である。

十三姫はうつむいて、続けた。

『私』が選ばれたのは、その隻眼の男の件が関係しているからだと思うわ。できすぎだもの。それは私と……楸瑛兄様に用意された歯車だから。最後まで、私と兄に任せて欲しいの。もちろん、こんな理由じゃ全然納得できないと思う。超不審な謎の馬鹿を追っかけなくちゃならないのは、あなたに課せられたお仕事だもの」

秀麗はしばらく黙った。

溜息《ためいき》をつくと、十三姫がビクッと身じろぎした。

「……全部終わったら、ちゃんと話してくれますか？」

「約束するわ」

「わかりました。二日後、新月の後宮はあなたにお任せします」

「……ありがとう」

「……藍将軍もくるんですよね？」

「うーん。多分。いずこともなく現れていずこともなく帰るんじゃないかしら」

「馬のように？」

「私の馬よりは遅いと思うわ。鈍馬のようにって感じかしらねー……まだ種馬にもなれてないし」

「……それ、洒落《しゃれ》になってないからやめたほうが……」

秀麗は一つ確認した。

「十三姫、後宮に入るように進言したのって、兵部侍郎なんですよね？」

「楸瑛兄様はそう言ってたわ」

「もう一点、道中弱い兇手をとっつかまえたことって、ありました？」

「あるわよ。最初すごいなめられてたみたいだから」

「え！　やった。じゃ、ちょっと確認したいんですが、その兇手の額に——」

秀麗があることを訊くと、十三姫は頷《うなず》いた。

「そういえばあったわね。全員じゃなかったけど、何人か」

秀麗は万事得心がいった。

これで残っていた謎も、解けた——。

第七章　真実と別れと

その姫は早寝早起きが習いで、毎朝馬を桃林で散歩させる。今宵も一日が終わると、いつもの時間に床につき、ぐっすり寝入っていた。

ここ数日、監視していた日常と同じ――ではなかった。

もう一人、いつも夜更けまで書きものをしている娘がどこにもいない。

兇手たちは、まったくやすやすと桃仙宮に忍び込むことができたが、それには戸惑った。

とまれ、この宮女に扮《ふん》している姫を殺せばいいはずだ――厳守するようにいわれているのは襲撃時間だけだ。今までは様子見半分なおざりに手を出していただけだったが、つつこうとすれば必ず羽林軍の武官などの邪魔が入った。徹底した毒味といい、あの女官吏が自分なりに最低限の守りを敷いているのは計算外で、少々面倒だった。標的である姫も、護身術程度の心得はあるものと見えた。

とはいえしょせん小娘。赤子の首を捻《ひね》るように始末できると彼らは思っていた。

――忍び足で寝台へ近づき、十三姫を仕留めようとした、まさにその時まで。

絹の布団がはねとんだ。

「──甘いわ」

十三姫は敏捷《びんしょう》に兇手《きょうしゅ》をかわすと、手から続けざまに飛刀を放った。飛刀は三人の兇手のうち、二人の足の甲を縫い止めた。思わぬ反撃にひるんだ隙を逃さず、十三姫は剣よりは短く、短刀より長い二本の刀剣を鞘《さや》から抜き払う。両手に一口《ひとふり》ずつの二刀流。柄に仕込んだ目つぶし粉で視界を奪うと、二口の小柄を操って相手の武器を弾《はじ》き飛ばし、体重を乗せて鳩尾《みぞおち》に柄を叩き込む。だめ押しに膝《ひざ》も打ち込んでおく。

三人をあっというまに昏倒《こんとう》させると、縄で手際よく縛りあげる。

「……とてもあいつが指揮を執っているとは思えないわね……」

拍子抜けするような手合いに、十三姫は眉根《まゆね》を寄せた。

「……でも、何らかの形でこの兇手たちに関わっているのなら、あいつはここにきっとくる」

十三姫は縄をかけた兇手を見下ろした。そのために、彼らを生け捕ったのだ。

（あいつは、生きてる配下を見捨てる男じゃないわ。……私の知っている男なら）

男たちは全員額に黒い布をまいていた。一人の布を剝《は》がした。十三姫は呟《つぶや》いた。秀麗の言う通りのものがあった。

「……やっぱり」

深更――悠舜は今日も今日とて、尚書令室で仕事をしていた。

資料をとりに行くため、杖《つえ》に手を伸ばしかけたときだった。首筋に冷たい感触がした。

無言のうちに悠舜の首をかっきろうとした短刀は、そのままぽとりと悠舜の足下に落ちた。

「大丈夫ですか、悠舜殿」

「はい。ありがとうございます、静蘭殿」

悠舜は離れずにすんだ首を撫《な》でさすった。殺されかけたとは思えない呑気《のんき》な仕草だった。

床に、静蘭に絞め技を決められて昏倒した兇手が横たわっている。

「私は王にあなたの専従護衛官にと命じられましたからね。あなたがいらないと追い払っても、陰ながらいつでもどこでもお守りいたします。そういうのは得意ですから」

「得……深くは追及いたしませんが。……ふふ、成長いたしましたね、静蘭殿」

いつも秀麗を真っ先に気にかけていた青年とは思えない。幼いころ、黎深と奇人と一緒に邵可邸に遊びに行ったときの、あの無表情な少年とも。

悠舜の言わんとすることを察し、静蘭は体裁が悪かった。

一刹那《せつな》、静蘭は窓の外に視線をやった。

かつて茶家に夜討ち朝駆けで殺し屋を送りつけられていた悠舜は、勘が良かった。

「……別の兇手が？」

「連絡役だと思います。多分、悠舜殿を狙ったのは『ついで』だったんですよ」

「……『ついで』で狙われる宰相というのも情けないものですね……」

「私があんまりにも姿を見せずにお守りしていたので、向こうも薄気味悪くなったんじゃないですか。今のところは専従護衛官が誰か、さぐるくらいの腹だと思います。誰かわからないと、対策の立てようもないですからね」

今はまだ静蘭が蔭《かげ》で始末できる程度でも、いつかは本格的に送りこまれてくる。無数の権謀術数と思惑の繁茂する暗い沼を、王と悠舜はゆかねばならない。どこまで行けるだろう？　目眩《めまい》にも似た思いが、悠舜に去来した……。

「私に今日のことを注進してくださったのはお嬢様ですよ、悠舜殿」

「秀麗殿も、よく私のことまで気を回すことができたものです。……多分、陸御史はわざと私のところは放っておいたのだと思います。秀麗殿が気づくか気づかないか、軽く試すために。気づかなくても、私には謎の凄腕《すごうで》護衛がいることくらいは把握しているでしょうから、本当に暗殺される心配はない。陸御史の手落ちにはならずに済む、と」

「どこまでも馬鹿にしくさってますね。まったく何様ですかあの生意気さ加減は」

「ですが、抜きんでた能吏です。……きっとあがってくるでしょう」

「その時はお嬢様も上がってきますからご安心下さい」

悠舜は子供の悪戯《いたずら》が成功したような顔つきになって、静蘭に知らせた。

「そうそう。もうすぐ、茶州から例のタダ飯食らいの男が到着するそうですよ」

静蘭は嫌そうな顔をした。悠舜は首を捻った。

「……というか、もうとっくに着いていておかしくないんですけれどね」

＊　＊　＊

清雅は待っていた。

兇手もそうだが、あの女がここにくるかどうかも、楽しみではあった。

（鄭尚書令のところもちゃんと拾ってこいよ）

仕事を楽しむという感覚は久々で、こればかりは秀麗に礼をいいたいくらいだ。

……カタ、と微《かす》かな音がした。清雅の指先まで、軽く痺《しび》れが走るような、快感に似た緊張感が行き渡る。

――きた。

「松明《たいまつ》を」

短く、御史台直属の精鋭武官たちに命じた。

松明に火が灯《とも》り、闇が払われる。

「下がっていてください。孟兵部侍郎」

清雅と武官のうしろで、兵部侍郎が清雅の指示に従う。

「孟侍郎の口を塞《ふさ》ぎにきたか」

「当たり」

清雅が死角なく兵部侍郎の邸内に配してきた警護兵に気付かれずに一人でこの室まで乗り込んできた男の顔が、火灯《あか》りに照らしだされる。

浅黒い肌、隻眼《せきがん》と口許《くちもと》は笑っていても、どこか翳《かげ》の滲《にじ》む野性的な男。

(近々会えるだろうと思っていたが、こういう顔をしていたのか)

シッポをとらえようとしても、清雅には何一つ情報をつかませなかった。

孟侍郎が急にガタガタ震え始める。

清雅も隻眼の男も、それに気付いたものの、知らないフリをした。

「イイ配置してるな。お前、軍師の才能あるぜ」

「それはどうも。兇手に楽々抜かれるようじゃ、俺もまだまだだな」

「勉強しとけよ。さて――」

隻眼の男が孟侍郎に視線を注ぐ。孟侍郎がひっと息を呑んで後ずさる。

男が音もなく近づく。

清雅が一つだけある窓に視線を巡らした。外から直接侵入できるのはあの窓だけだ。いくら腕に覚えがあっても、本当に有能な指揮官なら決して一人ではこない――。

「警護を固めろ！　もう一人いるはずだ。くるぞ!!」

清雅の声に誘《いざな》われた如く、窓の外の暗闇をまとって誰かが飛びこんできた。黒装束の人影は目にも留まらぬ速さで、武官たちに次々襲いかかった。

円形の一風変わった武器を使う。舞うような変則的な動きで、縦横無尽に斬りかかってくる。

火影で一瞬浮かんだその人影は、狐の面をしていた。

清雅は剣を抜くと、腰を抜かして震えている兵部侍郎のもとに後退した。

合図の笛を鳴らそうとして、躊躇《ちゅうちょ》する。

『イイ配置――』

邸内を全部見て回った上でここまできたなら、外の警護兵はもう使い物にならないかもしれない。あの隻眼の男が清雅の推察通りの出自ならば、軍略においては清雅より一枚も二枚も上手だ。それでも対応できる最善の策を敷いたつもりだったが――甘かったかもしれない。清雅は呼び子を吹き鳴らし、室内の警護兵を差配した。

狐面の人影は攪乱《かくらん》のためだけにきているはずだ。

「隻眼の男に狙いを絞れ！」

あの舞のように襲いかかる狐面の人物がそれを阻む。清雅の見る限り羽林軍将軍並みに強い。隻眼の男はといえば、乱闘を縫って風のように近づいてくる。

警護兵の応援はこない。やはりやられてしまったのかもしれない。

(――まずい)

人数が足りない。

そろえてきた精鋭武官らが徐々に数を減らしていく。隻眼の男が清雅に迫る。

清雅は剣を構え、兵部侍郎を後ろにかばって相対する。

「まだ孟侍郎を殺させるわけにはいかないんでね」

「まだ？　そうか、お前——」

隻眼の男が足を止めた。

男の上を飛び越えるようにして、狐面の人影が清雅に襲いかかった。隻眼の男が止める間もなかった。

刹那、室《へや》の扉が弾《はじ》け飛ぶように開いた。

そこから箭《や》が飛来する。薄暗く火影の揺れる室内で、清雅に飛びかかった相手の動きを正確に読んで狙いが定められたそれは、飛んでいる鷹《たか》さえ射落とせそうな腕だった。隼はその場の状況も忘れて思わず口笛を吹いてしまった。武官たちの人数は少なくなっていたが、それでもこの乱戦の中で恐れ気もなく放つとは、よほど腕に自信がないと不可能だ。

箭を円形の武器で叩《たた》き落とした狐面の主は、後ろに何歩かたたらを踏む。

扉から武官がなだれこんでくる。その中の一人には清雅も覚えがあった。まだうっすらそばかすの残る、少年めいた青年。確か皐韓升——。

つづいて秀麗が室へ飛び込んできた。

「——清雅ー!!　死んでる!?」

「……イイ度胸だなお前」

「あらごめんなさいうっかり本音が」

「余裕こいてる場合かよ」

「余裕よ。──燕青!!」

「はいはい」

室に入った燕青は、鳥肌が立った。氷水のような気配が寄せきて、肌を刺す。圧迫感で窒息しそうだった。燕青は隻眼の男と相対した。強い。かなり強い。あの舞のような動きをする兇手なら余力を残して戦えるが、この隻眼の男の腕は半端じゃない。燕青が今までぶちのめしてきた相手の中でも、群を抜いて強い。

──全力でやって五分。

向こうもそう判断したらしい。片目しかない眸《ひとみ》を面白くきらめかせる。

「別の機会だったら、心ゆくまでやりあいたかったが──時間切れだ。まだ行くところがあるんでね。──ま、役目は半分果たせたかな」

隻眼の男は体を丸めて震えている孟兵部侍郎に視線を投げた。それから狐面の兇手と皐韓升たちが互角に斬り結んでいる中に割りこむと腕ずくで狐面の人物を引きはがし、一緒に窓から闇へ消えた。

皐韓升が肩で息をしながら剣をおろした。膝《ひざ》が笑った。安堵《あんど》で。

ごく短時間だったのに、これほど神経を消耗したのは初めてだった。多勢に無勢だったのにもかかわらず、勝てると思えなかった。死なないので精一杯だ。──格が違う。

清雅はようよう剣を下げ、秀麗と向かい合った。

「……いつきた?」

「あんたのあと、すぐ」

「邸内の警護兵はどうした」

「見る限りのびてたり眠らされたり縛られてたりして、戦えないようにされてたわね。殺されてはいなかったから、そのままにしてあるわ。あんた一人でなんとかできそうなら引き返すつもりだったけど、笛の音が聞こえたから」

「どうして兵部侍郎の邸だとわかった？」

清雅は答えがわかっていたが、孟兵部侍郎にも聞かせるためにあえて訊《き》いた。

「十三姫を後宮で匿《かくま》うように指示したのは、兵部侍郎だったのよね」

「ああ」

「ある二人の人物がね、それぞれこういったの。『警護が穴だらけすぎる』って」

初日、十三姫が桃仙宮の前で漏らしたことも、劉輝が懸念したのも、同じ。必要以上に警護が穴だらけすぎる――。今日も桃仙宮の守備に兵部が人数だけはやけに多く配置してくれたが、十三姫によればザルだという。大丈夫だから行ってちょうだいと言われて出てきたが――。

「油断を誘うにしても、守れなかったら意味がないわ。そのゆるすぎる警護を指揮していたのは兵部。調べてみたら正確には、兵部侍郎」

倒れている武官らの命に別状がないか確かめていた燕青が嘆息した。

「……ってことは、自分で守るっつっといて、わざと穴だらけの警護にしておいて、お姫さんを殺しやすいようにして兇手《きょうしゅ》を誘いこんだってことか」

びくっと、兵部侍郎が震えた。

「ち、ちが……私はそんなこと……」

聞いていた皐韓升は気色ばんだ。

「……でも、どうしてそんなことを？」

「兵部侍郎には年頃の娘さんがいるのよ」

秀麗は桃仙宮の穴だらけの警衛を指揮していたのが兵部侍郎とわかってから、彼のことを徹底的に洗った。

「あなたは、自分の娘を後宮に入れたかった。王が妃を一人枠にすると言い出さなかったら、十三姫を殺すつもりはなかった。あとから後宮に入っても寵愛《ちょうあい》を受けることはできる。でも、一人なら入る余地はない。一人枠を争うにしても、藍家の姫が相手では勝ち目がない。だから兇手を使って、十三姫暗殺を企《たくら》んだ」

清雅は黙って聞いている。

「十三姫は紫州に入ってから襲われるようになったっていっていたわ。藍州内では藍一族の警護があるから暗殺は不可能でも、紫州に入ってしまえば目が届きにくくなる。兵部侍郎の地位なら、十三姫護衛のためとかこじつけて、〝双龍蓮泉〟の通行手形をもつ少女がいつどこの関塞《せきしょ》を通ったか、どんな外見だったかの情報を手に入れることも可能だと思うわ。清雅のことだから、多分各関塞に手を回して裏をとってると思うけど、関塞から不穏な話が入ってきた、っていう体で兵部侍郎が『十三姫が暗殺される情報がある』そうぬけぬけと御史台に注進にきたのかも。あらかじめそう伝えておけば、十三姫が途次不審な死を遂げても、『想定内』になるから。で、貴陽に来るまでに暗殺しようとしたけれど、十三姫は無事貴陽まできてしまった――」

「なんで貴陽までなんだ？」

燕青が訊《き》き返した。

「貴陽にきた十三姫は当然『道中誰かに襲われました』っていうでしょ？　なら下手人は、十三姫に後宮に入って欲しくない貴族か官吏だと目される。官吏の可能性があるなら、御史台長官の葵皇毅が指揮を執る。……まあなんていうか、睨《にら》まれただけでやってもいないことを白状して謝りたくなるよーな人なのよ……」

燕青は内心やベーと思った。茶州で食い逃げしていたことを言ってしまうかも。

皐韓升はなおも尋ねた。

「……でも、どうして、いま、兵部侍郎が兇手に狙われたんです？」

「そうすれば被害者ぶれるでしょ？　『十三姫の警護を指揮している自分もまた命を狙われているようだ』って御史台に助けを求める。で、自分もあえて配下の兇手に襲わせる。もちろんわざと失敗して逃げるように配下には言い含めて、清雅を証人役にしようと護衛を頼んだってとこじゃないかしら。だからさっきの二人もすぐ逃げちゃったでしょう？」

そのとき、清雅の目がキラリと光ったことに秀麗は気づかなかった。

「でも、それだけじゃ清雅の仕事らしくない」

「へえ？　じゃ、なんだ？」

「たとえばその兇手が、十三姫暗殺だけじゃなくて、別の暗殺もやっていたら？」

秀麗は兵部侍郎に視線を投げかけた。

「このところ、地方の高官で何人か、おかしな死に方をしているの。鴻臚寺の記録を調べたところ、亡くなった彼らに、共通点はなかった。武官も文官もいたし」

兵部侍郎の目が怯《おび》えたように大きくなる。

「でも、問題はそのあと。吏部で地方人事の除目を確認したら、次の任官はやけに早く決まっていたの。赴任してきた新官吏たちには一つの共通点があった。それが――みんな孟兵部侍郎とゆかりのある人たちだったってこと」

燕青は呆《あき》れ顔になった。

「……ってことは、なんだ。もしかしてこのおっちゃん、さっきの兇手を使って官吏殺しまでやってたってことか？　で、その後釜《あとがま》に自分のお気に入りの官吏を配属させてたと」

兵部侍郎が震えた。

「ち、ちが……私はそんなこと……」

「でもそりゃあからさまにあやしーよなー」

秀麗はしめくくった。

「清雅は、孟侍郎を守りにきたんじゃないのよ。十三姫暗殺と官吏殺しの下手人をひっとらえにきたわけ。万一死なれちゃ困るから、守ったのよ」

「……そのとおりだな」

清雅はやけに素直に認めた。

秀麗ははじめて、違和感を覚えた。何か、おかしい。

(待って――確かに)

自作自演にしては、やりすぎていないか。邸《やしき》に配置された武官は殺害されてはいなかったものの、徹底して無抵抗にされていた。清雅にせよ、自ら剣を抜いてまでさっきの兇手に応戦しようとしていた。

(何か、見落としてることが、ある――?)

清雅が隠している、別の真相。

「十三姫とそこの女官吏は本気で暗殺して構わないといわれたんだ!! そうすれば官吏殺しの件は帳消しにしてやると! なのに――!」

兵部侍郎が叫んだ。

不自然に言葉が途切れた。かと思うと、兵部侍郎は前のめりに倒れ伏し、動かなくなった。

兵部侍郎は青黒い顔をしてすでに事切れていた。

燕青が素早く体を調べると、兵部侍郎の首筋に細い細い針が刺さっていた。

「吹き矢――俺がくる前に、あのどっちかの兇手にやられたんだな。時間差できく薬だったみてぇだな……」

清雅は舌打ちした。

秀麗は死に際の兵部侍郎の叫びに棒立ちになった。

(十三姫と私は本気で暗殺して構わない――?)

行くところがある、と言った隼――。

「燕青!! 一緒に後宮にきて!! 清雅は動ける武官を集めて牢城《ろうじょう》に行って! お願い!」

「牢城だと?」

秀麗には説明している時間がなかった。

「念のため、そっちにも手配しておいたの。タンタンに行ってもらってるから、危なかったら助けてあげて! これで貸し借りなしね!!」

言い置くと、秀麗は燕青を伴って後宮へ駆けた。

＊　　＊　　＊

桃仙宮の一番広い室で、十三姫は静かに待っていた。

灯《とも》した蠟燭の火が時折隙間風で揺れる。

今、この桃仙宮に残っているのは、縛りあげた兇手たちと十三姫だけだった。

扉から誰かが入ってくる。十三姫の緊張が少しとける。

「……楸瑛兄様。遅いわよ」

「真打ちは最後だろ。……ちょっと、人を捜しててね」

「王様なら、何があってもこないでっていってあるわよ」

楸瑛が捜していたのは王ではなかったのだが、十三姫の心遣いが嬉《うれ》しかったから、軽く頷《うなず》くだけにした。

十三姫の傍に座り、頭を撫《な》でる。

そうして、無言のまま二人でただ待って――。

最初に楸瑛が、次に十三姫が、気づいた。

陽炎《かげろう》のように音もなく室《へや》に現れたのは、褐色の肌と、隻眼《せきがん》の目、どこか物憂げな翳《かげ》のある青年。三日月型の刃のついた方天戟《ほうてんげき》を抱えて。

隻眼の男は、楸瑛と十三姫の姿を見て、やっぱりいたか、というような笑みを浮かべた。

「――――」

予想していたとはいえ、楸瑛は――言葉を失った。息の仕方を忘れた。

十三姫は――あえぐように何回か言葉にならない声を出した。

「――迅《じん》!!」

隻眼の男は、片方だけの目を、十三姫に向けた。十三姫が片時たりとも忘れることのなかった眼差しだった。

「違う。隼、だ」

「ふざけんじゃないわよド畜生!!」

十三姫は怒鳴った。

「こんなとこで何してやがんのよっっ！　なんであんたが来んのよ!!　——どうしてあんたがこんなとこにいんのよ!!」

「……わかってるから、待ってたんだろ？　螢《ほたる》」

十三姫の腰がくだけた。十三姫をその名で呼ぶのはただ一人。

『名前がつまんねぇ？　じゃあオレがつけてやる。螢みてぇな女だから、螢でいーだろ』

たった一人、十三姫が愛した男だけ。

十三姫の両目から大粒の涙がこぼれた。

「ふざけんじゃないわよこのすっとこどっこい!!　ノコノコ出てくるにしても、もちっとマシな登場の仕方はなかったの!?」

「たとえば？」

「馬商人とか」

「バカか螢。大抵の馬商人は詐欺師だろが。お前、よくぼったくられるもんだから俺が値切り交渉してたろ」

「昔のことは忘れたわ。あんたにぴったりじゃないの。兇手《きょうしゅ》として出てくるよりマシよ!!」

二人の言い合いに楸瑛の気が抜けた。……そういえばこんな二人だった。

「俺はもう司馬《しば》家の人間じゃない。司馬迅は死んだんだ。もうどこにもいない」

十三姫は顔をくしゃくしゃにした。何か言おうとしても、何も出てこなかった。

「違うな、迅」と楸瑛が言った。親友だった男に。

「何が違う？」

「お前もわかってるはずだ。お前は司馬家の人間だ。――兄たちはそう思ってる。だからお前が貴陽にきているこの時期に、妹を選んで後宮へ寄こした」

「いい王様だよな。螢を嫁にとるって聞いて何回か見に行ったが。気配に気づいたくせに、殺気がないからって放っておかれてな。幸せになれると思うぜ。螢も――お前も」

楸瑛の目が見開かれる。

――昔から、何も言わなくても楸瑛のことをいちばんよくわかっている男だった。

迅は知っている。今の楸瑛が何を望んでいるか。

「……秀麗殿の前に姿を見せたのは、わざとか」

「螢と同じくらい元気で賢いお嬢ちゃんだよな」

「迅。藍門筆頭司馬家の、かつての総領息子が、官吏殺しの兇手の頭領だと知られれば――」

「藍家にも波及する、か？　御史台に知られれば、藍家の弱みを握られることになる。その前にオレをなんとかしようってことだよな。だから雪那様は螢を選んだ。螢を送れば、お前がついてくる。オレと相対できるのは同じ司馬家の人間と――あと楸瑛、お前だけだからな」

「そこまでわかっていながら──」

「……いったろ。俺はもう、司馬家の人間じゃない。たとえ雪那様がまだ俺を司馬家の人間と考えていようが、知ったことじゃない。名を捨てたんじゃない。司馬迅は死んだんだ。五年前に処刑された。そうだろ？　司馬迅はもうこの世のどこにも存在しない。今の俺は、ただの隼だ」

死んだという言葉が十三姫の胸をえぐった。いっそう涙があふれた。

楸瑛は十三姫を背に庇《かば》うように立ち、剣の柄を握る手に、力をこめた。

「──その名を誰にもらった」

「いうわけないだろ。昔っからどっか抜けてるよな、お前」

楸瑛の頭に血が上った。

「迅は死んだというなら、迅の言葉を吐くな!!」

「──その通りだな。ようやくやる気になったか、楸瑛」

楸瑛は迅から目を逸《そ》らさないまま、十三姫に注意した。

「……兇手を見てろ。迅の目的はそいつらを逃がすことだ」

迅は舌打ちした。どこか嬉しそうでもあった。

「惑わされないよな」

「お前の目の前にいるのは誰だと思ってる」

「俺が認めた唯一の男。──ま、俺よりは劣るけどな」

「試してみろ。――妹を泣かせた償いをさせてやる」

――楸瑛の眼差《まなざ》しから感情がかき消える。

二人の間にあった距離が、一瞬のうちに詰まる。

息つく間もない凄絶《せいぜつ》な剣戟に、十三姫は呆然《ぼうぜん》とした。

目まぐるしく攻防が入れ替わり、刃がせめぎ合うたびに火花が散った。

ぶつかり合うのはまぎれもなく殺気だった。

「……楸瑛兄様……あんなに強かった……!?」

司馬家で、迅と楸瑛の剣稽古《げいこ》を、十三姫は何度も見ている。

あれはなんだったのかと思うほどの、桁違《けたちが》いの剣戟だ。目で追うのさえやっとだ。

「……兄様たち、わざと見せなかった……？」

強さを誇示するのではなく、秘めることが誇りというのが武門の司馬家の家訓。

二人が本気を見せるのは、互いだけだったのかもしれない。

手加減なしの二人の剣戟は、剣舞を見ているかのようでもあった。

隙を見て仕掛けた楸瑛の剣を、迅が方天戟特有の三日月型の刃で受け止める。

激しい鍔《つば》迫《ぜ》り合いになった。

「……混じってるな。黒家の癖が入ってる。イイ上官みたいだな。お前の悪い癖がだいぶ直ってる。前より強くなった」

「何様だ迅。私が強くなったんじゃなくて、お前が弱くなったんじゃないのか」

「そーゆーことは勝ってからほざけっての」

互いに一歩も退《ひ》かない。

二人の戦いに気をとられていた十三姫は、その気配に気づくのが遅れた。

目の前の相手に全神経を集中していた楸瑛と迅も、不意をつかれた。

そこにいたのが十三姫でなかったら、間違いなく死んでいた。

体に叩《たた》き込まれた反射のみで、十三姫は小太刀《こだち》をひっつかんだ。

すんでで最初の一撃を食いとめる。柄まで衝撃がきた。ビリビリと腕がしびれる。間を置かず繰り出される連撃に、十三姫は応戦した。相手の顔を見る余裕もなかった。体勢を立て直すまで、すべての意識を相手の武器に注ぐ。――死ぬほど強い。

けれど変則的な動きだ。正統派の流儀というより、これはまさに――。

(兇手の鑑《かがみ》みたいな攻撃……っ)

からんと音がした。十三姫が素早く目を向けると、なぜか狐の面が落ちている。

楸瑛の、信じられないといった声がした。

「珠翠殿⁉」

十三姫も、そこにいるのが確かに珠翠であることを見て取った。

けれど、あのしっかりして、時々ちょっと困ったように微笑む美しい筆頭女官とは、明らかに様子が違っていた。

目に、一切の生気がない。楸瑛のように、動きを読まれないためにあえて感情を消しているのとは違う。緩慢な瞬きも、一つの声も発さない様子も、まるで操り人形のようだった。

（この目……）

楸瑛や十三姫を見ても、何の反応もない。まるでモノでも見ているようだ。

珠翠の手には、円形の武器が握られていた。もとは舞踊に使う道具で、武器に進化したものだ。輪の外側が鋭い刃になって、接近戦で殴ることも切り払うこともできれば、投擲《とうてき》して遠距離の相手を仕留めることもできる。巧者なら投げた圏《けん》がそのまま戻ってくると聞く。

（乾坤圏《けんこん》——しかもよりによって最新式ー！）

珠翠は無表情のまま、まっすぐに十三姫に狙いを定めてきた。

迅も楸瑛も距離があった。楸瑛は捜していた女官の名を呼ぶことしかできなかった。

「珠翠殿!!」

「やめろ！　まずあいつらの縄を解け!!」

迅が叫んでも、珠翠は脇目もふらずに十三姫に襲いかかる。十三姫は小太刀を構えた。

腕にしびれが残っていて小太刀が下がる。

長く戦える相手じゃない——けれどやるしかない。

驚異的な速さで珠翠が間合いを詰める。

やにわに、十三姫と珠翠の間を貫いて棍《こん》が飛来した。

「珠翠!?」

秀麗の声に、珠翠の動きが止まった。生気のない眸《ひとみ》が僅《わず》かに揺れた。

ずっと固く閉ざされていた唇が、微《かす》かに開き、あえぐように——声が漏れた。

「しゅ……れ……さま」

珠翠の青ざめて白い頬を、涙が伝った。小刻みに、卵形の輪郭が震える。

「しゅじょ……申し訳……あり……もう、おそば……には」

パタパタと、透明な涙のしずくがしたたり——。

最後に邵可の名を口中に呟《つぶや》き、珠翠は最後の意志を振り絞って窓から闇夜に消えた。

楸瑛は血相を変えて迅に詰め寄った。

「迅!! どういうことだ!! 答えなければ殺す!!」

「…………」

迅もまた僅かに戸惑ったような表情を浮かべた。次いで燕青に目をくれる。……楸瑛とあの男二人を相手に逃げ切るのは難しい。

潮時だった。あのお嬢ちゃんがいるなら、兇手を残す意味もある。

迅は珠翠を追って窓の闇に消えようとした。

「迅!!」

十三姫の悲鳴のような声に、迅が足を止めかける。それでも、止めはしなかった。

「……俺を始末したいなら、追いかけてくればいい」

迅はそう告げて、姿を消した。

＊　＊　＊

迅は桃林の片隅で倒れている珠翠を発見し、抱き起こした。

迅の背に殺気が吹きつけた。

「——死にたくなければ、その娘を置いていくことだ」

低く冷たい声が、迅に死を宣告する。

迅の掌《てのひら》が、じっとりと汗ばむ。額に汗がいくつも玉を結ぶ。——動けば死ぬ。闘う前から敗北を感じたのは生まれて初めてだった。

「……あんたが、〝黒狼《こくろう》〟か。本当にまだ城にいたんだな」

振り返れなかった。城に〝黒狼〟がいるなら正体をさぐってこいと言われたが——論外だ。

誰かの飼い犬になるような相手じゃない。さぐるだけ無駄だ。

迅は乱れた脈を落ちつかせようとした。誰が相手でも、言うべきことは言う主義だった。

「……この女を、置いていってどうなる。また同じことの繰り返しだぜ。この女の暗示……生まれたときから仕掛けられたものだって聞いてる。そこらの術者に解けるような底の浅い代物じゃないんだろ。一度発動したら、二度と自由はない。死ぬまで操られる」

なぜあのお嬢ちゃんのひと言であんなに簡単に解けたのか、不思議なくらいだ。

〝黒狼〟の沈黙が、迅の言葉の正しさを裏付ける。

「城に残して、いつ操られるかわからない恐怖を抱えて、王の傍で今のように苦しむより、俺と一緒にいたほうがいい。この女の腕なら、操られて暴走しようが、俺が止められる。誰かを殺させないでいてやれる。正気に戻すのも、俺ならできる。でも、城じゃ無理だろ。あんたでもさ」

邵可は意外に思った。本音か嘘かは、すぐにわかる。

「……なぜ、こんなバカな真似をしてる」

「他ならぬ〝黒狼〟に言われるとは思わなかったな」

「私は迷わなかったが、君は迷っている。上の指令を受けても、かつての婚約者を殺したくなかったから藍楸瑛をわざと呼んだのだろう。そうすれば殺さないで済む理由ができる。違うか？　迷うくらいならやめておけ」

「……なんでもお見通しか。……迷ってるよ。たまに、バカなことをしてるって思うこともある。何が正しいなんて、自分で決めるしかないが、今の俺はそこが揺らいでる。だから迷ってる。でもな、それでも従おうと思うだけのことをしてくれた相手だ。裏切るつもりはない」

「かつての婚約者と親友を捨てても？」

「司馬迅は死んだんだ。死んだ人間が捨てるも何もないさ。それに俺がいないと生きていけないなんて兄妹《きょうだい》でもない。特に螢はな。……だが、幽霊みたいな俺でもできることがまだ一つくらいはある。それをしたら、終わりかな。……行っていいか？」

邵可は珠翠の変化を見落としたことに、激しい自責の念を覚えた。

実際、珠翠を城に留《とど》めても、正気と洗脳の狭間《はざま》で苦しむだけだった。下手をすれば発狂する。親しい者のいる城では、余計に珠翠は神経をすり減らすだろう。邵可も、いつも珠翠の傍にいることはできない。

（あの女……！）

邵可はほぞをかんだ。薔薇《ばら》姫以外目もくれぬ縹璃桜ならこんなことはしない。璃桜の姉・縹瑠花《るか》の仕業に違いなかった。

「もうそろそろ雨も降るんだけど」

邵可は苦い思いを飲みこんだ。守ると珠翠に約束したのに――。

「……いまは、預けておく。大切に扱え」

「わかってるよ。俺も、暗示を解く方法を調べてみるって」

兇手が珠翠と知って度を失った楸瑛を思いだし、迅は笑う。

生涯片想いだとぶつくさ言っていた男が――。

「変わるもんだよな」

時は流れたのだ。

その中で、迅だけが止まっているのかもしれなかった。

けれど、元気な螢に一目会えたのなら、それだけでいいと迅は思った。

終章

皇毅は秀麗があげてきた調書に目を落とした。

それには、監獄別・月別の死刑者数の数字が出ている。

「……『牢《ろう》の中の幽霊』か」

「はい」

秀麗は報告した。隣には同じく長官に呼ばれた清雅がいる。

「それぞれの監獄で、ある一定の期間だけですが、死刑が確定した囚人が、執行前になんらかの別の原因で亡くなる確率が高くなるときがあります。病死とか、急死とか、本当に呆気《あっけ》なく」

「おかしいと思った理由は？」

「投書です。死刑になったはずのダレソレを街で見かけたとか、実家に幽霊になって帰ってきたのを見た、とか。そういう訳のわからない投書はたいてい私に回されてくるんですが、やけに細部に詳しいなと不審に思ったもので。……もしかしたら幽霊でなくて、本人かもと」

蘇芳が牢城の囚人たちから聞き取っていた話の中にも、同じような噂話が見受けられた。死刑が執行される前に何らかの理由で突然死ぬ死刑囚。

貴陽以外の牢城でも同様の事例が起こっているか調べてみたら、やはりぽつぽつあった。しかしながらある一定の期間・特定の場所においてだけなのだ。

幽霊になるにしても、やけに計算高い感じがする。

彼らは書類上死んだことにされただけで、本当は死んではいないのではないか？　誰かの手引きを受け、生きているのではないか――。

皇毅が、薄い色の双眸《そうぼう》を秀麗に向けた。

「なぜ死刑囚だと思った？」

「この投書の不思議な点は、みんながみんな、なぜか『牢屋で死んだはず』といっていることです。通りを歩く幽霊を見て、どうしてその人が刑死したとわかるのか――それは」

「『幽霊』に死刑囚の入れ墨があったから、か」

「そう判断しました。入れ墨があれば、刑死した人の霊だと思うのも納得します」

「死刑を免れるのと引き替えに、兇手になれという取引をしたと考えた理由はなんだ」

「必ず兇手《きょうしゅ》になるかどうかはわかりません。兇手の何人かの額に焼きごてを押した痕があった、というだけの話ですから。ただ、その可能性はあるかと」

隼は自らを『牢屋で死んだ幽霊の一人』だと言った。隼が兇手をしているなら、他の『幽霊』も同様に兇手をしているのではないか。だから十三姫に確認をとった。額に入れ墨はなかったけれど、何人か、焼きごてを押されたような痕があったという。それは死刑囚の入れ墨を潰《つぶ》すために押されたものではないだろうか。

「『牢の中の幽霊』を調べてみると、身寄りがなかったり、年老いた母一人子一人で死んでも死にきれない家庭だったり、そういった、取引に応じそうな背景の囚人が多いんです。……それと、犯歴から腕っ節に自信がある死刑囚がよく『幽霊』になっている感じも受けます」

たいした罪ではない軽犯罪者に『脱獄のかわりに殺し屋仲間になれ』などといっても乗ってくるはずがない。死刑確定、もしくはその判決が出た者は、未来がない。取引もできる。

秀麗は隼を思い返した。

濡《ぬ》れ衣《ぎぬ》を着せられても、なぜか抗弁もせずに長々と死刑囚用の牢へ居座っていた。何度も何度も牢屋に放り込まれ、そのつどギリギリでちゃんと生きて出てきた。

なぜ、あの隻眼《せきがん》の彼はそんなことをしていたのか。彼が放り込まれていた牢城を調べると、必ずではないが直前まで元気だった死刑囚がポツポツと『幽霊』になっている。そう、彼が入牢している期間において、『幽霊』確率が高まるのだ。――彼が、自分の目でどんな死刑囚か確かめ、交渉し、引き抜いていた張本人だったのではないだろうか。

「もちろん、牢城管理は官吏の仕事なので、裏で官吏が助けていたと思いますが……」

『引き抜き』が完了したら、迅は牢城から去る。濡れ衣で放り込まれているので、冤罪《えんざい》が証されればあとは堂々と牢を出られる。あの隻眼と濃い肌は記憶に残るので、下手に脱獄をすれば役人から目をつけられる。今回は秀麗が頑張りすぎてかなり早く濡れ衣を晴らしてしまったので、無理に居座るしかなくなったのだ。

「だから、あの夜、お前は牢城にも警護をまわしたのか」

「はい。いくつかのことをどさくさにやろうとするなら、あの機に乗じるのがいちばんです。後宮や兵部侍郎の邸《やしき》に兵が回されている間に、牢城の死刑囚を脱獄させ、仲間に加えるのを目論《もくろ》んでいないとは限らないと思いました。例の隻眼の男が牢城から出て行った前後で、まだ『幽霊』は出ていませんでしたし」

それで念のため、蘇芳に牢城へ行ってもらった。もっともその前日、警戒するよう注意を促すために出向いた牢城で、格子《こうし》の向こうに燕青を発見したのは予想外だったが。

秀麗の読みは当たった。警戒を強めていたこともあり、清雅が到着する前に脱獄は失敗に終わっていた。おかげで牢城の死刑囚をとり逃がすという失態も犯さずにすんだ。

『牢屋で死んだ幽霊』

誰かが、何年もかけて、そっと死刑囚をかすめとり、兇手やその他、利用しようとしている。

兵部侍郎は確かに兇手の一件に関わっていた。邸から出てきたもろもろの証拠がすべてそれを示している。けれど、彼は口を封じられたのだ。

あの夜、やけに無口だったくせに、最後は秀麗の推論をあっさり認めた清雅。

何か、隠されている。裏にまだ誰かがいる。

「葵長官」

「さしでがましいことをいうな」

「ま、まだ何もいってないです！」

「見当はつく。この件はここで終わりだ」

秀麗には、皇毅の心中はまるで読めなかった。ただ、秀麗が考えつくことは、とっくの昔に皇毅が勘づいているのだというのはわかった。

──牢城や裁判にカラクリをしかけられるほど絶大な影響力を持つ人間の中に、葵皇毅は間違いなく含まれている。

皇毅の無骨な指が、ゆっくりと机案《つくえ》を打った。

「……とらえた下っ端の兇手ごときでは、裏の背後関係までは知るまい」

薄く感情のない眼差《まなざ》しが、秀麗を捕らえる。この冷厳なる目で見られるたびに、心までもがんじがらめにされるような心地がする。

「兇手の親玉と話したそうだな」

「はい」

「その場に藍楸瑛もいたとか。その男、藍家に関係する人間だな」

清雅が視線を秀麗に投げた。

秀麗はひやりとした。──きた。そう、清雅が秀麗を馬車に閉じこめたのは、楸瑛がくるのを確かめるため――兇手と、藍家がなにがしか繋がりがあるか裏をとるため。

「――違います」

「なぜそう言いきれる」

「当の藍将軍と十三姫が『赤の他人です』って証言してます」

「バカめが。嘘っぱちに決まってるだろう。兇手の親分と知り合いですなんてことを藍家の人間が素直に認めるわけがあるか」

秀麗は抵抗を試みた。

「で、でも本物の他人だって『真っ赤な他人です』っていうしかないじゃないですか」

「やけに赤の度合いが増したな。やたら否定したがるな。何かあるのか」

「名字で愛着があるんでちょっと赤を濃いめにいれてみたんです！　何もありません!!」

「濃いめにいれるのは茶だけで充分だ。あいにく私は赤が嫌いだ。逆効果だったな」

秀麗はぐうの音も出なかった。……う、うまい……。

皇毅は再び書翰《しょかん》に視線を落とした。

「紅秀麗、私情と先入観をはさむなら即刻クビにする。最初から『真っ赤な他人です』などとバカをほざく監察御史などなんの役にもたたん。家族だろうが友人だろうが恋人だろうが頭から疑ってかかるのがこの仕事だ。節穴の目では見つかる証拠も見つからん」

「上司も、ですか」

初めて、皇毅の目に人間らしい感情がひらめいた。薄い唇に嘲弄《ちょうろう》が刻まれる。

「当然だ。上司は貴様より遙《はる》かに経験豊富で証拠を隠すのがうまい。目を皿のようにしてるんだな。──この件はここで終わりだ。孟侍郎は子飼いの兇手で地方官を始末したあげく、娘を後宮に入れようと十三姫暗殺を画策。失敗、急死。それで仕舞いだ」

「待ってください！」

秀麗は勇気を奮い起こして切りこんだ。──考えていた、ことがある。

兵部侍郎がここまでやりたい放題やっていた。それを直属の上司である兵部尚書がまったく知らなかったということがあるだろうか？

「兵部侍郎の、上の──」

「──黙れ」

心臓さえ凍《い》てつきそうな声に、秀麗は口を閉じた。

「いいか。私が終わりだと言っているんだ。それが受け入れられないのなら、官吏をやめろ。それか、私より上になるんだな」

……秀麗を下がらせた後、皇毅は清雅に促した。

「……報告をしろ」

「はい。孟兵部侍郎の別件ですが、牢城《ろうじょう》と同じですね。軍律違反で処罰された武官、武吏のうち、使えそうな兵士を見繕って兇手《きょうしゅ》として横流ししていたようです。わざと濡れ衣を着せて軍律違反にさせていた可能性も充分あります」

「お前が連日邸に押しかけて警護の名目で武官をばらまいては家中をさぐるのを見て、さぞや孟侍郎も冷や冷やしたろう。疑われているのではないかと自作自演に走らせてシッポを出させたか」

「妙な真似をさせないためと、口封じされないよう守るためだったんですが。……どうやら孟侍郎は勝手に兇手を動かして、誰《だれ》かの怒りを買って粛清されたようですね」

皇毅は清雅に訊《き》いてみた。いつでも上を狙っている青年へ。

「お前も上に手を伸ばすつもりか？」

「やるにしてもあの女よりはよっぽどうまくやりますよ」

皇毅は秀麗を止めたようには清雅を止めなかった。確かに清雅がヘマを踏むことはないだろう。

「あの娘は牢城の死刑囚に、お前は軍律違反の武官に目をつけた。なかなかいい勝負だな」

「面白いじゃないですか」

皇毅の双眸《そうぼう》に物珍しげな光がともった。清雅が仕事に対してつまるつまらないなど言うのはずいぶんと久しぶりだ。……だいぶ紅秀麗の影響があると見える。

どこかで、兇手の集団ができつつある。

かの〝風の狼〟を真似するように。

少しずつ歯車がまわる……。

＊　＊　＊

——その日、楸瑛は左羽林軍将軍の鎧《よろい》をまとい、登城した。

文にしたためた約束の場所へ歩いていく。一歩一歩。

途中で、見慣れた人影が待っていた。

「……絳攸。仕事は？」

「抜けてきた。もういい加減あれこれうんざりだったしな」

「一人でよく迷わなかったね」

「おうとも。途中で道案内を雇《やと》ったからな！」

楸瑛が絳攸の視線を辿ると、リオウが木にもたれていた。げんなりとした顔で。どうやら絶賛迷子中の絳攸にむりやり拉致《らち》られ、案内させられたらしい。リオウの漆黒の目には、ありありとなんでこんなことに、と書いてある。

絶対自分の方向音痴を認めなかった絳攸が、こうして堂々と認め、誰かに道案内を頼んだことに楸瑛は驚いた。単にやけくそになっているだけなのか、それとも——。

「……どうするつもりだ」

睨《にら》み付けてくる絳攸に、楸瑛は穏やかな眼差《まなざ》しを返した。

絳攸と楸瑛では、決定的に違う点がある。

それは、ずっと絳攸が気に病んでいたことでもあるけれど、今の楸瑛はそれを羨《うらや》ましく思う。

「絳攸、君と私の決定的な違いは何だと思う？」

「馬鹿言え。どこもかしこも違うだろ」

そうだね、と笑ったけれど、楸瑛はもう軽口を叩《たた》かなかった。

「私は藍家の男だけど、君は紅家に属してはいない、ということだよ」

絳攸の眉《まゆ》が顰《ひそ》められる。

それが黎深が紅姓を与えなかった本当の理由かもしれない、と楸瑛は思う。

絳攸は黎深に縛られてはいるが、紅家の人間ではない。絳攸が相対すべきは黎深一人。

——けれど、楸瑛は違う。

「私は君とは違う。生まれたときから、藍家の人間なんだ」

木陰で聞いていたリオウの漆黒の双眸が、二人の言葉を吸いこむように深くなる。

楸瑛はこの二年を思い返した。……そう、まだたったの二年しかたっていない。

短いはずなのに色濃くて、近いはずなのに遠いような二年間。

風で木漏れ日が波打った。光と影が乱舞する。楸瑛は絳攸の傍を通り過ぎる。振り返ることはしなかった。

背に絳攸の視線を感じた。

「絳攸、私はもう心を決めた。君は王の傍にいればいい。でも、私はもう無理なんだ」

静蘭に罵倒《ばとう》されても仕方がないほど、何も見ず、考えずにきてしまった。
そこはとても居心地が良くて、楽しくて、優しい居場所でありすぎて。
王の優しさに、甘えてきたのは自分のほうだった。
「……楽しかったね、絳攸。でも、それだけではだめだったんだ」
楸瑛は呟《つぶや》いた。
それではだめだったことにいつ気づけばよかったのか、楸瑛にはわからなかった。

王は、約束のその場所で、すでに待っていた。
右羽林軍大将軍白雷炎《らいえん》、左羽林軍大将軍黒燿世《ようせい》、静蘭も控えていた。
霄太師と宋太傅も、いた。宋太傅の肩には、黒と白の毛玉が乗っかっている。
鄭悠舜と、旺季もまた、立ち会うためにその場にきていた。
いつもはにぎやかな羽林軍の稽古場《けいこば》にいたのは、それで全員だった。
楸瑛は王の前に進み出た。
正式な跪拝《きはい》をとる。
「……文にしたためたとおり、お手合わせを、願えますか、主上」
王は頷《うなず》いた。今にも泣きだしそうに見えた。
……王にこんな顔をさせたのは、他ならぬ楸瑛だった。

何度楸瑛は、人知れず王に寂しい顔をさせていたのだろう。

何度、真夜中に溜息をつかせてきたのだろう。

何度──自分たちはこの優しい王を傷つけてきたのだろう。

すべては楸瑛の未熟さゆえに。

楸瑛は王と向かい合った。日で陰って王の表情はよく見えなかった。

楸瑛は感傷を断ち切るように一度、目を閉じると、鞘《さや》から剣を抜いた。

「──行きます」


……最初に、宋太傅が気づいた。次に、上官の黒燿世が。

白雷炎は、燿世に確かめた。

「……燿世……楸瑛の野郎」

「…………ああ」

「……王は本気だ。が、楸瑛は本気になりきれてねぇ。……この期におよんでもな」

宋太傅直伝の王の剣は、手心を加えている相手に負けるほどもろくはない。

楸瑛が押されはじめた。

劉輝は僅《わず》かの隙も見逃しはしなかった。容赦なく攻め立て、楸瑛の構えを突き崩していく。楸瑛の躊躇《ためら》いごと。次第に楸瑛は防戦一方になる。

　やがて長くて短い剣戟《けんげき》に、終わりがくる。

　楸瑛の剣が、手から弾《はじ》き飛ばされる。すかさず間を詰めた劉輝は、楸瑛の脇腹に渾身《こんしん》の一撃を叩き込んだ。鎧ごと貫通するような衝撃に、足を踏みしめてもよろめいた。続け様に足払いをかけられる。かろうじて受け身はとった。

　楸瑛が顔を上げると、目の前に白刃がつきつけられていた。

　劉輝は最後まで無言だった。

　楸瑛の剣が計ったように傍に転がってきた。楸瑛はもう握ろうとはしなかった。

　勝負は、ついた。

　楸瑛は仰向《あおむ》いた。目に、初夏の青い青い昊《そら》が映り込んだ。

　目を、つむる。

「……私の、負けです」

　最初から最後まで一心に相対してくれた劉輝に対して、楸瑛はどうしても司馬迅と相対したときのようにはなれなかった。その躊躇いは、優しさでも何でもなく、劉輝に対する心の垣根だった。楸瑛は――劉輝に本気で向き合うことからただ逃げていただけなのだ。

　本気で向き合えば、王と藍家を秤《はかり》にかけざるを得ないと、どこかで気づいていたから。

　いつだってそうだった。「いつか本気で手合わせをしてください」などと軽口を叩きながら、そんなのは口だけだった。王はいつも真剣だったのに、楸瑛はそうではなかった。

　――この、最後のときまでも。

楸瑛は、劉輝を選ぶことができなかった。

「……これが……答え、です」

王の顔がよく見えない。あの胸の痛むような顔をさせているのだろうか。

優しくて優しくて優しい王。

……『二番目でもいい』と、いつだって彼は言った。一番が藍家でいい。二番目で良いから、どうか傍にいてほしい、と。

けれどそんなことは、楸瑛の心が許さない。

いつか兄と藍家をとるかもしれないと思いながら、王の真心と信頼を受けることなどできはしない。

これが、答えだ。

楸瑛には、王の傍に仕える資格など、ありはしなかったのだ。

「主上……私は、あなたにふさわしくありません」

仰向いた楸瑛の顔から、汗が次々としたたりおちる。

中の一つが目の端にすべりこみ、視界が滲《にじ》む。

まるで、王が泣いているようだと、思った。

それとも、泣いているのは、自分だろうか。

まだ……いわなければならないことがあるのに。

「……妹の十三を、どうかお傍にお召し下さい。藍の名とともに」

劉輝が平静さを失うのが、わかった。あえぐように小さく何かを言った。

楸瑛は、答えを聞かなかった。

肘《ひじ》をつき、鉛のように重たい身を起こす。……迅が、遠い昔に言っていたことがある。

鎧が重く感じるときは、死ぬときか、武人をやめるときだと。

（……お前は、いつも正しいよ）

いつだって、迅は正しくて、自分は間違えてばかりだ。

脳裏に、闇の中へ駆け去る珠翠の姿が浮かんだ。

そう……いつだって、自分は間違えてばかり。遠回りばかりして。

いつだって本当に大切なものを掌《てのひら》からこぼしてしまう。

（もう、終わりにしなければ）

傍に落ちた抜き身の剣の鍔《つば》には、〝花菖蒲《はなしょうぶ》〟の紋。楸瑛はその剣に手をのばして、つかんだ。何とかそうできた。

劉輝の前に片膝《かたひざ》をつき、こうべをたれる。

〝花菖蒲〟――その花言葉そのままに、王から寄せられていたあふれるほどの信頼に、楸瑛は何一つ応《こた》えることができなかった。……最後の最後まで。

楸瑛は両手で〝花菖蒲〟の剣を捧げもち、王へ差し出した。

「御君より賜りましたこの〝花菖蒲〟……至らぬこの身には、あまりにも分不相応過ぎたようです。もはや御君のお傍にお仕えする資格など……ありません。藍楸瑛、今この時をもって、〝花〟及び左羽林軍将軍職を返上し、藍州への辞去を、願い奉りたく存じます」

その言葉は、その場にいた全員の耳にはっきりと響いた。

楸瑛には、劉輝が一歩を踏み出すまで、長い時間があったのか、それともごく束の間だったのかは、わからなかった。ただ、ふ、と掌から剣の重みが消えていく感覚だけを胸に刻んだ。

代わりに、楸瑛の掌に何か軽いものがちょんと載せられた。

見ると、小さな白い手巾《しゅきん》だった。

「……汗だくのお前を見るのを、最後にはしたくないからな」

劉輝は顔を背けて、ぶっきらぼうに言った。

長い長い間黙りこくった後、小さな声で、呟《つぶや》いた。

「……好きにしろ」

楸瑛は許しを請うように、もう一度こうべをたれた。

＊　＊　＊

執務室の椅子に、劉輝は一人で座っていた。

後宮に戻っても、慰めてくれた心優しい筆頭女官はもういない。そして楸瑛も、また。

扉が開き、静蘭に手を引かれて悠舜が入ってくる。

コツ、コツ、と鳴る杖《つえ》の音を聞きながら、劉輝はボソッと言った。

「……慰めは、いらぬぞ」

悠舜は問い返した。

「では、何が欲しいですか」

「藍楸瑛」

『あなたの望みを叶《かな》えましょう、我が君』

悠舜がくれた言葉が、劉輝を支える。

『――なら、しがみつけ。あきらめるな。最後の最後まで勝負をかけろ。あらゆる策を巡らし、決断し、勝利をもぎとれ』

あきらめきれない大切なものを、失いたくないのなら。

『大丈夫です。何があっても、おそばにいます。私と――お嬢様だけは、必ず』

傷つきたくないから何も望まないで生きてきた。

府庫の片隅で、優しい誰かが手を差し伸べてくれるのをただ待っていた。

秀麗と出会うまで、劉輝の世界は掌に載るくらい小さかった。――すべては自分のせい。

傷ついてもいいから何かを手に入れたいと、思わなかったから。

でも、もうあきらめたくはない。

「悠舜――朝廷を頼む」

「かしこまりました」

悠舜は頬を綻《ほころ》ばせた。そう、そのために自分は来たのだ。
もう劉輝は、欲しいものは自分で取りに行ける。

「──藍州へ」

アナザーエピソード

心の友へ藍を込めて

~龍蓮的州都の歩き方~

影月は最後に一握の土を、そこへかけた。

榮山《えいざん》の中腹。石榮村《せきえい》を見渡せる、静かで優しい風が吹く美しいその場所に。

影月がこの世の誰よりも愛した人が眠る。

「おやすみなさい、堂主様」

春の花びら、夏の新緑、秋の紅葉、冬の雪。

あなたが愛した、この美しい世界のなかで。

陽月《ようげつ》が、最後に消えたこの場所で。

「おそばに行くのは、もう少しだけ、待っててください─」

影月、と誰かが呼んでいる。振り返らなくてもわかる。きっと両手にいっぱい冬の花をもって。

「あっ、バカ、龍蓮！　なんだってもうちょっと待てないのあんたは！　静かにお墓参りさせてあげなさいよ！」

「そうですわ！　ちょっとご遠慮なさったらどうですの!!」

秀麗と香鈴《こうりん》の制止もお構いなしに突進してきた龍蓮を、影月は抱き止める。何とか。

「もう、どこにも行きませんから─。心配しないでください、龍蓮さん」

龍蓮の肩越しに、燕青と静蘭が花と水桶《みずおけ》を手に歩いてくる。影月はなぜだか胸がいっぱいになる。

生きようと、思った。どこまでも、時が許す限り。

自分と、この大好きな人たちのために。

序

「……あ〜……石榮村の事後処理もようやく目途《めど》が立ったたって感じ」

燕青はやっと今日最後の文書に署名をし終えると、椅子の上で伸びをした。それから立ち上がり、長椅子で泥のように眠っている二人の州牧のもとへ大股《おおまた》で向かう。

別の机案《つくえ》で嘆願書を見ていた悠舜が、燕青に釘《くぎ》を刺した。

「燕青、悪戯《いたずら》して鼻などつまんで起こしたら怒りますよ」

「毛布かけ直すだけだっつーの！　悠舜お前なぁ、俺のこと何歳《いくつ》だと思ってんだよ」

ぶつぶつ言いながら、二人の上司に毛布をかけ直してやる。妙に慎重なその手つきが悠舜にはおかしい。かつては縦横無尽に州府を駆け回っていたガキ大将が、今では甲斐甲斐《かいがい》しくかわいい弟妹の世話をやくようになるとは感慨深いものがある。

そのとき、外に出ていた静蘭が戻ってきた。はかばかしくない顔で。

「お、静蘭。何か手がかり見つかったか？　逃げやがった縹家の術者ども。どっかに落ちてたか」

〝邪仙教《じゃせんきょう》〟の時に、最後まで『教祖』のそばにいた白装束の男たち。おとなしく捕まったと思ったら、そのすぐあと、影月失踪《しっそう》の騒ぎに紛れて消えてしまったのだ。

「当たりだ、燕青。落ちていた。死体で。誰がやったかはわからない」

悠舜と燕青の予想していたうちでも、悪い方の結果だった。

「……身元が割れるようなブツは？」

「ない。これで糸は全部切れた。この一件はここでおしまいだ。報告書を書くとしたら、一人の頭のおかしな少年が病に乗じて煽動《せんどう》・失敗・終わり、だ。まさしくトカゲの尻尾《しっぽ》切りだな」

燕青は珍しく物騒な気配を漂わせた。秀麗と影月が今回の一件でどれだけ身を切られるような思いをしたことか。

「こんちくしょう。犯人わかってんのに、とっ捕まえらんねぇのかよ」

「それがやり口だ。ここまでやったからには、しばらく動きはないだろうな……」

「そうですね。あるとしたら、秀麗殿と私が貴陽へ帰還してから、でしょうね」

秀麗が寝返りを打つと、「燕青……山で猪捕まえてきて……今日は猪鍋《シシなべ》……」などと寝言を言った。燕青はガックリした。秀麗の目に自分がどう映ってるか如実にわかる寝言である。「へいへいデカイの仕留めてくるぜ」と適当なことを言って秀麗の頭を撫《な》でてやった。

「――よし、わかった。あいつらのことは忘れる。考えてクサクサするだけ損だもんな。新しい州牧ももうすぐ来るんだろ？」

櫂州牧の到着はまだだが、先駆けて辞令はすでに書面で届いている。

秀麗と影月への朝廷の処分を聞いた州官たちは悠舜の元に撤回の直談判に飛んで来たが、当の二人はけろりと受け入れた。

『仕方ないですよー。新米官吏二人の首なら、安いものですよねー』

『その通りよね。第一、知っててやっちゃったもの。今さらだわ』

とはいえ、現在の州府は毎日が通夜のような沈鬱《ちんうつ》さであった。ちなみに秀麗の机案《つくえ》は「忘れないでください」と州官たちから贈られるお花で埋まっている。この季節によくも花を見つけてくるものだと燕青は呆《あき》れ果てた。特に茗才《めいさい》はすごい。

秀麗と悠舜が、茶州を去る日はもうすぐ。

「かーっ、やめやめ。あんな覆面野郎どもなんか知るか。次の連休の過ごし方でも考える。もしかしなくても最後だろ？　離任前の休日。姫さんたちと一緒にどっか遊びに行こうっと」

「ダメです」

悠舜は目を通していた嘆願書を、燕青のほうへ指で弾《はじ》いた。

「はい、お仕事です。お二人とも、次の休みを利用して、調べてきてくださいね」

「――ちょっと待て!! それって休みじゃねーだろ!」

「え、あの、二人って、私もですか!?」

静蘭もまた燕青と同じく楽しい休日を期待していたのだったが、悠舜に優しく微笑まれた。

「お仕事ですから」

悠舜はこと仕事には厳しかった。

「……あきらめろ静蘭。連休全部つぶれねぇようにとっととやるしかねぇ。それともお前、賭《か》け碁《ご》で悠舜に勝つ自信あるか? 逃れる道はそれっきゃねーぞ」

静蘭は今までの対戦成績が頭を過《よ》ぎった。こみあげた屈辱的な気持ちを飲みこんだ。

――悠舜は、静蘭が連敗を喫しつづけている数少ない相手であった。

「くっ……なんだって休日までお前と一緒にいなきゃならないんだ!」

「俺だってヤだよ! 姫さんとお茶して影月と縁側で日向《ひなた》ぼっこでもしてーよ!!」

「じじいかお前は!!」

秀麗と影月がうるさそうに寝返りを打つ。

静蘭と燕青は慌てて口をつぐんだ。燕青は渋々渡された嘆願書を手にとって、読んだ。

……静蘭共々、黙りこくった。

「…………………………………。…………………………これが仕事?」

悠舜は燕青に頷《うなず》き返した。

「頑張ってきてくださいね」

一

香鈴は、石榮村からこっち、ものすごくものすごく気になっていることがあった。

のちに紅杜《こうと》邸と呼ばれることになる邸《やしき》の庖厨《だいどころ》で香鈴は皿を拭《ふ》いていた。隣で秀麗が洗い物をしている。今日は秀麗と影月が早く帰ってきてくれて、香鈴は嬉《うれ》しかった。燕青と静蘭が、仕事の目途が立ったからと、二人を先に帰してくれたのだという。が。

「次のお休みは、どうなさいますの？　秀麗様」

なるべく、そちらを見ないようにしようとするも、うっかり見てしまう。

仕事から帰ってきた影月が、『華眞《かしん》の書』を熱心に読んでいる。その影月の背に寄りかかり、影月のために香鈴がつくった饅頭《まんじゅう》を平然と横取りして平らげている孔雀《くじゃく》男がいる。

（あっ、ま、また……なんですの！　あなたのためにつくったわけではございませんのよ！）

燕青だってあんなに無神経ではない。

皿を洗い終わったあと、秀麗はお茶の支度に取りかかった。

「そうなの。二日もお休みをもらえるのよ。だから……あっ、龍蓮！　あなたまたそうやって影月くんの邪魔して!!　重いでしょう。どきなさい」

秀麗は、まさに香鈴が言ってやりたかったことを言ってくれた。

（さすが秀麗様ですわ！）

すると、饅頭を全部腹におさめた龍蓮は今度は秀麗のところに寄ってきた。お茶を淹《い》れはじめた秀麗の右肩に、うしろからのしっと顎《あご》を乗せる。

「ちょ……龍蓮、あああんたねぇ」

秀麗が怒る前に、香鈴の堪忍袋の緒が切れた。香鈴は龍蓮の、裾《すそ》の長ったらしい、奇抜な衣装を憤然と引っ張り、秀麗から引きはがしにかかった。

「龍蓮様!!　なんですの、いつもいつもそうやって影月様と秀麗様にくっついてお回りになって！　あなたは金魚のフンですの!?　少しは自重なさったらいかがですの！」

石榮村で影月が行方不明になり、秀麗が窟《いわや》で気を失ってから、龍蓮は二人にべったり引っついて離れなくなった。よほど精神的に応《こた》えたらしい。龍蓮に甘すぎる影月はもとより、いつもは龍蓮に手厳しく応じる秀麗も、今回は心配をかけたことを気にしてか、甘受しているところがある。が、秀麗と影月が好きな香鈴から見れば、まったくもって邪魔者以外の何ものでもない。州城まで出没する龍蓮を、燕青と静蘭は『護衛になっていい』などと笑って放っといているが――冗談ではない。

「だいたい、少しはお役に立とうとは思いませんの⁉　あなた、無職でタダ飯食いの居候ではございませんの‼　寄居虫《ヤドカリ》でももうちょっとマシですわ！　薪割りや水汲《みずく》みくらい、自発的におやりになったらいかがですの‼　殿方が情けないと思いませんの⁉」

叫んでから、香鈴は我に返った。金魚のフンとかタダ飯食いとか、いつのまに自分はこんな言葉を覚えてしまったのか。影月の視線を感じて、香鈴は真っ赤になった。

（こ、これもそれもどれもあれも、龍蓮様のせいですわ‼）

香鈴だって、元気になった影月と秀麗と、べたべたしたかったのに。

（とんだ伏兵ですわ！　殿方にすごすご座を奪われるなんて、女の誇りが許しませんわ‼）

後宮にいた香鈴は、筆頭名門藍家の話を諸々《もろもろ》聞き知っている。最初は近寄りがたい気もしていたが、今となってはそんなものすべて消し飛んだ。

（タダのヘンな人ですわ‼）

許し難い変人である。

「だいたい、うら若い女性に節操なくべたべたなさるなんて、不埒《ふらち》ですわ‼　秀麗様に悪い噂がお立ちになったら、あなた、どう責任をおとりになるおつもりですの⁉」

普通は　一、嫁にとる　二、謝る　三、開き直る　の三択に収まるが、常に　四、欄外なのが龍蓮であった。

「ふっ、そのときは影月と三人で俗世を捨て、山にこもって仲良く仙人修行をはじめる」

「——余計悪いではございませんのっっ‼」

「秀麗には及ばぬが、そなたの饅頭も段々腕が上がってきたゆえ、まあついてきてもいい」

香鈴が大噴火する前に、さりげなく影月が割って入った。

「えーと、休日の過ごし方でしたよねー」

龍蓮は、香鈴の狙っていた影月と秀麗の間の席にまんまと陣どった。

(ま、ま、負けませんわ!!)

香鈴はカッカと向かいに腰を下ろした。龍蓮を睨《にら》むと、鼻で笑われた(気がした)。

「秀麗さん、それで、休日に何かやりたいことでもあるんですかー?」

「うん、ちょっとね、お菜《りょうり》を習おうと思って」

「お菜……秀麗様、もう充分お上手ではございませんの」

「茶州の郷土料理よ。忙しくて、あんまりつくれなかったから。こんなに遠くまで旅することってないし。それにつくるたびに茶州《ここ》でのこと、思い出せるでしょう?」

出会った人、起こったこと、過ごした日々。交わした約束。

一つたりとも忘れないように。

「だから王都に帰る前にね、できるだけ料理も覚えて行こうって思ったの」

帰るという言葉に、香鈴はうつむいた。……秀麗のそばにいつまでもいると、約束したのに、香鈴は守れない。

秀麗はその様子に気づいて、慰めようとした。

そのとき、何を思ったか、龍蓮が突然両手を打った。するとどこかから鳩が羽ばたいてきて卓子に留《と》まり、香鈴に向かってクルックー、と呑気《のんき》に鳴くと、換気のために開けていた窓から飛び去った。

沈黙が落ちた。

「……ね、ねぇ龍蓮、今のナニ……？　なんでいきなり鳩が出てきたの」

「旅の途中に出会った雑伎《ざつぎ》団に教えてもらったのだ」

「すごいですー！　え、え、どうやったんですか⁉　もう一回やってください！」

「残念ながらあれは一発芸なのだ。また鳩を捕まえたらできる」

なんだかどんどんおかしな芸人への道をひた走っている、と秀麗は冷や汗を流した。藍将軍がこんな弟さんを見たらどう思うだろう。そもそも実の兄弟なのかが疑問だ。

（ま、まあ確かにどこでも食べるに困らなそうだけど）

藍家の人間としては非常に困ること盛りだくさんな気がする。

「ていうか、あの鳩どうしたのよ」

「午間《ひるま》、縁側で笛を吹いていたらボタッと落ちてきたのだ。何か悪いものでも食したのだろう」

影月の笑顔が凍りつき、秀麗は鳩に同情した。なんと運が悪い鳩だ……。

それまで黙っていた香鈴は、堪《こら》えきれずに噴きだした。

秀麗は遅まきながら思い至った。ものすごい唐突だが、龍蓮なりに気を遣ったらしい。

しかも滅多にない成功例だ。

それを見た影月は羨ましくなった。なかなか香鈴を笑わせられないことをひそかに気に病んでいる彼は、真剣に龍蓮に頼み込んだ。

「龍蓮さん、あとであの芸、僕に教えて下さいー」

「ではまず豆でも蒔《ま》いて鳩を捕まえに行くか……」

これが十代で国試状元及第及び榜眼《ぼうげん》及第を成し遂げた才子二人の会話である。

香鈴の笑いがおさまったのを見計らい、秀麗は話のつづきをした。

「でね、凜さんに、茶州の菜譜を見せて頂けませんかって頼んだら、凜さんがそれなら自分もぜひ王都の菜を覚えたいって。ほら、悠舜さんと一緒に王都で暮らすことになるから」

「まあ！　つくりっこですのね。素敵ですわ！　わたくしもぜひご一緒したいですわ」

「そう言うと思ったわ。で、ね、勿体ないじゃない？　みんなでたくさん色々なお菜つくるのに、それだけで終わっちゃうなんて。多分、最後のお休みだし――だからね」

影月はピンときた。

「わかりました。皆さんをご招待しておもてなしするんですね？」

「当たり。悠舜さんや、克洵《こくじゅん》さんや春姫《しゅんき》さんや、葉医師《ようせんせい》や、お世話になった人たちに」

「それは良い考えですー。そういうことなら、ぜひ僕にもお手伝いさせてください」

「宴席に我が笛がないとは、しおれた花を飾るようなものだ」

むしろ花がしおれる、と三人は思ったが、何も言わなかった。

「お休み、二日あるでしょ？　今の内に招待状を出しておいて、一日目に食材や、必要なものを買い出しに行って、二日目に一席設ける、と。幸い、香鈴がちゃんとお掃除してくれてたから、庭も室も手を入れるくらいで何とか使えるようになってるしね。ありがとう、香鈴」

「とんでもありませんわ」

影月はもう一つ提案した。

「でも、最初の一日を、買い出しに全部使い切るのって勿体ないですねー。確かに最後のお休みになりそうですし、せっかくですから買い出しがてらどこか行きませんか？」

「え？　どこかって？」

「琥璉《これん》近くの景勝地とかですよー。ほら、僕も秀麗さんも、着任してから遊びでどこかに行ったりとか、全然してないでしょう？　お休みの時はたいてい死んだ魚みたいに眠ってましたしー」

秀麗は夏からこっちの人間外の生活を思い出した。……その通りだ。

「……そういえばそうね。秋祭りくらいかしら」

「だいぶ寒さもゆるんできましたし、お弁当もって、どこか景色の綺麗《きれい》なところでご飯を食べたりしてもいいと思いませんか？　買い出しの荷物は、お店のかたに当日邸《やしき》まで運んでもらうようにお願いすればいいんですし」

「素敵ですわ！　そうしましょう秀麗様！　わたくし、はりきってお弁当つくりますわ！」

秀麗もその気になった。

「そうね、いいかもしれないわ。燕青に訊《き》けばきっと良い場所を教えて——」

それまで黙っていた龍蓮が、自分の存在を主張するかのように怪音を鳴らした。

秀麗も影月もだいぶ慣れてきたが、心の準備をしていないと腹にズドンと来る。秀麗は動揺して湯飲みを揺らし、茶をこぼしてしまった。影月はこっそり深呼吸した。近くで聞くと破壊力は凄《すさ》まじいものがある。

「任せろ。この私自ら案内をしようではないか」

「……龍蓮が？」

「旅慣れている私なら今人気の名所案内ができる。日帰りで」

自信満々に言う。

龍蓮が毎度ふらふらしているのは事実である。琥璉に関しても、州政事に必要な味も素っ気もない地理知識しか叩《たた》き込んでいない秀麗と影月より遥《はる》かに詳しい。実際、石榮村まで単騎で最短距離を迷わず駆け抜けてきた男だ。

しかし何と言っても相手は龍蓮である。一抹どころか八十七抹ほど不安がある。『心の友』のために誠意で申し出てくれるのはわかっているが、どうにもこうにも好意がまっすぐ伝わらないという特技の持ち主でもある。微妙な数字なのは、一応龍蓮を信頼してなくもないからだ。

秀麗は念を押してみた。

「……ほんっとーに、人気の名所案内してくれるの？　仙人修行に有名などこぞの秘境に連れていったりしない？　滝のぼりとか崖《がけ》下りとかしないでしょうね？」

「そういった場所は将来のお楽しみのためにとっておく」

「……。……ご近所さんに訊いても『うんうん』って通じるような有名なトコ？」

「もちろんだ。これで君も一躍時の人になれる」

「は？　何、時の人って」

「いいじゃないですか、秀麗さん。龍蓮さんにお任せしましょうよ」

秀麗より龍蓮に甘い影月が、賛成した。

影月ほどでなくとも、一般人よりずっと甘い秀麗も、結局は頷《うなず》いたのであった。

「わかったわ。じゃ、任せたわよ」

「ふ……期待は裏切らぬと約束しよう。ちなみに弁当は風流に尾頭《おかしら》付きの魚を所望する」

「いいわ。期待は裏切らないわ。メザシの干物を入れてあげる。ちゃんと尾頭付きのお魚よ。頭から尻尾《しっぽ》まで丸ごと一匹一口で味わえてとっても風流よ。特別に笹の葉も添えてあげる」

「あ、秀麗さんも同じことしてたんですねー。僕もよくお祝い事にはシシャモの干物を尾頭付きのつもりで用意して、堂主様と食べるのが楽しみでしたよ。安くて骨が丈夫になって無駄なく一石三鳥で」

「さすが影月くん、わかってるわね～」

あははオホホと笑い合う秀麗と影月は、龍蓮に負けていなかった。こうでなくば龍蓮の

『心の友』にはなりえないのだと、見ていた香鈴は心の中でひそかに理解した。


「えっ⁉　今度の休日、燕青も静蘭もダメなの⁉」

燕青に休日の計画を話した秀麗は、行けないという返事に驚いた。

ちなみに場所は庖厨《だいどころ》で、秀麗は燕青のために簡単な夜食をつくってあげていた。水を飲みに何の気なしに庖厨に行ったら、暗がりに腹を空かせた巨大ネズミが一匹いたからである。

庖厨をあさって干し柿を盗み食いしていたところを見られて怒られたネズミ燕青は、夜食ができるまで大人しく卓子に着いて待った。

「……悪い……なんつーかやむにやまれぬ事情《ジジョー》で……」

燕青のほうこそトホホだった。まさに自分が過ごそうと思っていた休日そのものだ。よりによって休日を潰《つぶ》してなぜにあのような『仕事』をしなくちゃならんのか。

「残念だわ……じゃ、四人だけで行ってくるわね。はい、できたわよ。おつゆと五目ご飯」

「お、うまそ〜。いただきまーす」

「……燕青」

秀麗は燕青の向かいに座ると、燕青の食べっぷりを見ていた。

「んー？」

「一年間、ありがとう」

燕青は椀《わん》から顔を上げた。右手を伸ばすと、秀麗の頬を指先で軽く撫《な》でた。

「……あのさー、姫さん」

「なに？」

「姫さんはさ、ちょっと身を削りすぎだな」

「……？」

「いろいろなモン人に与えすぎ。そんで、もらわなすぎだ」

いつも『一人で』最善を尽くそうとする。そんな秀麗が『助けて』と願った、数少ない同僚が燕青と影月だった。寄りかかってもいいのだと、やっと思えた相手がまたいなくなる……無意識にそう感じているのかもしれない。

だからこそ、今、心細そうな表情を浮かべているのだろう。

「……でも、燕青は？　私、燕青に輔《たす》けられてばかりだったわ。何もあげてないわ」

「俺？　俺は自分の身の丈に合った無理しかしてねーもん。だから足りなくなることねーの。やっべぇって思うことはとっとと悠舜に押しつけてたし。でも姫さんは違うだろ？」

「無理しなきゃ、できないことはたくさんあるわ」

「そりゃそうだ。でもそのぶん埋め合わせしなくちゃ、採算あわねーだろ。たとえばさ、『ねえ燕青、私今回すっごく頑張ったわよね？　ありえないくらいすごかったわよね？　最高の上司だったわよね？　たくさん褒めてちょうだい』くれーいわんと。たいして無理してねぇ静蘭だって、姫さんに褒められたくて最後『どうですか？』とか聞いてたのにさー」

燕青の瞳《ひとみ》が明るく色を変える。秀麗の肩からふっと力が抜けていく。

「……ねぇ燕青、なんであなたは人を甘やかすのがそんなにうまいの」

「そうでもねぇだろ。俺、仕事じゃ結構姫さんに厳しかったはずだぜ。普通なら、もうちょっと優しくして！　私新米なんだから‼　って叫んでもいいと思うぜ。つーか、これが普通の賃仕事だったら絶対姫さん『ちょっと冗談じゃないわよ、もう少し休ませなさいよー！　それかもっとお給料上げて！』くらいは言ってるぜ。フツーに受け入れてるトコが、頑張りすぎてる証拠。俺としてはそのぶん後で埋め合わせるつもりだったのに、なんも言わねーんだもん。こういう機会にせっせと俺が頑張るしかねーだろ」

「そんなことないわ。燕青、優しかったわ。……あなたのそばで働ける官吏は、幸せね」

燕青はニヤッとし、期待に満ちた口ぶりで、催促した。

「ふっふっふ、つまり？」

「寂しいわ」

「姫さんはちゃんと言ってくれるから嬉《うれ》しーよな。まあ、ちょっと待ってろって」

「？　何を？　文でもくれるの？」

「いろいろと。そんときのお楽しみ。……断言するとあとで支障がでるかもだし」

準試の及第順位を思えば、「ちょっと」どころではすまないかもしれない。

燕青の大きな掌《てのひら》が、秀麗の耳の下に当てられる。温かい熱が秀麗の心にまで流れこんできた。

「ちっとはうまい手の抜き方、覚えろよ。あそうだ。ご褒美に、静蘭に昔、この傷の短い方つけられて、三日月傷が十字傷《バッテン》になったときのことでも話してやるかなー」

まるでずっと聞いていたかのように、庖厨に静蘭がずかずか入ってきた。

「あら、静蘭。お帰りなさい」

「ただいま帰りましたお嬢様。こんなヒゲ野郎にわざわざ夜食なんて甘やかしすぎです。そこらの皿でもかじらせときゃいいんですよ。それか泥団子で充分です」

「俺はネズミ以下かよ！　なんつー横暴な家人なんだ。昔の秘密をバラされかけたからって」

「――今すぐあの世観光に行きたいようだな、お前」

ものすごい形相で静蘭に睨《にら》まれた。この外面良男《そとづらよしお》のこんな顔を見られるようになるとは、昔の燕青は想像もつかなかった。

「冗談だっての。じゃ、姫さん、ごちそーさまでした。うまかったぜ。今度の休み楽しんでこいよ」

龍蓮がいるなら、さして危ないことはあるまい、と燕青と静蘭は思った。

「次の日のご飯に間に合うように、こっちの用事も一日で終わらせてくるからな」

二

待ちに待った連休がやってきた。

「ん。よし、お弁当できあがりっと」

「招待状も昨日のうちに出し終えて、良かったですわね、秀麗様」

早起きをしてお弁当をこしらえていた秀麗と香鈴は、最後のおかずを重箱に詰めた。影月と龍蓮は調理器具を洗っている。……龍蓮が影月と秀麗のそばに始終べったり引っ付くようになって何が良かったかというと、庶民的な手伝いをたまにしてくれるようになったことだ。しかし盛りつけをさせると意味不明な風流配置にこだわり、お茶を運ばせれば茶碗《ちゃわん》に勝手に絵を描いたりするので善し悪しである。いつ何時怪笛の災に遭うかわからないのは悪しである。

『まるで一日中肝試しをしている気分でございますわ』

ポツッと呟《つぶや》いた香鈴の言に、誰も返す言葉もなかった。ちなみにいちばん耳のいい静蘭が耳栓をしていることを知っているのは燕青だけである。

「それにしても、静蘭さんも燕青さんも、ずいぶん早くに出かけましたねー」

「ね。まだ日も昇ってないのに。ホントに何の用で出かけたのかしら……？」

なぜか最後まで燕青も静蘭も口を割らなかった。しかも妙に嫌々だった。

重箱の蓋《ふた》を閉め、布で包む。これで完了。秀麗は笛を吹いている龍蓮を振り返った。

「で、龍蓮、どこに連れてってくれるの？　琥璉で明日《あした》の買い出しもしなくちゃならないんだから、あんまり遠くへは行けないわよ」

＊　　＊　　＊

「あ～あ……俺も姫さんたちと一緒に遊びに行きたかったぜ……」

辺りには靄《もや》が立ちこめていた。一番鶏《どり》が鳴く頃から待機していた燕青は、うんざりしながらぼやいた。

静蘭は自分の前髪を引っ張った。……靄ですっかり湿っている。

「まあ、悠舜が俺らに回してきた理由もわかんなくはねーけどさー。確かにこの類《たぐい》の嘆願書はちょっと確認が必要だもんな。ことによっちゃ、早く手を打つ必要があるし。でも州官に休日出勤させるのは可哀相だし。で、俺とお前ってわけかい」

「……こ、い、いうのが本当に普通に州府まで上がってくるんだな」

静蘭は悠舜から渡された資料に目を落とした。それも湿り気を帯びはじめている。

「お前貴陽にいたもんな。確かにあそこじゃ必要ねーよな。化け狐一匹出そうにないし」

チチチチ、と鳥の啼《な》く声が聞こえた。そろそろ日が差してくれると靄も晴れるのだが。

「さすがに州府まであがってくるこたあんまりないんだけどな。『妖怪《ようかい》退治してください』って。普通はその前に村や街で方術士とか呼んで解決するからな。英姫《えいき》ばーちゃんとか、良く頼られててさ。しかし琥璉城下でひそかにこんなのが流行《はや》ってたんかい」

資料として添付されていたのは、デカデカと『琥璉最新妖怪名所七ッ所』と銘打たれたビラであった。琥璉は州都だけあって、滅多に妖《あやかし》の類が出没することはない。いたとしてもさして害のないものだし、そうした弱いものはたいがいの人の目には『見え』ない。

「珍しいからちょっとした噂でも妙に騒がれてんだろな。怖いモンみたさってやつ？　で、本気で怖ぇって思ったやつらから嘆願書が上がってくる、と。とはいっても――」

燕青は『見える』ほうだが、静蘭が〝干将《かんしょう》〟をもってきたときから、格段に『見える』ものが減った。いまだに紅杜邸をコロコロ転がる一つ二つほどの黒い鞠《まり》は、無害なくせに相当根性があると、密《ひそ》かに感心しているほどだ。

「お前の〝干将〟がきてから、俺の目には増えるよりは減って見えるんだけどなー」

「もともと破魔の剣だからな。普通はそうなるはずだ」

「てことはやっぱこの『七ッ所』って、気のせいか、もしくは……」

「どこかの野盗が徒党組んで妖怪のフリして一般人から金品巻き上げてる可能性が高いな」

「だよな……」

妖怪よりたちが悪い。だからこそ悠舜は休日と知っていて二人に仕事を回したのだ。死人が出ているところもある。調子に乗られると、被害が拡大する。

「燕青、明日の昼餐《ちゅうさん》に出るために今日一日で七ヶ所全部回って終わらせるぞ」

「わかってるって。けど、物の怪《け》のほうが出てくんねーと動けねーんだよなー……。くそ、早くこねぇかなぁ。朝方に出るって書いてあるのにまだかよ」

今二人がいるのは、琥山《こざん》という小さな山の麓《ふもと》である。琥璉は元々、街の隅にこの山を有している。薬草や山果実が豊富で、四季折々の花々も目を楽しませてくれる。昔は山賊が出没していたが、燕青が州牧になってからとっとと駆逐し、今では定期的に州軍が見回りに出ているので、花見や紅葉狩りに良いと評判をとっていた。のだが。

今は妖怪の噂のせいか、単に冬なせいか、はたまた早朝なせいか、人っ子一人いない。

「『怪所其《そ》の一・琥山の山道にて、朝方猿の化け物が出没して人を脅かすらしい』……か」

山道添いの繁みに身を潜めながら静蘭がビラを読んだときだった。

麓のほうから、山道を誰かがのぼってきた。

「……誰か、くるな」

「……野盗にしては人数が少ないな……旅人か？」

やがて靄の中から、黒い頭がもこもことのぞきはじめた。

「うーん、靄が濃いわねー」

見知ったお子様組が四人、弁当の包みをもって現れたのであった。

秀麗と影月は、まったくまともな龍蓮の『名所案内』に胸をなで下ろしていた。

「この山、州城からいつも眺めてたのよね。紅葉が綺麗《きれい》で。一度来てみたかったのよ」

「僕もですー。ありがとうございます龍蓮さん」

香鈴は寒さで身震いした。靄で体が少し冷えてしまった。

「もう少し日が差してからのぼりません？　靄で足下がおぼつかなくて危ないですわ」

「そうね。何も見えないものね」

龍蓮は何かを捜す素振りで、靄がかる山中に目を凝らしている。

「？　龍蓮、何か捜してるの？」

「ああ。ここの名物を」

「は？　名物？　靄で何も見えないけど……あ、珍しい鳥の声でも聞こえるとか？」

そういえば、秋の紅葉は綺麗だったが、この山の冬の『名所』は何なのだろうと秀麗が思ったとき、山の奥から、ザザザザ、という重い葉擦れの音が聞こえてきた。

燕青はぶったまげた。

「なんで姫さんたちがこんなとこにいんだよ!?　弁当持って遊びに行ったんじゃねーの!?」

「……弁当はもってる。さっきの会話からすると、龍蓮くんが案内してきたようだな……」

「龍蓮坊っちゃん〜〜〜っっ！　役に立つんだか立たねーんだかどっちかにしてくれよ！」

ザザザザ、と遠くから何かが木を渡るような、得体の知れない音が近寄ってくる。

燕青は棍《こん》を握った。静蘭も〝干将〟に手をかける。

「……猿じゃねーな。猿より、ずっと重いヤツだ。人間にしちゃありえない身体能力だし」

「だが〝干将〟にも反応がない。物の怪じゃないはずだが……音からすると、一匹か」

燕青と静蘭は身を潜めたまま、息を殺した。

秀麗は異様な物音に狼狽《ろうばい》した。靄が濃くて何もわからない。

「な、何⁉　なになになにこの音⁉」

「なっ、なん、ですの⁉　お猿さんですの⁉」

香鈴が影月の袖《そで》をつかんだので、影月はちょっと赤くなった。

「いえー、お猿さんにしてはちょっと重すぎる音ですよコレ……」

「ちょっと龍蓮！　名物ってナニ⁉　ていうかここ何の名所なわけ⁉」

龍蓮の胸ぐらをつかんで問いただすと、龍蓮の懐から一枚の紙切れが落ちた。

「なにこれ、ビラ？　……。……『琥璉最新妖怪名所』……」

『怪所其の一・琥山の山道にて、朝方猿の化け物が出没して人を脅かすらしい』……。

影月もうしろから文面をのぞきこんだ。……では、この音は……。

「最新の名所・其の一がここだ。名物があれだな」

まったく悪びれた様子もない龍蓮に、秀麗は激怒した。

「あ、あ、あんたねぇえええ。誰が肝試しに連れてってちょうだいって言ったのよ⁉ このお弁当の立場はどうなるのよ！　妖怪名所で楽しくご飯食べられるわけないでしょうが！　ていうか任せろって——あんた旅慣れてるとか全然関係ないじゃないのよ‼」

そうしている間も、音はどんどん迫ってくる。

香鈴は悲鳴を上げて影月にしがみついた。影月は香鈴をかばいながら精一杯警戒した。さしもの秀麗も血の気がひいた。奇怪な音が頭上の梢《こずえ》を今にも通過するかと思ったとき、突然音が止んだ。秀麗はひっと息を呑《の》んで首をすくめた。

「あれー！　皆さん、奇遇ですねー」

「なんと、羽根の若殿ではないか。その節はキノコと引き換えに譲っていただき、心から感謝する。大事にさせていただいているぞ」

大量の葉を振りまきながら、〝茶州の禿鷹《ハゲタカ》〟お頭翔琳《しょうりん》と曜春《ようしゅん》が木の枝から飛び降りてきた。

秀麗は棒立ちになった。

目の前の見知った二人は、冬だというのに手足が剝《む》き出しである。お頭・翔琳はまた背が伸びていて、ほとんど龍蓮に追いつきそうな勢いである。すんなりと伸びた手足は羚羊《かもしか》のようだ。健康そうに色づく二人の胸元には、以前龍蓮の頭で揺れていた羽根がそれぞれ首飾りとなって誇らしげに揺れている。磨いた色石を連ねてつくった羽根の首飾りは、龍蓮が頭に差していたときより遥《はる》かに洒落《しゃれ》ている。

二人は、なぜか背に大きな籠《かご》を担いでいた。

「……あの、二人とも、なんで、ここに……？」

やっと秀麗は声が出た。かろうじてそれだけ訊くと、弟の曜春が無邪気に答えた。

「薬草採りです！　この山、すごいんですよー。夏にきたとき見つけたんですけど、冬でもとれる貴重な薬草がたくさん生えてるんで…ござるー。峯廬《ほうろ》山からこの山まで、足腰の鍛錬も兼ねて、このところ、薬草摘みにきているのですじゃ」

「……このところ……薬草摘みを……」

「はいー。ご通行中の皆様のお邪魔にならないように、朝に」

怪所其の一の謎が解けた。

曜春に籠の中を見せてもらった影月は興奮した。

「これはすごい！　秀麗さん、山菜を摘んでいきましょう！　この葉っぱ、お茶に混ぜると良いんですー。今日の買い出しでそろえようと思ってたんですけど、買わなくても薬草や山菜はここでほとんど手に入りますよ」

「良ければ一籠譲るぞ」

翔琳が義賊としての太っ腹なところを見せた。

秀麗はその途端、遠くなりかけていた気をひっぱり戻した。現金にも。

「本当？　あ、そうだわ、あのね、明日《あした》良かったら――」

招待したかったのだが、峯廬山は遠く、文が間に合わないとわかって断念していた二人だった。これ幸いと昼餐《ちゅうさん》に招待すると、曜春は顔を輝かせて飛びはねた。

「本当ですかー？　わぁ、ねぇ兄ちゃ…お頭、マネキネコをアズカリましょうよー。春姫さまとも久しぶりにお会いできますよぅ」

「馬鹿者招き猫を預かってどうする！　だが、せっかくのご好意を無にしては義賊の名折れ。ありがたく馳走《ちそう》に預かろう。そうだな、返礼として、明日の朝一番に手土産をもって参上つかまつろう。ここに書かれてある薬草と山の幸、俺と曜春がそろえる」

翔琳が地面から拾い上げた巻物は、秀麗が買い出しに必要なものを書き出しておいた巻物だった。このどさくさで落としてしまっていたらしい。

「あー。これなら明日までに近くの山をまわれば手に入りますよねー。んーと、じゃあ、重いですし、この籠も他の薬草一杯詰めて明日朝一番で州牧邸までお届けしますねー。ご馳走になるなんて初めてですものねーお頭。えへへ、すっごく嬉《うれ》しいですねぇ。頑張りましょうね！」

買い出しの項目に翔琳がバツ印をひいていく。葉の朝露を指につけ、墨をとかして。

「待って待って。そんなの本当にいいのよ！」

「遠慮するな。秀麗殿たちには何かと世話になったからな。――近々王都に帰ると聞いた」

翔琳があざやかに笑って、秀麗に巻物を返す。

「本当は、城下でその話を耳にしたときから会いに行くつもりだった。残念だ。だが二度縁があったのだから、三度目もあるかもしれん。いつか俺と曜春は親父殿のように山を出て、国中を回るつもりでいる。そうしたら、この羽根が目印だ。何かあったら力になろう。一昨年《おととし》の夏に、倒れた曜春を助けてくれたことは忘れない。――では明朝、また」

次の瞬間、〝茶州の禿鷹〟の二人は風のように姿を消していた。

あっというまの出来事すぎて、まるで本当に狸にでも化かされたようだった。……巻物にしっかり記されたバツ印がなければ。

「……意外と素敵な殿方になるかもしれませんわ、あのお頭さん」

香鈴の呟《つぶや》きに、影月がピクリと反応した。

「そうね。ちょっとじーんときちゃった。……比べて龍蓮、あんたねぇぇえ」

「あの羽根の首飾り、実に見事な応用だ。負けていられぬな」

確かに龍蓮よりよほど美的感覚にすぐれている。が、問題はそこではない。

「最後の行楽の行き先が『妖怪《ようかい》名所』ってナニ！　あんたこの名所全部『案内』する気でいたわね!?」

「想い出に残るではないか。日帰り・道行く人も知っている最新の琥璉名所だ」

「そりゃ身の毛もよだつほうの想い出じゃないのよ！　翔琳くんたちだったから良かった

ようなものの――」

「でも、気になりますねー」

影月は『琥璉最新妖怪名所』のビラを読んだ。

「噂が流れるだけの何かがあるって考えると、ちょっと不安ですよね」

「う、ま、まあ、そうよね……うーん、そうよねぇ」

秀麗までも真剣にビラを見始めた。

香鈴は青くなった。まともな感性の持ち主は自分しかいない。自分が何とかしなくては。

「な、な、なにをおっしゃいますの！　今日は想い出づくりですのよ!?　休日ですのよ!?　どうして秀麗様との最後の遠足がお弁当を持って『妖怪名所めぐり』になるんですの!!　どこかおかしいと思われませんの!?　いいえ、どこもかしこもおかしいですわ!!」

影月を揺さぶりながら、香鈴は不吉な予感に襲われた。もしかしなくてもこの調子だと、将来、その、蜜月《みつげつ》の旅に出たりするときも、こんな事態になりかねない。遊びより仕事(対象が妖怪でも)の男。

(絶対イヤですわっっ!!)

影月は香鈴に微笑み返した。香鈴が希望をもったのもつかのま――。

影月は両手を叩《たた》いた。どこかからスズメが一羽きて、チュンと啼《な》いて飛び去った。

「どうですかー？　捕まえられたのは鳩じゃなくてスズメなんですけど」

「あ、すごいすごい影月くん。スズメってあんまり言うこと聞かないのよ」

「ふ、やはり我が心の友。覚えがいい」

「…………………………」

香鈴は笑わなかった。――もうダメだと悟った。今この瞬間『妖怪名所めぐり』決定だ。

(こ、こ、これもすべてはあの御方のせいで――――!!)

すべての善意がどこかおかしな方向で収束する男・藍龍蓮。

先頭切って怪笛を吹き鳴らしてゆく龍蓮の頭に、香鈴は弁当をぶつけたくなった。


「……猿の化け物って、翔琳たちだったんかい……」

正体を知った燕青と静蘭は肩を落とした。

「……しかも、なんでこーなるわけ……?」

自分たちの仕事(嫌々)を、上司たちは遊びそっちのけで自主的にやり始めてしまった。

「全然息抜きにも何にもなってないですよ、お嬢様、影月くん……」

さしもの静蘭も言葉がなかった。香鈴だけが正論を唱えていた。

今さらノコノコ出ていくわけにも行かず、二人はお子様組のあとを追うほかなかった。

三

秀麗たちが次に向かったのは、琥璉の街中の、あちこちから良い匂いが漂う飯店通りだった。午時《ひるどき》までまだ時間があるため、通りを歩く人はまばらだった。

『怪所其《そ》の二・飯店通り。いきなり昊《そら》から忽然《こつぜん》と魚や牛がふってくる。血抜きしてあることから、血をすする姿なき魔物か。たまに骨もふってくる』……え、これはちょっと良い妖怪さんじゃないの。血抜き面倒なのよー。ぜひうちの門前に落ちてきてほしいわ」

「しゅ、秀麗様……」

「……えーと、でも、普通の人は、いきなり昊からお魚さんや牛さんや、ましてや骨がバラバラふってきたらすごく怖いと思いますー」

「そっか……って、龍蓮！　あんたなに勝手に買い食いしてんの！」

立ち食いで麺《めん》をすすっている。……これで藍家直系のお坊っちゃまとは……。

「ここの汁は絶品だ。かなり良い出汁《だし》をとっている。食してみるがいい」

「お嬢ちゃーん、この坊っちゃんのお代いいかーい？」

店主の笑顔（満面）の手招きに、秀麗はぶっ倒れたくなった。買い食いでなくタダ食い。

秀麗はわななく手で財布の紐《ひも》をゆるめ、ちゃりーんと龍蓮の汁麵代金を払う。硬貨がぶつかる音がもの悲しい。

「……秀麗様……あのいやしんぼさん、本っっ当にあの藍将軍の弟さんなんですの。詐欺師じゃございませんの。無職でタダ飯食いの居候の上におたかりになるなんて！」

ずっと藍将軍にタカってきたツケが今きているのかもしれないと、秀麗は思った。

秀麗はふと、鼻をひくつかせた。

「……あら、でも本当、とっても良い匂い」

「うちのはンマイよ〜！　ね、ね、自慢したいから、是非食べて。あ、だいじょぶ、お嬢ちゃんたちカワイイから特別におごってあげるよ！　あ、男の子は買ってね〜」

気の好《い》い店主はいそいそと小さい椀《わん》に汁麵をよそい、秀麗と香鈴に渡した。影月はちゃりーんと店主に代金を払い、自分のぶんを買った。

すするやいなや、秀麗はうなった。影月と香鈴は天にも昇る心地になった。……城の膳《ぜん》と比べてもまったく遜色《そんしょく》ない。厳しい龍蓮の舌を満足させるわけである。

「ふ、どうだ心の友らよ。なかなかの味であろう」

「……すっごいおいしい。え、これでこのお値段⁉」

「おいしいでしょ？　でしょでしょ？　自慢なんだ〜。あれぇ、お嬢ちゃん、そのビラ」

秀麗が小脇に挟んでいたビラに目を留めた店主が、はは－ん、と愉快そうにした。

「もしかして〜、この通りが『怪所其の二』だから、きたのかな〜？」

「……あ、あの、何かお困りになってませんか」

「あははは。うちの裏口にもちょくちょく降ってくるんだよねー。主にうちは牛だね～」

「そんなあっけらかんと」

「だいじょぶだいじょぶ。妖怪なんかじゃないし、イタズラでもないよ。だいたいね、降ってくる時期もわかってるんだよねー。特別に教えてあげるよ。実はこの正体はねー……」


「燕青、なぜ急に黙りこくってる？」

「……………いや、なんか、ちょーっと嫌な予感が」

燕青は馴染《なじ》みの飯店通りと、『怪所其の二』の現象をよくよく照らし合わせ、導き出されそうなトアル結果に変な動悸《どうき》を覚えた。……まさかこの『姿のない妖怪』とは……。

秀麗たちが足を止めて汁麺をすすっているのは、燕青も大好きな店だ。思わず舌鼓を打つ、最高にうまい汁麺が喰《く》える。もう一人、同じようにこの店が大好きな人物がいる。

(ま、ま、まさか、武者修行から帰ってんのか……!?)

秋のはじめに出ていたはずだが、いつのまに。

「燕青、お前、なんか心当たりあるだろう。挙動不審だぞ。ちなみに私もある」

「……………………」

「『姿なき魔物』か……懐かしい人を思い出させる言葉だ」

「…………………」

そのとき、秀麗たちのほうからぎゃあと声があがった。見れば、さっきまで何もなかったはずの通りに、いきなり見事な黒牛が転がっていた。

ドスン、という音に秀麗が振り返れば、四つ足を一つにくくられた牛が転がっていた。本当に牛が降ってきたのを目の当たりにした秀麗は飛び上がった。龍蓮は牛を横目に二杯目の汁麵をおかわりした。

「牛!? 牛!? なんで牛が！」

「あーきたきたうちの出汁の秘訣《ひけつ》。しかも超高級黒牛じゃないの!!」

「いつもありがとうございます南《なん》老師～」

ひら、と昊から藁半紙《わらばんし》が降ってきた。秀麗が紙をつかみとると、そこにはちょっと下手くそな筆跡で『昨日は馳走になった。相変わらずうまかった。ささやかだが牛を進ず。代金はいつものように弟子の燕青にツケてくれー　南』と書かれてあった。

（……南老師、って、確か……）

自主監禁していた悠舜さんを塔から連れ出してくれた、燕青のお師匠っていうひと……。

「お帰りになって嬉《うれ》しいですよ。やっぱり、南老師の喰いっぷりを見られないと寂しくってね。またいつでもおいでくださいね～」

店主は昊を見上げてどこへともなく手を振ると、にこぉっと秀麗を顧みた。

「正体はあのひと。とっても恥ずかしがり屋さんで絶対姿を見せないんだけどね〜。こんな感じで注文の紙が降ってきて、卓に菜《りょうり》を運ぶと、いつのまにか平らがってるの。昨日は二十人前くらい食べたかなー。でもお金の意味よくわかってないらしくて、お礼に翌日こうやって食材を置いていってくれるんだよね。この黒牛一頭で五十人前くらいできるから、むしろもらいすぎって感じで。たまに出汁にいい骨も置いていってくれるの。ここらの店主はみんなお世話になってるんだよね〜。知らない人が妖怪《ようかい》の仕業にしたんだねきっと」

「なんと。謙虚かつ義理人情に厚いとは素晴らしいな」

龍蓮は三杯目を平らげながら、褒め称《たた》えた。食べてなければ一曲吹いていただろう顔だ。

「……秀麗さん、これー……」

影月が別の藁半紙をもっていた。二枚降ってきていたらしい。

『弟子が世話になったー。礼に、明日《あした》未明、新鮮な獣肉・魚肉を燕青に届けさせるー　南』

秀麗は最後に店主に聞いてみた。

「あ、あのぅ、妖怪じゃないって否定しないんですか？」

「んー。なじみのお客はわかってるし、妖怪名所ってことで、新しいお客さん増えたらもうけもんでしょ？　最初は好奇心でも、一杯食べれば常連さんにする自信あるし。お嬢ちゃんたちに教えたのはねー。お仕事で来てくれたから。頑張ってくれていつもありがと～。着任式見に行ったけど、間近で見ると、二人ともかわいい州牧さんだなー。燕青とは段違い。食べに来てくれたらちょっぴりオマケしてあげる。あ、そこの坊っちゃんの追加代金、四人前お願いできる？」

秀麗はちゃりーんと代金を払った。

「……………………………………お師匠……………」

燕青はしゃがみこんで近くの民家の塀に額を打ち付けた。このまま消えてしまいたい。

燕青の目にさえ留まらぬ超早業は、間違いなく師匠であった。

「これで二つめの怪も解決したな。『其の二』の正体は南老師、と。追記・燕青の師」

静蘭は二つめの項目にちゃくちゃくと報告を書いていった。

「相変わらずお元気そうで何よりだ。さすが伝説の武闘老師。どこから来てどこに行ったのか、私にもさっぱりわからん。明日ぜひご挨拶《あいさつ》にうかがわねば」

「…………」

「またお前の借金も増えたようだな。食材をもらっておきながら、しっかりお前にもツケるあの汁麵《しるめん》屋の商人《あきんど》魂もあっぱれだ。ついでに明日の朝はせっせと山で狩りか。ご苦労。翔琳くんたちと鉢合わせしたらよろしく言うのを忘れるなよ」

「…………」

「じゃ、次に行くか」

静蘭は燕青を引きずって、秀麗たちの後を追った。

四

「すっっっげぇ怖かったんだよぅ!!」

五十がらみの気の弱そうな彼は、布団にくるまり、ぶるぶると震えていた。

「夜さ、こっからちょっと離れた鶏小屋《とり》に行ったんだよ。午間に財布落としたのに気がついたから！　道を男たちが歩いてて、なんか、かちゃーん、て音したわけ。『落とし物っすよー』って何気なく声かけて、行灯《あんどん》で落とし物を見たら、真っ赤に血塗れた短刀なんだよ！『うまそうな肝が手に入った』とか言ってて！　振り返った奴ら、血みどろなんだよ!!　ぎゃあああ！　叫んで逃げたら追ってくんの！　追ってくんだよぉお！　もうどこをどう走って逃げたんだかわかんないけど、うっ、怖かった。おら、人食い鬼を見ちまったんだ。もう長くねぇんだ。うわああん」

おじさんは血走った目で泣き伏した。正座で話を聞いていた秀麗たちだったが、どんなに手を尽くして慰めても無駄だった。

『怪所其の三・夜道に血みどろの人食い鬼集団が現れる。神出鬼没』

ビラには遭遇体験者の話が載っていた。内心、愉快犯かと思いつつ訪ねてみたのだが。

「あの、今はまだ午ですし、その鬼に遭った場所に、ご案内……」

「いやだっ！　怖ぇぇぇぉぅっ！」

蓑虫（みのむし）のように布団にくるまってしくしく泣いている。本気で怖がっている。

いきなり押しかけた見ず知らずの秀麗たちにも、きちんとお茶を出してもてなしてくれていたおかみさん（楚々《そそ》とした美人）が、きっと顔を上げた。

「私がご案内します」

「お、おまえっ」

「お前さん、もう何日鶏小屋に行ってないと思ってるの。毎日卵はボロボロ生まれてくるんですよ。ちゃんと世話しなければ鶏はつけあがります。このままでいいわけありません」

「おらより鬼より鶏と卵の心配かっ」

「お前さん、うちの商売はなんです」

「鶏の卵売り」

秀麗と影月は絶句した。

「――鬼より家計の心配をするのが妻の務め」

おかみさんは決然と白い鉢巻を額に巻いた。

「肝くらいなんです。モツ煮込みの具にお裾分《すそわ》けして頂こうじゃありませんか」

お前がいなくちゃおらはぁあ、と泣きすがる夫を、おかみさんは無情にもふりきった。

——鶏小屋は確かに家から離れていた。おかみさんの案内で家の裏手に出て、てくてくと畦道《あぜみち》を歩く。街の中心からは遠く、とてものどかで美しい風景が広がっていた。道なりに、寒木瓜《かんぼけ》や椿をはじめとした冬の花が色鮮やかに咲きほこっている。思わず、秀麗も香鈴も妖怪のことを忘れて景色に見惚《みと》れてしまった。

影月は龍蓮に話しかけた。

「綺麗《きれい》な景色ですねぇ、龍蓮さん」

「ああ」

いつも風流風流と笛を吹く龍蓮が、珍しく黙々と歩いている。腹でも痛いのかと（汁麺《しるめん》を五杯も平らげたのだ）秀麗は思ったが、むしろなんだか嬉しそうな顔をしていた。

「あれっ。もしかしてそこにいるのは秀麗さん？」

「へ？」

若い男がひとかたまり、手を振って畦道を走ってくる。見覚えのある彼らは、王都から一緒に来た医官たちだった。石榮村までの旅で、いつのまにか「紅州牧」から「秀麗さん」と呼ばれるようになっていた。のだが。

——お医者……。

（……血みどろ……短刀……肝……もしかしなくても……）

影月が何ともいえない顔で耳のうしろをかいているところを見ると、やはり秀麗と同じ結論に達したものとみえた。

「お散歩ですかー？　いやー今日は良い陽気ですよねっ」

いちばん若い医官がまっすぐ秀麗のところへ走ってきた。なぜか照れている。

「……あ、あの、皆さん、どうしてこんなとこに？」

「え、……あー。実は、この近くの小屋で、葉医師《ようせんせい》と一緒にみんなで住んでるんです」

そんな話は秀麗も影月も初めて聞いた。

「州府のほうで、お困りにならないように家などすべて手配させて頂いたはずですが。まさか、何か手違いが。今すぐ——」

「違います違います。あの、謝るのは実は僕らのほうで」

「え？」

「勝手に葉老師が売り払っちゃったんです……お借りした家……」

秀麗と影月の目が点になった。

「何もしてないのに人様の年貢でのうのうと暮らすのは性にあわんとか言って……」

「そうそう。で、俺らは暮らしを支えるため、毎日飯店で切開勉強を兼ねて働いたり、あちこちの家まわって、街の人を看させてもらったりして過ごしてるわけ」

「楽して稼げるようになった医者なんざ、詐欺師か人殺しにしかならんて言うんだよー」

それでも、葉医師のそばにいられて、皆どこか誇らしく嬉《うれ》しそうに見えた。

ふと、中の一人が着物の袂《たもと》を探って何かを差し出した。

「あ、そうだ。このお財布、こないだここの道で拾ってさ。預かってくれる？」

医官が差し出した小さな財布に、おかみさんが「あっ」と小声を漏らした。

「そういえばあの晩歩いてたおじさんには申し訳ないことしたよね」

「そうそう。飯店で庖丁《ほうちょう》仕事したあとだったから、みんな血みどろでさ。しかも着替え忘れて。結構遅くだったから誰にも会わないだろと思ってそのまま歩いてたんだよね」

「おみやげにもらった肝、モツ鍋《なべ》にいーよなーとか話してたんだけど、うっかりむきだしの短刀と一緒に入れてたから袋が破れて、ぼたぼたっと、こう短刀と一緒に血が」

「そこに運悪く人がいてさ……あのおじさんには悪いことしたよね」

「いつも血みどろだから、あんまり気にしなくなってたんだよなぁ。このへんの家の人なら、もしやこの財布の落とし主かと思って追いかけたんだけど、ケツに火がついた勢いで逃げられちゃってさ」

「考えてみれば怖かったよね。夜遅いときって、着替えがあっても面倒でそのまま血みどろのまま歩いてたりするけど……あははは、いい加減やめないといつか怪奇話になったりして」

もうなってる、と秀麗も影月も思った。

若い医官が、秀麗を見てまた照れたように頭をかいた。

「あの！　ご飯に招待してくれてありがとう。明日《あした》楽しみにしてます。お花もっていきます」

「それと良いお酒もたくさんもってくからさ、お酒は用意しなくていいよ。葉老師のおかげで目利きになったから楽しみにしてて」

医官の一人が影月を上から下まで見て、嬉しそうにした。

「君、元気になって良かったなぁほんと。心配したんだぜ」

「ボロボロだったもんな。ね、あとでさ、華眞様のお話聞かせてくれよ。憧《あこが》れてたんだ」

「俺も！　葉老師はなんかちょっと思ってたのと違ったからな……つーかだいぶ」

「特に酒代がね……消毒用ってか絶対自分のために買ってるよね。いや、いいけどね」

「うん、いいけどね。……王都で君の話を聞いてから、俺たち、ずっと君と話してみたいって思ってたんだ。ゆっくり会えるの、待ってたんだよ。明日たくさん話していい？」

影月は香鈴の視線を感じた。次いでのしっと背中に龍蓮の慣れた重みがかかる。秀麗も心配そうに窺《うかが》っている。

明日の約束。それは影月にとって、この世で二つとない宝物だった。

「──ぜひ」

影月の優しい笑顔に、医官の一人が惜しそうにした。

「……官吏より、絶対医者に向いてると思うんだけどなぁ。よし、明日引き抜き戦を挑む！　じゃ、また明日ね」

医官たちは去っていった。

秀麗はお財布をおかみさんに返した。

「……と、いうことらしい、です……。その、お騒がせしました……」

おかみさんはくすくすと笑って、額の鉢巻きを外した。

「明日はお食事会でもなさるんですね？　では私と夫で、卵をお届けいたしますわ」

「え？」

「お礼に。うちの卵は本当に自慢できるお味ですのよ。明日の朝、州牧邸まで。お代はいりませんわ。うちのひと、本当に怖がってたんです。きてくださってありがとう」

「『怪所其の三』は飯店で賃仕事帰りの医者集団だった、と……」

「……いや、まあ、強盗とかじゃないだけいいけどよ……」

ことごとく州府関係者なのが情けない。

秀麗たちは花を見ながら楽しげに畦道《あぜみち》を歩いている。香鈴がそぉっと影月の手を握ろうと試みるも、龍蓮が唐突に影月と秀麗を両手に抱きしめたせいで失敗した。

香鈴が怒って龍蓮の長い髪を引っ張る。

それはとてもとても幸せそうな光景で、燕青は目を細めた。

「龍蓮坊っちゃんがいっちばん嬉しそーだよなぁ」

「納豆よりべたべたしてるがな」

「ちょっと前のお前だってあんな感じだったぜ。外面取り繕ってるかないかの違いだけで」

「……」

「でも、俺も幸せ。やっぱみんな丸ごと無事だとさ、最高に幸せだよな」

五

「買い出しにいくつもりだったのに、なんかどんどん買うものが少なくなってくわねー」

秀麗は買い出しの項目のうち、獣肉・魚肉・酒・卵にバツ印をつける。

「ていうか、お金を使ったのが龍蓮の汁麵代だけって……なんかおかしい気がするわ」

どう考えてもおかしいに決まってる、と香鈴は心の中で泣いた。

「お午時《ひる》だけど、さっき麵食べたからまだそんなに空《す》いてないのよね……」

「ええ。出来る限り怪所を先に巡っちゃいましょう。心配ですしー。えっと、次は……あれっ、これって克洵さんちの近くですねー。これは気になります」

『怪所其《そ》の四・恋涙洞《れんるいどう》。恋人に捨てられた女のすすり泣く声がする。最近では午も聞こえる』

「あー、それっぽいわね。でも妖怪《ようかい》っていうより幽霊って感じ。ね、龍蓮、あんたしばらく克洵さんちにご厄介になってたわよね。何か気づかなかった？」

「さて……夜な夜な新婚夫婦のために笛を奏でていたからな。我が笛の音が届いていたならば、哀れな幽霊も悲嘆にくれることなく聞き惚《ほ》れていたに違いないとは思うが」

確かに悲嘆に暮れる暇もなかろう。むしろ大急ぎで昇天しそうである。

もしかして龍蓮が妖怪の正体ではなかろうか、と三人は思ったが口にはしなかった。

——そうして、くだんの恋涙洞についた。

「……本当にお邸《やしき》がすぐそこね。確かに心配だわ……」

洞窟《どうくつ》の中は寒々としている。意外と広い。水が通っているらしく、ぴちょーん、ぴちょーんと水滴の音が断続的に聞こえる。

龍蓮は目を輝かせた。

「なんと風流な洞窟ではないか。清浄で冷ややかな空気……薄ぼんやりと差しこむ光の神秘的なことよ。どこぞから聞こえる水音がいっそう色を添える。そうは思わぬか」

「ぶ、ぶ、不気味すぎますわっ!! じめじめして、なんですのこのおどろおどろしさは！あのぴちょーんとした水音なぞ聞くだけでゾッと致しますわ！ 絶対何かいましてよ！」

龍蓮と香鈴の感想は正反対であった。秀麗と影月は顔を見合わせた。

「えーっと。……入ってみる、しかないわね……」

「風のせいとかだと、いいんですけどねー」

二人の鉄壁の職業魂に、香鈴は泣く泣くついていくしかなかった。

どこかから光が入っているらしく、龍蓮の言うとおり薄明るい。洞窟の中で道がわかれるたびに目印の石を積んでいく。幸い、迷うほど複雑な洞窟でもなかった。

普通なら不気味さを覚えるであろう自分の足音も、龍蓮がコッコッカーンといかにも緊張感なく歩いてくれたので、ささやかながら薄気味悪さは払拭《ふっしょく》された。

不意に、わーんと洞窟の奥から、奇妙な音が小さく響いてきた。

秀麗ははっとした。……確かに、人の泣き声に聞こえる。

音は高く低く流れ、時折切れ切れに何かを話しているようにも思える。

「……これ、は――……風じゃないですねー。でも反響して音の方向が特定できない……」

影月が耳をすませる。龍蓮が方向を示した。

「こっちだ。音の場所は音の反射率と洞窟の屈曲の割合で特定できる」

「ほんとですか？　じゃ、行きましょう、秀麗さん」

秀麗はつづいているすすり泣きのような音に怖《お》じ気づいていたのだが、勇気をふるって、青ざめて震えている香鈴と手をつないで歩き始めた。

「心の友其の一」

「なに」

「ここに空いている手が二つほどある」

「そうね。鳩みたいに三本目とか出さないでね。あんた自身が妖怪名所になるわよ」

「左手を秀麗に、右手を影月に進ぜようではないか。影月の右手は香鈴と繋《つな》ぐと良い」

秀麗は脱力した。

「……四人で輪になってどうすんのよ……」

相変わらず意味不明である。しかし手を繋げば笛を吹かれなくてすむ、と秀麗は気づいた。

「香鈴には影月くんのほうがいいに決まってるじゃないの。私一人であきらめなさい」

そんなこんなで、まるで子供の遊びのように横一列になって進むことになった。

——奥へ進んでいき、音の発生地と思われる窟《いわや》の曲がり角まできた。

秀麗は不審に思った。ゆらゆらと、火明かりが洞窟の岩肌に映っている。

(誰か、いる……!?)

鬼火に、ぼんやりと影が揺れている。秀麗が思わず息を呑《の》んだ。とき。

「克洵ではないか」

と、龍蓮が言った。

「…………へ？」

切れ切れの声の内容が聞きとれた。

「……僕なんて僕なんて……相変わらず春姫の足手まといで……なんで僕はこうなんだ！昨日もまた春姫のほうが先に仕事片付けて……うっ、なんて情けない……昨日一緒に晩ご飯食べようねって言った約束も守れなくって……」

……まぎれもなく克洵である。膝小僧《ひざこぞう》を抱えてしゃがみこんでいる。鬼火は手燭《てしょく》の火だった。

『怪所其の四』は女でなく男のすすり泣きだった。しくしくとすすり泣いているのが、反響してわーんと大きな音になっている。

後ろから声がかけられた。

「まあ皆様。なぜこのようなところに」

「春姫さん⁉」

「ちょっと、お待ち下さいませね」

春姫は秀麗たちを追いこすと、奥で座りこんでいる克洵の元へ駆けていった。

「克洵様、今日の落ち込みのお時間は終わりです。ささ、お仕事に戻りましょう」

「春姫……」

「お仕事が早く終われば、夫婦の時間も増えますわ。わたくし、だから懸命に致すのです」

遠目からでも、克洵が真っ赤になったのがわかった。

克洵はそそくさと立ち上がった。もう元気になっている。

「え、あ、そ、そう、だよね。よし、頑張るぞ！」

春姫が耳打ちすると、克洵はようやく秀麗たちに気づいた。どうしてここに、と克洵に不思議そうに問われたものの、誰も本当のことは言えなかった。

「龍蓮さん！　またいつでも遊びに来てくださいね。春姫も僕も、龍蓮さんがいらっしゃるの、楽しみにしてますから。ね、春姫」

「はい。王都で克洵様がお聴きになったという『白の集い・蜜柑《みかん》の夕べ』、ぜひ明日《あした》お聴かせくださいませ」

「ふ……よかろう。我が笛の音、心を込めてそなたらのために捧《ささ》げようではないか」

秀麗も影月も香鈴も何も言わなかった。誰も何も言わずともそうなることはわかっていた。

「そういえば秀麗さん、明日の食材なんだけど、野菜、まだ買ったりしてない？」

「あ、はい、まだです。これから買いに行こうと」

「よかった！　じゃ、買わないで？　あのね、実は今日たくさん野菜の荷車が届いてね」

克洵は春姫と目を見交わし、照れくさそうに笑った。

「千里《せんり》山脈近辺の村の人たちから、その……病の時、色々送ってくれてありがとうって」

石榮村の一件の時、茶家の蔵を全面開放させて資金と物資を回した村々から、今朝、お礼状と一緒に何台もの冬野菜の荷車が届いたのだという。

「そのお野菜、使ってくれないかな。多分、今頃秀麗さんたち宛《あて》に州城にも届いてると思うんだけど、検閲があるぶん、明日には間に合わないんじゃないかと思うし。ね？」

「ぜひ使わせてください」

答えたあとで、秀麗の胸がじんと熱くなった。

「明日、わたくしもお庖厨《だいどころ》のお手伝いに参ります。ご一緒につくらせてくださいませ」

「あ、僕も、王都で玖琅《くろう》様に料理の仕方を仕込まれたから、ちょっとはお手伝いできるよ。

期待してて」

克洵はじっと秀麗を見た。

邵可邸で過ごした短い滞在を、玖琅との出会いを、克洵は決して忘れない。

『まったく、末弟一人にこれほどの苦労をしょわせて……どうしようもない愚兄どもだ』

聞けば、玖琅も三兄弟の末っ子なのだという。

玖琅と朔洵《さくじゅん》兄上が同世代と知ったときは、仰天を突き抜けて放心した。違いすぎる。

もし次兄が玖琅様と出会っていたら、人生違っていたかもしれないと、思った。……生きていたら、兄に玖琅様のことを話してあげられたのに。

それだけが、とてもとても残念だった。

『……いいか、守るものを間違えるな。国が常に民を守る側に立つとは限らぬ。何ものにも頼らず、預けず、君が、茶州の民を守り、愛し、育てなさい。それが七家の役目だ。いずれ、君自身に返ってこよう。何か懸案があったら、私に文を寄こしなさい』

貴陽を発《た》つ前、玖琅はそう言ってくれた。克洵を心配してくれた。それがどんなに克洵の心の支えになったことか。

「素敵なかただね、玖琅様は。羨《うらや》ましいなぁ」

「凄《すご》くいい人ですよねー。僕も国試終わって道端で寝てたら拾ってもらったんですよ」

自分のことでもないのに、褒められた秀麗は嬉しくなった。

「それじゃ、明日までに絶対仕事終わらせてご馳走《ちそう》になりに行くから！　あ、そうそう、そこのね、狭い道、ちょっとのぞいてみて？　良いモノが見られるよ。オススメ」

克洵と春姫を見送りながら、秀麗と影月は笑い合った。

「克洵さんのお話、嬉しかったですねー。お野菜なんて」

「うん」

「秀麗様、影月様！」

香鈴が興奮したように手招きした。

「克洵様の言っていた場所、下が地底湖になってるんですのよ。とっても綺麗《きれい》ですわ。見に行きましょう！」


「『怪所其《そ》の四』の正体は茶家当主茶克洵の『落ち込みの時間（日課らしい）』と……」

秀麗たちは地底湖をはしゃぎながら散策している。静蘭が報告書に結果を書き入れる。

勿論《もちろん》〝干将〟に反応はない。

燕青は、自分が何のために棍《こん》を持ってきているのかよくわからなくなっていた。

「……克……ちょっとは、成長したと思ってたんだけどなー……」

「いいんじゃないか。成長はずいぶんしてるだろう。完璧《かんぺき》にやろうとしてある日ぽっきり折れるより、落ち込みながら毎回立ち直る方がよっぽどいい。……なんだ」

人のことはわかっても自分のことがわかってないのが静蘭である。

「いやいや、お前もさー、落ち込める俺って相手ができて良かったよなー。感謝してくれちゃっていいぜ」

「誰が落ち込んだ。お前と一緒にいると馬鹿が伝染《うつ》る。影月くんが私のことを色々思うようになっていたら、ひとえにお前のせいだ」

地じゃん、と燕青は思った。

「ま、俺がいなくても元気でやれよな」

静蘭はほとんどわからないくらいの短い沈黙を落とした。

「――せいせいしていい」

「うっわひでぇ。姫さんは俺がいなくて寂しいって素直に言ってくれたのにさー」

「池のカエルが消えてもお嬢様は寂しいって言うんだ。お前が特別なわけじゃない」

「お前は？」

「……。また夏になればイヤでも出没するだろう」

燕青が（だいぶ素直になったなー）とにやにやしていると、〝干将〟で頭を殴られた。

六

——第五の怪所は、思いがけず、とても美しい場所だった。

そこは青々とした竹林を抜けたところにある、小さな泉だった。

「『怪所其の五・竹泉。水の魔物が現れて人を引きずり込む』……ねぇ」

「とっても綺麗なところですわ。全然怪所になぞ見えませんわ」

時刻は午下《ひる》がり、朝方立ちこめていた靄《もや》はすっかり晴れている。

泉のほとりはさんさんと日差しが降りそそぎ、閑々と静かで、日向《ひなた》ぼっこしたいくらいだ。怪所どころか、ここここそが最初に望んでいた行楽地と言ってもいい。

秀麗はお腹が減っているのに気づいた。考えてみれば結構歩いている。

「ね、ここで一休みして……」

龍蓮の笛が鳴った。下手くそな中にも悲しげな音色だった。秀麗はなんだかんだいって龍蓮の笛の音を聞きわけられるようになってきている自分が悲しかった。

「……えー、ちなみに今の曲名はなに」

「即興『誰《た》がために腹は鳴る』」

「……お昼にしましょう」

泉のほとりで弁当を広げ始めたお子様組を、燕青は羨ましそうに少し離れたところで眺めた。

「あーいいないいな。俺も混ざりてぇ。ちくしょう。ご馳走《ちそう》目の前にして干し柿食ってなきゃなんねーなんて、余計わびしすぎるぜ」

それでも干し柿を食うのが燕青である。

「つーか、ここって昔から出るって言われてたとこじゃん。俺もここの怪談は聞いたことあるぜ。でもなんにもなさそーだけどなぁ。雨降ったとき冠水して通りがかりのヤツがつるっとすべって泉に落っこちたってオチかな。……静蘭？　どした」

「……いや」

静蘭は〝干将〟に触れた。……一瞬、震えたような気がしたのだが。

(気のせいか？)

「あっ、静蘭、家にいるあの黒いコロコロ。二つくっついてきてるぜ」

燕青の指さすほうを見ると、黒い鞠《まり》みたいなものが泉のほうへ向かってコロコロ転がっている。〝干将〟をもっているせいか、静蘭が目にしたことはほとんどないのだが。

「ほんっと根性あるなぁあいつら。お前がいると大概逃げるんだけどな」

静蘭はもう一度〝干将〟に目をくれた。

(さっきの反応はあの黒い鞘がきたからか?)

何となく釈然としなかったが、それなら説明がつく。静蘭は草地でお弁当を食べているお子様組の光景に心を和ませつつ、燕青の干し柿を横取りして口に放り込んだ。


重箱に詰めてきた料理を綺麗に平らげると、秀麗と香鈴は花を摘みに出かけた。繁みに、福寿草という黄色の花が群れ咲いているのを発見したのだ。おめでたい花なので、明日《あした》の昼餐《ちゅうさん》に飾るにはもってこいだと連れ立って行ってしまった。

影月と龍蓮は泉のほとりに座って待つことにした。

「秀麗さんと香鈴さん、ちゃーんと尾頭付きのお魚いれてくれてましたねー。メザシでもシシャモでもなくって。すっごくおいしかったですね」

他にも、影月と龍蓮の好物が盛りだくさんだった。

さわさわと、風が吹き抜けた。

気持ちの良い午後だった。影月は昊《そら》を仰いだ。

ずしっと背中に重みがかかった。龍蓮が背中合わせに寄りかかってきたのだ。

(……わわっとと。あーでも、だいぶ加減が上手になって)

最初は影月や秀麗を潰《つぶ》れた蛙のようにべしゃっと押しつぶしていたが、ここ最近はうまく寄りかかれるようになってきた。背中から伝わるぬくもりに、影月はホッと目を閉じた。

「……影月」

「はい？」

「私は、いつも一人だったから、……守らなければ、大切なものを失ってしまうことを知らなかった」

溜息《ためいき》のような囁《ささや》きだった。

「……お前が、生きててくれて、よかった」

龍蓮の胸に今も、石榮村での深い喪失感が消えずに残っていることを、影月は知っていた。ずっとそばにいるのも、多分、後悔からなのだ。影月を助けに坑道へきたときの龍蓮のもろい顔つきを、影月は忘れられない。

本当に、心配をさせてしまった。

「……よかった……」

影月は目を閉じたまま、龍蓮のその声を聞いた。風が、わたる音がする。

（……心のどこかで、僕はずっと思っていた）

親兄弟からも疎まれた。西華《せいか》村の人以外に、好きと言ってくれる人はきっといない。

残り少ない命なら、それもいいと思っていた。

けれど、今の自分には、全霊で追いかけてきてくれる人たちがいるから。

生きようと、思った。

龍蓮が、もうこんなに悲しまなくてすむように。

もう一度、天から降ってきたこの幸運な時を。

「龍蓮さん、僕と秀麗さんに、何かしてほしいことはありますか？」

龍蓮は「また遊びに行きたい」と呟《つぶや》いた。

「ええ、いつでも。おやすいご用ですよ。僕も、秀麗さんも」

たったひと言。けれど、互いに未来を信じていなければ叶《かな》うことのない約束だった。


「寝ちゃったの、龍蓮」

「はいー。あ、福寿草、すごく綺麗《きれい》ですねー」

「重箱洗って中に詰めればいいことに気づいて、たくさん摘んじゃったわ」

秀麗は龍蓮の寝顔をのぞきこんだ。

「……そーいえば国試の時もよく寝てたわよねー」

秀麗は影月と龍蓮のそばに腰をおろした。

「あのころから影月くん、ちょっと龍蓮に甘いわよ」

「え。まさかそれを秀麗さんに言われるとは思いませんでしたー」

「お二人ともどっこいどっこいですわ。おかげでせっかくのお休みが『妖怪《ようかい》名所めぐり』になってしまったではありませんの！」

「でも、何もなかったでしょう？」

影月は秀麗へ水を向けた。

「秀麗さんも、うすうす気づいてるんじゃないですか？」

「……まぁね」

「最初の琥山はきっと計算違いだったと思いますよー。さすがにお天気までは龍蓮さんもどうしようもないですからね。靄《もや》があんなに出てるとは思わなかったんでしょうねー」

「え？　え？　ど、どういうことですの」

「茗才さんが言ってたんですけど、琥山はですね、朝日がとっても綺麗に見えるそうですー」

香鈴の目が丸くなった。……朝早くの出立を決めたのは龍蓮だった。

「飯店通りの汁麵《しるめん》も絶品でしたし、あの通りをぶらぶらするだけで楽しかったでしょう？人食い鬼がでるという場所は、道々にお花が咲いてる、絵に描いたようなのどかな田園風景で」

「次の洞窟《どうくつ》には地底湖、最後はこの綺麗な泉でちょうどよくご飯。……確かに立派な名所案内になってるわ。楽しかったしドキドキしたし、のんびりもできたしね」

「え！　ここが最後ってどういうことですの。まだここで五つ目……」

香鈴は慌ててビラをのぞきこみ、残りの怪所を確認した。

「…………。……た、確かに、ここの怪異は出向かなくとも正体丸わかりですわね……」

「でしょ？」

「それでは、龍蓮様はもしや……」

「事前に危険がないか、ちゃんと下見してくださったと思いますよー。僕、龍蓮さんのそういうところはとっても信頼してるんです。女性が二人もいるんですし、危ないところに連れていくわけありませんよー」

影月が一度も『やめよう』と言わなかったことに香鈴は思い当たった。

「影月くん、それ、信頼しすぎ。あとでしっぺ返しくらうわよ」

「僕は口にするだけで、秀麗さんは口にしないだけの違いなんて、知ってますよー？」

秀麗は竹筒に汲《く》んだ水を飲むふりをして、答えなかった。

「琥璉をぎゅっと凝縮したような名所案内だったでしょう？　おまけに、僕たちの州牧としての仕事もちゃんと一つ完遂できちゃって。素敵な休日でしたね、秀麗さん」

「……そうね。龍蓮も、珍しくあんまりしゃべんなかったし、笛もたいして吹かなかったし」

「よかったですよねー」

「……まぁね」

それはちょっとひどい、と香鈴は思ったが、ふと龍蓮を見ると何だか嬉《うれ》しそうに寝ている。

「……龍蓮様が笛を吹かないときって、何かあるんですの？」

「香鈴さん、横笛って、両手と口、使うでしょう」

「？　ええ」

「誰かと一緒にいて楽しい時って、一人で笛とか吹けないと思いませんか？　しゃべれば口を使うし、誰かの声を聞きたいときは耳を澄まして、手を繋《つな》げば手が塞《ふさ》がりますしー」

香鈴は思わず「あっ」と漏らした。

「僕と秀麗さん、ほんっっとうに龍蓮さんに心配かけちゃいましたからねー……」

「……石榮村から帰ってからやたらめったら吹いていたものね。しかも全然楽しくなさそうに」

「龍蓮さん、不安に慣れてないんですよね、きっと……。僕も秀麗さんも仕事ばかりしてて、ゆっくり一緒にいてあげられませんでしたし。さっきの『誰がために腹は鳴る』で、ようやくいつもの調子を取り戻してきたって感じで。なんかもう『一人の体じゃない』って、こんな感じかなーって思いますよねー。おちおち風邪もひけないっていうか」

「それ、全然洒落《しゃれ》になってないわよ影月くん……」

香鈴は、いくら引っつかれても怪笛を鳴らされても、受け入れていた二人を思い出した。

「大切な人と、どこかに出かける時って、うきうきするでしょう？　自分が計画立てようって思ったら、落ち込んでてもちょっとだけ浮上…するかなぁ、と。遊びに行くって決めたとき、そのくらいは龍蓮さんに好かれてるはずだと、賭《か》けてみました」

「でもよりによって『妖怪名所めぐり』とは思わなかったわよ」

「とっても龍蓮さんらしいじゃないですかー。むしろ普通の名所だったら心配してました」

「……やっぱり甘いわ影月くん」

香鈴は呑気《のんき》に寝ている龍蓮の無駄に高い鼻を引っ張りたくなった。

（ずるいですわ!!）

こんなに変人なのに、この二人にこんなに愛されて理解されてるなんて。

「そういえば影月くん覚えてる？　去年の今頃、龍蓮にお鍋《なべ》の具を買いに行ってもらったら、藁《わら》しべもって帰ってきたこと。……あれって最初から藁しべもたせりゃよかったのかしら」

「あはは、そんなこともありましたねー。でも、藁しべ龍蓮さんは最初から長者ですからね。多分別の物語をつくって帰ってきますよ」

秀麗は海より深く納得した。

「それを思えば、今日はまったく逆じゃない？　出かけたら買うものどんどん少なくなって」

「あ、確かに……あれ？　じゃ、僕たちが拾った幸運の藁しべって、龍蓮さん……？」

秀麗は飲んでいた水を吹きだしかけた。どう考えても龍蓮藁しべは幸運より珍現象・怪現象を引き寄せている。しかも拾ったというか、蒲公英《たんぽぽ》の綿毛のごとく勝手にくっついてきたというほうが正しい気がする。持ってれば間違いなく『異説・珍藁しべ物語』になるだろう。

（……まあ、いいけどね）

蒲公英は咲くと綺麗だし、食用にもなるので、秀麗は好きである。

「それにしても、龍蓮、香鈴に髪引っ張られてるとき嬉しそうだったわよね」

「香鈴さんのお饅頭《まんじゅう》も好きなんですよ。もう少しで秀麗さんに追いつくって褒めてました」

香鈴は朧気《おぼろげ》ながらわかった気がした。……思えば香鈴は最初、よく知らないのに龍蓮のことを近づきがたいと思っていた。怒って髪を引っ張るなんてありえなかった。

裏返せば、龍蓮にとって、秀麗と影月こそが世界をつなぐ扉なのだ。

香鈴は肚《はら》をくくった。

龍蓮とこの先一生付き合っていく覚悟を。香鈴の好きな二人のそばには絶対付属品としてこの変人と奇々怪々な笛の音がくっついてくるに決まっているのだから。

（わたくし、負けませんわ！）

好感度で勝つために、まずは小さな一歩から。

「秀麗様、ご一緒に重箱を泉で洗って、お花をしまいましょう」

「へ？　あ、そうね」

秀麗は重箱の一つを手にとった。中の野菜クズを落とし、泉につけたときだった。

水面が、風もないのにさざ波を立てた。

影月の肌がざわりと粟《あわ》だった。

龍蓮が目を開けた。

ちょうどあくびをかみ殺していた燕青の第六感がざわついた。静蘭の〝干将〟が震えた。

そのとき。

つかず離れずコロコロ転がっていた二つの黒い鞠《まり》が、秀麗の脇を抜け、ぼちゃんと泉に落っこちた。


水面はしんとしている。

影月が袖《そで》をまくると、腕に鳥肌が立っていた。悪寒はもう感じない。

静蘭は〝干将〟を見たが、何事もなかったように静かになっている。

燕青もごく僅《わず》かで終わってしまった妙な感じを訝《いぶかし》み、龍蓮は身を起こして辺りに視線を払った。

「？　？　今のなに？」

秀麗が水しぶきのはねた顔をぬぐっていると、泉から黒い鞠が二つ、よっこらしょとあがってきた。

面と向かってしまった秀麗は、手を差し出してみた。

すると、二つの黒い鞠はそろそろと近寄ったのち、秀麗の手の周りをくるくる踊った。

「まあ！　ちょっとかわいいですわ」

「……またついてきたのね。それにしても、妖《あやかし》が芸もできるとは思わなかったわ」

「普通はしないと思いますけど……狐とか狸ならともかく……」

影月と龍蓮が近づくと、黒い鞠たちは逃げてしまった。

「じゃ、龍蓮が起きたところで、みんなで重箱洗って片付けて、街で明日《あした》の買い出しして、家に帰りましょうか。それで『妖怪名所六ヵ所めぐり』は終わりね」

龍蓮は首を傾げた。

「一日中いるが、州牧邸周辺には別に何の異変もない。なぜ怪所に載っているのだろうな」

『怪所其《そ》の六・州牧邸周辺で怪奇音がする。時々動物が気絶。二州牧の安否が心配』

「そうねぇ……。きっとなんか季節柄、イロイロ磁場とか不安定なのよ」

「ご近所さんに大きいコウモリがいて、夜中に鳴いているのかもしれませんねー」

秀麗と影月は適当なことを言った。

不安定だったのは龍蓮で、自分でも楽しくない笛を吹きまくっていたせいで怪所に指定されたのは明白だったが、そんなことは言わない秀麗と影月を、香鈴は尊敬した。

そうして帰り支度をすると、何事もなく、秀麗たちはその場を後にしたのだった。

「あれっ、もう帰るのか？　一つは我が家だからいいとして、もう一つ残ってんのに。途中であきらめるってあの二人にしては珍しいなー」

「……燕青。見てみろ。そこの枝に結んであった」

静蘭は先に読んでから、その紙を燕青に渡した。

「ん？　これ、姫さんたちが見てたビラ？　……なんだこれ、六つめで終わってるじゃん。いや……わざと切り落とされてるのか？　あれ、『琥璉最新妖怪名所六ッ所』……？」

燕青たちがもっているのは『七ッ所』だ。

「……龍蓮坊っちゃんがわざと書き換えたのか？」

「お嬢様たちを行かせたくなかった場所ということだろう」

怪所其の七は、琥璉の外れ。さびれた街道で通りがかる人を襲い、金品どころか命まで落とす者がでている。燕青と静蘭もいちばん危惧《きぐ》していた場所だ。

燕青は龍蓮の言わんとすることを察した。

「……だから龍蓮坊っちゃんは連れてかなかったのか」

「あとはよろしくってことだろう」

「………最初から言ってくれ龍蓮坊っちゃん……これから強盗退治かよ………」

――その日、琥璉の外れで妖怪の仕業を装って追い剝《は》ぎをしていた一味が何者かにのされ、州府の前にまとめてひっくくられているのが発見された。それからまもなく、怪所其の七の妖怪話は立ち消えになった。

終

翌日、州牧邸は、一日中人であふれていた。

結局、街に戻った秀麗たちは、ほとんど何も買う必要がなかった。行く先々の店で食材やら香料やらお茶やら物品など諸々《もろもろ》、両手に押しつけられたのだ。飯店で働いている医官たちが店主や患者さんたちにしゃべったのと、州牧二人に妖怪退治をしてもらったという卵売りの旦那《だんな》が自家製の卵を届けることを自慢したせいもある。しかし大方は、汁麵《しるめん》屋のおじさんのように二人の州牧の顔を知っていて、姫州牧が近いうちに貴陽へ帰ることを聞き、心から別れを惜しみ、たくさんのものを手に載せてくれたのだった。

秀麗と影月はお礼に明日一日は誰でも州牧邸に出入り自由にすることに決めた。決めるやいなや、一夜のうちに商魂たくましい商人たちによってたちまち州牧邸周辺に出店が並び、琥璉をあげてのお祭り騒ぎのようになってしまった。

それを見た悠舜は、臨時祝日にすると榜示《たてふだ》を立てた。

朝一番に、約束通り山菜と薬草を籠《かご》一杯に背負って訪れた〝茶州の禿鷹《ハゲタカ》〟翔琳と曜春は、街の様子に目を丸くした。

「……今日は祭りだったのか！」

「すごいですー！　砂金さらいして、お小遣いつくってくればよかったですねぇ」

庖厨《だいどころ》に立った女性陣の目的は、もともと菜《りょうり》のつくりっこだったはずだが、大量のお客にまったくそれどころではなくなった。戦場さながら庖厨を駆け回り、つくってつくってつくりまくった。招待されて楚々《そそ》とやってきた州官たちの奥方も、茶州府でもっとも高貴な女性たち自らが庖厨に立っていることを知り、次々空いてる鍋《なべ》をふるった。

医官たちにも賃仕事の腕前を発揮して食肉解体作業を請け負ってもらった。ちなみに龍蓮は味見係を担当した。

その日一日、紅杜邸の中からも外からも、にぎやかな声が絶えることはなかった。

そして星が瞬き始めた頃、秀麗と影月は悠舜にこっそり手招きされて、室《へや》に呼ばれた。

＊　＊　＊

二人は、中にいた人物に驚いた。

「櫂州牧!?」

「いついらっしゃったんですかー!?　確か、あと五日はかかるって……」

櫂州牧は瞳《ひとみ》を和ませた。

「一刻も早くあなたがたにお会いしたかったので、馭者《ぎょしゃ》を急がせたのですよ。今日の午《ひる》に琥璉の門をくぐらせていただきました」

秀麗と影月は青くなった。朝廷三師と同格に位置する名大官の到着だというのに、その頃秀麗は鍋をふるい、影月は若い医官たちと体にいいお茶を淹《い》れまくっていた。

「出迎えなどどうでもよろしい。私が鄭官吏に口止めしたのです。今日はお二人のための一日だったのですから。水を差してしまうわけには参りません。……今日一日、心行くまで琥璉の街を見てまわってきました」

櫂州牧は秀麗と影月に微笑みかけた。

「とても——心に残る一日を、過ごさせていただきました」

「え？」

「妬《ねた》ましくも思います。この十年をつくりあげてきたのが、私ではないことに」

櫂瑜の耳には午間そぞろ歩いた街のさざめきが、息吹が、鼓動のように残っている。商人たちの威勢の良い掛け声、子供の笑声と走り回る足音、尽きることのない官吏たちの歓談……。かつての茶州から、何と変わったことだろう。

「認めるのは癪《しゃく》ですが、先王陛下も、今上陛下も、正しかったということですね」

櫂瑜が椅子から立ち上がる。衣にたきしめた上品な香が微《かす》かにくゆる。衣ずれの音をさせて、二人の前に立つ。

まだ跪拝《きはい》をしていないことに思い至った二人は、慌てて膝《ひざ》をつこうとし、櫂瑜の手によって止められる。

「紅州牧、あなたと交わしたお約束を、守りに参りました。あなたが守ったものを、今度は私が守りましょう……そう、お約束いたしましたね」

すべてを守るという、その言葉通りに成し遂げた少女を、見下ろした。

「お約束は、必ず守ります。ここに改めてお誓い申し上げましょう。私を選んで良かったと、あなたにそう思っていただけるように」

聞いていた燕青は啞然《あぜん》とした。……何だかすげぇ口説き文句が聞こえた気がするのだが。

櫂瑜は燕青のほうへ顔を向けた。

「浪燕青殿、お約束申し上げる。あなたがたが懸命に耕し、種を蒔《ま》き、大切に育んだものの何一つとして、決して壊しはしないことを。この十年の、すべてを引き継ぎましょう。あなたがたに恥じぬ州牧として、この茶州、私がお預かりいたしましょう」

秀麗と影月は、その言葉にこうべをたれた。

櫂瑜は、影月を見つめた。

「……一年ぶりですね、杜州牧」

「はい、櫂瑜様。国試の折は本当にご親切にしていただきまして、ありがとうございました。またお目にかかれて、とても嬉《うれ》しく思います」

櫂瑜のもとに『華眞の書』を預けて去った堂主を思わせる、懐かしい、優しい笑顔を、少年は浮かべた。

「……ご心配、申し上げたのですよ、杜州牧」

櫂瑜の邸《やしき》で、寝食を忘れ、一寸の刻を惜しんでひたすら試験勉強に打ちこんでいた十二の少年。

『……時が、惜しくて』

それが口癖だった。

……華眞の言い残していった言葉が、櫂瑜はいつも気になった。

櫂瑜が馬車を急がせて琥璉へきたのも、ひとえに、影月の無事をこの目で確認したかったからだ。

「……お倒れになったとうかがいましたが、もう、大丈夫ですか？」

影月は答えた。

「はい。ご心配を、おかけいたしました」

曇りのない笑顔に、櫂瑜はやっと安堵《あんど》した。

「あまり、年寄りを心配させるものではありませんね」

「……本当に、申し訳ありません」

「華眞殿に、よく似ておいでになりましたね。けれど、いくら医術の心得があるからと申せ、黙ってお一人で現地に飛んで行かれたのは少々軽率です」

「あ、もう、本当に重ね重ね」

「これからは私が、中央に目を付けられずにやってのける無茶の仕方を順々にお教えいたしましょう。官吏として私が得たすべてを、あなたにお渡しします」

影月は改めて櫂瑜にこうべをたれた。

「はい。ご指導よろしくお願いします」

櫂瑜はにっこりと笑うと、二人の州牧に礼をとった。

「此度《こたび》の件……よくぞ成されました。同じ官吏として、あなたがたを、誇りに思います」

櫂瑜は悠舜と二人になると、「一献差し上げたい」と言った。悠舜は櫂瑜と差し向かいで座った。酌み交わしながら、櫂瑜は口を切った。

「……悠舜殿」

「はい」

「主上を、お頼み申し上げてもよろしいか」

「はい」

「こたび主上の御為に、尚書令としてお仕え申すのは、とても難しいかもしれません……」

紅秀麗の決断を王が受けたとき、櫂瑜はそれに気づいた。

武をもって治となす王に仕えるのはたやすい。勝てる策を献じつづければよいのだから。けれど決して剣をとることのない王の理想を世に描くのは、とても難しい。

「御心を信じ抜き、最後のたった一人になろうともお支えするお覚悟は、おありですか」

「はい」

三度、悠舜は応える。動かなくなっていく悠舜の足を、気遣ってくれた若く優しい王。誰かが切り捨てられることのない、国を、悠舜は見てみたかった。

待ちつづけた王のために、この身を捧《ささ》げるのなら、何ほどの労苦だろう。

「理想を、現実に描くためにこそ、私たち官吏はあるのではありませんか。若き二人が成し遂げたというのに、私たちが弱音を吐くわけには参りません。それに……」

「それに？」

「最後の一人にはならない自信がございますし、そこまで追い込まれる前に何とか致します」

悠舜は櫂州牧へ、ついと返杯の盃《さかずき》を注いだ。

「ずいぶんと、頼もしく成長なされた。……それでは、お任せいたしましょう」


「……うわー……珀明ったら、ものすごく怒ってるわね……」

「僕ら、ぜんっぜん連絡してなかったですからねー……」

櫂州牧から、同期の碧珀明からの文を渡された。文というか、もはや文書のような量の文には、心配を土台にした怒りの文面がずらずら連なっている。

「秀麗さん、貴陽にお戻りになったら、言い訳しておいてくださいー」

「……ですよねー……」

「無理」

「影月くん」

「はい？」

「今まで、一緒にいてくれて、ありがとう」

影月は秀麗に笑い返した。

「それは、僕の台詞《せりふ》です」

「実は結構心細かったりするわ」

「僕はあんまり心配してませんよ。何かある前に飛んでくつもりですから—」

「いかにも。愛する友のためならば、たとえ世の果て昊《そら》の果て」

影月の背に重みがかかったと思うと、後ろから伸びた指が長すぎる文をつまみあげた。

「ほう、我が心の友其《そ》の三・珀明からではないか。相変わらず怒りん坊将軍のようだな」

影月も秀麗も何も言えなかった。珀明には三人ともよく怒られていたからだ。

「秀麗さん、またみんなでお弁当もってどっかに行きましょう。ね？」

「全国津々浦々・名所さがしは藍龍蓮へ」

これほどあてにならない宣伝文句もない。秀麗は思わず笑ってしまった。

「……あのね、みんなに、お茶を淹《い》れたいと思うの。二人とも、手伝ってくれる？」

＊　＊　＊

甘い甘い甘露茶の匂いが漂う。

静蘭はその匂いに懐かしさをかき立てられる。遠い昔、邵可と奥様と幼い秀麗と自分とで旅をした記憶が立ちのぼった。静蘭が燕青と出会い、邵可に拾われたのは、この茶州だった。

「お嬢様……」

「どうぞ?」

静蘭はすすめられるままに口をつけた。匂いほど甘くはない味が、舌に広がる。

……これが秀麗の答えなのだと、静蘭は思った。

何もかも、茶州のすべてを心にしまって、王都へ帰るのだと。

「ね、静蘭」

「はい?」

「なんだか、いっぱいいろんなことがあったわね」

「ありすぎでしたね」

「また、最初から頑張り直しね」

「やりがいがあっていいと思いますよ」

「なんだか、無茶苦茶な官位の上がり下がりしてるわね」

「きっと影月くんともども、史実に残りますよ。楽しみですね」

「無茶苦茶すぎて本気にされない気がするわ。帰ったら、桜が咲いてるといいわね」

「そうしたら、ゆっくりお花見しましょう」

「ねぇ静蘭、私、少しは劉輝の助けになれるような官吏に近づけたかしら？」

「ええ、とても」

秀麗は泣いているように笑った。

＊　＊　＊

「燕青」

「お、悠舜。櫂のじいちゃんはいいのか？」

「茗才がぜひ話したいと飛んでいきましたから」

甘い甘い、甘露茶の香りが夜の庭院に漂う。庭中、祭りのように火の入った赤い灯籠《とうろう》が置かれて、まるで星の海にいるようだった。

「悠舜も姫さんに淹れてもらったか？」

「ええ」

悠舜が杖《つえ》をつきながら隣に座ろうとするのを、燕青が阿吽《あうん》の呼吸で手伝う。

星の火が夜風でさざめいた。

「……燕青」

「ん?」

「秀麗殿の後を追って、私も王都へ戻ります」

「ああ」

燕青は十年、そばにいてくれた副官に言った。

「なあ悠舜、今までさ、助けてくれてありがとな」

悠舜は燕青を見返した。

別れの言葉を、言うつもりはなかった。

「秀麗殿の先には、私がいます。頑張りなさい。待っています」

燕青は驚いた顔をした。ややあって左頬の十字傷をかいた。

「……なーんでばれればれかなぁ」

悠舜は笑みを広げた。一州官で終わる器ではないのに、中央に興味をもたなかった燕青。燕青は守りの性だ。何かを——誰かを守るために、その力を発揮する。

出世や見返り、大義名分では燕青は動かない。ただ、『誰か』を助けるためだけに力を貸す。『悠舜に輔《たす》けられている』と信じ込んでいたから、悠舜では引きずり出すことはできなかった。「俺がいなくても大丈夫だろ?」燕青にとってはそれでおしまいだ。

一昨年《おととし》の夏、貴陽に州牧の印と佩玉《はいぎょく》を届けに行ったあとに、官をやめるつもりだった燕青を、そうと知っていて引き止められなかったように。

けれど、彼は見つけた。

また苦手な詩歌の書物をひらいてでも、「助けてやりたい」と思える相手を。

燕青と秀麗の出会いに、悠舜は心から感謝した。

「また、会いましょう、燕青」

きっと、もう一度会うことができる。おそらくは秀麗や静蘭の傍で。

燕青が一度決めたことは貫き通してきたことを、誰よりも悠舜が知っている。

「ま、なんとか頑張ってみるさ」

「櫂州牧と影月くんに、よくよくお願いしておきますからね。言っておきますが、あのお二人に教わってダメでしたら、真夏に雪が降るくらいの異常事態ですからね」

「へいへい。なー悠舜」

「はい?」

「俺、ちっとはマシな州牧やれてたかな。鴛洵じーちゃんの期待に応《こた》えられたかな」

どこか少年のような言葉に、悠舜はまるで、十年前に戻ったかのような錯覚を覚えた。

……そう、いつのまにか、それほどの時が過ぎていた。

夜遅くでも、邸《やしき》の外からは笑い声が聞こえる。

十年前にはなかったもの。壊れていたもの。あきらめていたもの。そのすべてが証《あかし》。

「この街が、答えです。あなたに心からの敬意を、浪燕青」

燕青は片頬だけでくすぐったそうに笑うと、夜昊を仰向《あおむ》いた。

＊　＊　＊

秀麗は自室に戻ると、室《へや》を見渡した。

合間を見て少しずつ荷物をまとめていた。おかげで、足の踏み場もないほど本で埋もれていた室も、だいぶすっきりした。

文机《ふづくえ》の引き出しを開けると、螺鈿《らでん》細工の上等な文箱が一つ。

そっと蓋《ふた》を開けると、積み重なった文の上に、小さな藁人形《わらにんぎょう》が横たわる。長旅を経て少しくたびれかけていたが、首には紫の巾《きれ》が蝶々《ちょうちょう》結びにまかれている。……劉輝が、熱を出した秀麗の所へ訪れて、この藁人形にお洒落《しゃれ》をさせて行ったのは、たった一年と少し前のこと。

（……遠い、昔のことみたいね）

あまりにも、たくさんのことがあった一年だった。

『……忘れないでくれ』

この人形を見るたび、秀麗には、その言葉が聞こえてくるように思えた。

藁人形を取り出すと、指先で撫《な》でた。

何度も何度も、劉輝は願った。そばにいなくてもいい。どうか忘れないで、変わらないで、跪《ひざまず》かないで、名前を、呼んでほしい――。

他の誰でもない、ただの『劉輝』を、どうか、見てほしい、と。

朝賀の時、秀麗の目には、劉輝が一人きり、泣きそうな顔をして見えた。

『愛してる……』

寂しい、と、聞こえたような気がした。

同じ言葉を、永遠の別れのために残した人がいた。

あのときはただ悲しくて、苦しくて、涙だけがとめどなくあふれて。胸を占める想いがなんなのかもわからないほど混乱した。

ひきかえ、劉輝の言葉は、どこまでも優しかった。

心の奥深く、同じ言葉で傷ついていた心が、癒されていくようだった。

机の上の一輪挿しには、昨日摘んできた福寿草の花がある。

去年の春、前礼部尚書によって通達が書き換えられていることを知らずに影月と登城したとき、武官のフリをして待っていた劉輝が秀麗に手渡してくれた花だった。

花言葉は、〝あなたに幸運を〟。

この幸運の花が、劉輝からの私的な、最後の贈り物になった。

「……あなたは、一度も文を送らなかったわね……」

藁人形の下にあるたくさんの文は、すべて劉輝から贈られてきたもの。

けれど、秀麗が官吏になってから届いた文は、一通もない。

秀麗は握りしめていた拳《こぶし》を開いた。

さっき、櫂州牧から珀明の書翰《しょかん》を受け取るとき、掌《てのひら》に忍びこませられていたもの。

それは文でも何でもない、紫色の絹の端布《はぎれ》。隅に小さな桜の花びらが刺繍《ししゅう》されている。

それだけ。

精一杯の、彼の心。

『……待ってる』

たくさんの我慢をさせていると知っている。なのに会えばなんでもないことのように、ただ想いだけを伝えてくれる。

「……ねえ、あなたは優しすぎるわ……」

ぽろぽろと熱い涙が秀麗の頰を伝った。

視界がにじんで、ただ紫の色だけが揺れる。

いつだって、呆《あき》れるほどに優しすぎる。そんなあなたに、私はいつだってひどいことしか言ってあげられない。

この心がどんな想いに染まっても、返せる答えは一つしかない。

お願い……。

「……私じゃダメなの……」

……抜き足で室に入った香鈴は、泣き疲れて眠ってしまった秀麗に布団を掛けた。

一緒に眠ろうと思ってきたのだが、泣いてる気配にずっと扉の外にいたのだ。

秀麗は藁人形を抱いていた。しかもお洒落をしている。香鈴が手から藁人形を抜くと、秀麗は夢現《ゆめうつつ》のように目をあけ、藁人形に話しかけた。

(……藁人形……?)

「……約束……たくさん、茶州のお菜《りょうり》、覚えたわ……大根は高くても甘いやつね……」

香鈴は藁人形のお洒落《しゃれ》に目を留めた。……紫色の、蝶々結びの巾。

(……ああ、秀麗様が、茶州のお菜を習いたいっておっしゃったのは……)

泣いていたのは、『誰』のためだったのか、わかった気がした。

香鈴は後宮で仕えていた若く美しい王を思い出した。

貴妃の位を降りたと聞いたとき、どうしてそんなことになったのか、首を傾げたものだ。いまだ、王には一人の妃嬪《ひひん》もいない。

「……秀麗様、わたくし、一つ悟ったことがございますのよ」

香鈴は呟《つぶや》いた。

「良い女は、相手に頓着《とんちゃく》せずに好きな道を好きなように進んでよろしいってことですのよ。殿方のほうが勝手に追いかけてきますもの。そのままの秀麗様を手に入れる方法を、死ぬ気で考えますわ。だから秀麗様は、そのままでよろしいんですのよ」

香鈴は影月と秀麗にべったりな龍蓮を思った。

「わたくしも、これから精進しますわ。殿方には負けませんわ……!」

それから、静かに室を後にした。

＊　＊　＊

葉医師もその日は州牧邸へ顔を出していた。夜の闇にまぎれるように、灯籠《とうろう》の火の届かぬ木下闇で一人、甘露茶をすすった。

目の前にコロコロと二つの黒い鞠《まり》のようなものが転がってきた。

「げっ……こいつは驚いた……なんでこんなとこに……」

葉医師はまじまじと二つの黒い鞠を見た。二匹は用心深く、葉医師のそばを転がる。

「嬢ちゃんと一緒にいたいのか」

転がる。

「……そうだな。今のお前らじゃ、貴陽には入れんからな」

縹家の術者たちは白夜《びゃくや》のかわりに全員殺しといたが、秀麗が縹家に目を付けられたことに変わりはない。

「しょうがないな……手を貸してやる」

……秀麗は甘露茶を運んできたとき、葉医師に質問をした。

『葉医師《せんせい》……お訊《き》きしたいことがあるんです』

問いかけながら秀麗は、もう答えを知っている顔をしていた。

『私の、体のことで』

葉医師には、その答えしか返してやることができなかった。

＊　＊　＊

――王都で、劉輝は櫂瑜に託した絹の端布《はぎれ》を思い出していた。

『……これを、紅官吏に、でございますか？』

それだけで、櫂瑜には察しがついたようだった。

『……では、霄が、後宮に入れたという姫は……』

櫂瑜の言葉が途切れる。

『……先王陛下と、似ておられる。あのかたは、生涯、ただ一人の女人しか愛さなかった……』

劉輝は訝《いぶか》しんだ。

『父が？　だが、多くの妾妃《しょうひ》を娶《めと》り、子を成して……』

『君臣が、後宮に女人を入れることを望むとき、あのかたはいつもこうおっしゃいました』

――決して、自分の心を望まぬこと。生涯、愛されることはないことを娘が承知でくるならば、勝手にするがいい。

それでいえば、清苑公子の母は悲劇だった。父親が、美しくおとなしい娘が必ずや王の心を射止め、栄華を極められると思い、王の言葉を娘に伝えるどころか『見初められてのお召し』などと言い、後宮に送り込んだ。その言を本気にした他の妃《きさき》たちの激しい嫉妬《しっと》を浴びることになった。生まれた公子が聡明《そうめい》だったことも災いした。

王の言葉を承知で嫁いだにもかかわらず、娘たちは、いつしか王を愛し、その心を望んだ。愛を捧《ささ》げれば、子を孕《はら》めば、その心が自分に向くのではないかと、夢を見た。

けれど王の心が変わることは、ついになかった。

『……その、父が、愛した娘、は……？』

『……結ばれることなく、この世を去りました』

櫂瑜は呟いた。

櫂瑜の小さな溜息《ためいき》が、劉輝の耳から離れない。

『……先王陛下は、王の義務として子を成すためだけに姫を娶られました。生涯ただ一人しか愛さぬことを、それを承知で後宮に送ることとさえ、君臣にお伝えになられました。それでも……結果は、ご存じの通りです』

妃たちは競って王の愛を奪い合い、我が子はその道具となり、親族は権力を争った。
——あなたは、どうなさいますか……？
そう、問われた気がした。

「秀麗……」

……あきらめきれない自分が、悪いのだろうか。
紫劉輝の掌《てのひら》に残っているのは、もう、それしかないのに。
それさえ砂のように掌をすり抜けていくのを、黙って見ているしかないのだろうか。

「…………」

劉輝は拳《こぶし》を握りしめた。

秀麗が、貴陽へ戻ってくるのは、もうまもなく——。

アナザーエピソード

夢は現《うつつ》に降りつもり

その日、彼はなんだかずいぶんと早起きをした。夜明け前だった。凍りつくような夜気が肌を刺した。

薄暗い室《へや》の中、妙に冴《さ》えた頭と共にぽっかりと目をひらいたとき。

――今日なのだと、思った。

今日が、ずっと考えていたことに決着《けり》をつける日だ。

劉輝は起きて、外に出た。霜も降りているような寒い未明、一人でほてほてと宮を歩いて回った。このごろは出歩くと磁石の砂のようにわらわらと人がくっついてくるので、久しぶりに味わう気楽さに、肩が軽く感じた。

劉輝は少し前を思い出し、唇の端で小さく笑った。

(……ずいぶん、変わったものだ)

いつどこをほっつき歩こうが、昔は誰も気にしなかったのに。

劉輝は思いついて庭院に降り、ある場所へ向かった。

幼い時、いつも一人で泣いていたところ。

大きな木の下、繁みに隠れて。けれど、泣き声は聞こえるように、誰か迎えに来てくれるように、あまり遠くには行かないで。……それが、あのころの自分の精一杯だった。

（……兄上たちがきて「うるさい」って鞠みたいに蹴飛《け》ばされるのが関の山だったが……）

それでも、誰も来てくれないよりはマシだった。

……たいがい、誰も来なかった。一人で泣いて、黄昏《たそがれ》に一人で宮に戻った。劉輝など目に見えぬかのようにそばを通り過ぎる女官たち。そんなときは、まるで自分が幽霊になった気がしたものだった。

『……誰か、いるのか？』

あの日、二番目の兄が、うつぶせで泣いている自分を抱き上げてくれるまでは。

清苑兄上との幸せな日々は、数年で終わりを告げ、また一人になった。

──劉輝は、繁みに群れ咲くある花を見つけて、一輪手折って袂《たもと》にしまった。

それから府庫の裏手にある、まだ蕾《つぼみ》もついていない桜の木へ向かう。

ここで……秀麗に出会った。

劉輝がいつものように府庫に向かう途中、桜の枝に向かって、ぴょいこら飛んでいた少女。思わず立ち止まった。二十数えて、それでも彼女がまだあきらめなかったら、とってやろうかとも思って、しばらく観察していた。

……五十を数えてもあきらめなかった。途中、何度か裾《すそ》をたくし上げて幹によじ登りかけていたが、そのたびにハッと周囲を見回し、思い留《とど》まっていた。そのうちに、確かにその桜はとても綺麗《きれい》だと、思った。ほとんど毎日、脇を通り過ぎていたのに、その時初めて劉輝はその桜が花を咲かせていたことに、薄紅色に美しく色づいていたことに気づいたのだ。

……その少女を、振り向かせてみたくなった。どんな少女なのだろうと。

女官に選ばれる以上は美少女だろうと思っていたから、振り向いたときはあれっ？と拍子抜けした。それ以上に、その眼差《まなざ》しに、息を呑《の》んだ。『自分』が確かにこの世に存在するのだと、強烈に意識した。彼女は確かに『紫劉輝』を見た。誰もが跪《ひざまず》き、顔を見ることも声を掛けることもない、やっぱり幽霊のままだった男を。

目眩《めまい》が、した。向けられたてらいのない笑みを、この世でいちばん可愛いと思った。

（……。……実は一目惚《ひとめぼ》れ？　だったのか……？）

……そうだったのかもしれない。

彼が願ったままに、彼女は変わらずにいてくれた。周囲が変化し続けるなかで、離れたままで、変わらないでいることはとても難しい。彼女は、その難しい約束を守ってくれた。

自分のために。

……それで、もう充分なのではないだろうか。大切なものは、ちゃんとある。昔に比べたら、どんなに幸せなことか。この掌に握りしめなくても、ただ在るだけで、幸せだと。

そう――。

風が、吹いて、葉の落ちた梢《こずえ》がパシリと破裂音を立てた。その音に、劉輝は我に返った。

晴れ切れぬ迷いを、怒られた気がして。肩を落とすと、劉輝は一人、宮に戻った。

午《ひる》、王の補佐をしていた絳攸と楸瑛は珍現象に当惑した。

いつもは途中で「疲れた〜」などと机案《つくえ》でごねる王が、今日は真面目に取り組み、午過ぎには仕事を終わらせたのである。

「……珍しいな。いつもこうだと助かるんだがな」

「もしかして、何か、私たちにご相談なさりたいことでも？」

王がいそいそとお茶と、お茶請けの蜜柑《みかん》まで出してくるのを見ながら、楸瑛が訊ねた。

「いや、そなたらも、そろそろお年頃だと思ってな」

絳攸が茶を吹き、楸瑛が蜜柑を剝《む》く手を止めた。

「……っ、なんだいきなり！　わけがわからんぞ」

「私は十年以上前からお年頃ですけど、絳攸はどうでしょうねぇ。ちなみに私はこの世に魅力的な女性がいる限り、生涯現役のお年頃でいたいと思っていますよ」

絳攸は手にした蜜柑を食うか隣の常春男《とこはる》の顔面に投げつけるか、真剣に迷った。

楸瑛は、王が何か聞きたかったらしいことには気づいたが、それがなんなのかはわからなかった。切り出すのを待ってみたが、王は午後のお茶を楽しむことに決めたらしかった。

「ああ、そうだ楸瑛、あとで……っと、いや、悪かった。何でもない」

楸瑛は首を傾げた。けれど深くは考えず、それ以上は訊《き》かなかった。

夕刻、府庫で王の気配に気づいた邵可は茶筒に手を伸ばそうとしたが、何とも珍しいこと、王は扉口まできながら踵《きびす》を返した。邵可は笑みを消し、立ち上がった。

扉を開けると、王は驚いたように振り返った。邵可は渋面で言った。

「……玖琅が、紅州に帰る間際、あなたに余計なことを申し上げたようですね」

王の苦笑いが答えだった。やはり、玖琅の件を邵可に言わせたくなくて、引き返そうとしたらしい。

「ああ。絳攸や龍蓮を始めとして、たくさん秀麗に縁談がきていると。皆、お年頃だからな」

奇病騒ぎの中でも、きっちり王に釘《くぎ》を刺していくところが生真面目な末弟らしい。

問題は、その事実を王に告げたのが、あの二人でなく玖琅だというところだ。

「……絳攸殿や、楸瑛殿に、きちんとお訊きになりましたか？」

王は首を横に振った。

「無理に、言わせたくはない」

そう——その瞬間、聡《さと》い彼らは気づいてしまう。自分の中の優先順位に。

多分、王は何度かさりげなく水を向けたのだろう。王自身のためではなく、彼らのために「自分からちゃんと話した」という事実を、つくってあげるために。忠誠は裏切っていないと。

「傍にいてくれるだけで嬉《うれ》しいんだ。一番大切なものがあっていいんだ。余は二番目でいい」

多くを望むことを知らなかった独りぽっちの末の公子は、今もそのままに。

邵可が意見を言う前に、劉輝は笑みを残して、立ち去った。


暮れ方、宋太傅はやってきた弟子の顔を見て、木刀をとった。

宋太傅の教えた剣術は一撃必殺を旨とするため、真剣でやりあうと冗談でなくどちらかが死ぬからだ。

宋太傅は一切手加減しなかった。隙と見れば遠慮会釈なく打ちこんだ。実戦で鍛え上げた宋太傅の経験とカン、技にはいまだ及ばず、王は何度も叩きのめされた。何度も立ち上がり、木刀を握った。日が落ちきっても、気配だけを頼りに稽古《けいこ》を続けた。やがて劉輝の足がふらつき、手の感覚が失せた。

ついに、王は木刀を拾えず、地面にべしゃっと倒れた。仰向《あおむ》きながら、文句を言う。

「……ひ、ひどい……余は一応王なのに……ちょっとは手加減してくれても……」

「ちっ……こんちくしょうが……俺も相当ナマったもんだぜ……この程度で息切れたぁな」

「……この程度って……お若い頃は赤鬼さんの化身とかだったのでは……」

「ああ⁉　てめ、誰が赤鬼だコラ」

宋太傅は王に近寄り、手を伸ばすと、わしわしと劉輝の頭を乱暴に撫《な》でた。

「手加減してほしいなら、お前が俺のとこにくるかよ。ちったぁ気が晴れたか」

藍楸瑛は、決して王に対して本気で打ち合えない。その理由に、王は気づいている。

「……将軍……いつのまにか、あきらめきれない大切なものがたくさんできてました……」

思考力を失うほど疲れてから、ようやく本音を言った弟子に、宋太傅は「そうか」と応《こた》えた。

何も望まなかった末の公子の、『あきらめたくない』という言葉を聞ける日がくるとは。

「──なら、しがみつけ。あきらめるな。最後の最後まで勝負をかけろ。あらゆる策を巡らし、決断し、勝利をもぎとれ。お前が紫劉輝であるために、必要なものは丸ごと奪いとれ。周りのくだらねぇ理屈に惑わされんな。──俺の弟子なら、すべてに打ち勝て」

劉輝は暗闇の中で、その言葉を聞いた。一番星が夜昊《よぞら》で光っていた。

その晩、劉輝は朝に摘んでおいた懐かしい黄色の福寿草を飾ると、机案に向かった。

──紫劉輝が二人の茶州州牧の処分と茈静蘭の召還を決めたのは、その翌日のこととなる。

劉輝は珠翠に、ある頼み事をした。

「珠翠……面倒とは思うが、余に、こっそり刺繡《ししゅう》を教えてくれぬか」

秀麗がくれた桜模様の刺繡の手巾《しゅきん》。あれは無理でも。

「桜の……花びら程度でいいんだ」

自らに課した禁を少しだけ破ろう。彼女にだけわかるような、小さな小さな贈り物を。

――あきらめるな。最後の最後まで勝負をかけろ。

すると、珠翠はまごまごした。

「……あの、やり方は知ってますが、じ、実は私、刺繍だけはとんと下手で……」

有能女官のしどろもどろな告白に、劉輝は目を点にした。珠翠に苦手なものがあったとは。

「じゃあ、ちょうどよい。一緒にやろう」

劉輝は紫の絹の端布《はぎれ》に、桜の花びらを縫いとった。

その端布は、櫂瑜に渡した。

――毎晩珠翠と一緒にちくちく刺した刺繍は、確かに劉輝のほうがうまかった。

本書は、平成十九年四月、角川ビーンズ文庫より刊行された『彩雲国物語　青嵐にゆれる月草』を加筆修正したものです。

「心の友へ藍を込めて～龍蓮的州都の歩き方～」「夢は現《うつつ》に降りつもり」は平成十八年四月に角川ビーンズ文庫から刊行された『彩雲国物語　藍より出でて青』より収録しました。

本文中、『新訂　孫子』（金谷治／訳注　岩波文庫）より一部引用しました。

彩《さい》雲《うん》国《こく》物《もの》語《がたり》

十一、青嵐《せいらん》にゆれる月草《つきくさ》

雪《ゆき》乃《の》紗《さ》衣《い》

令和２年　９月25日　初版発行
令和６年　10月30日　７版発行

発行者●山下直久

発行●株式会社KADOKAWA
〒102-8177　東京都千代田区富士見2-13-3
電話　0570-002-301（ナビダイヤル）

角川文庫 22334

印刷所●株式会社KADOKAWA
製本所●株式会社KADOKAWA

表紙画●和田三造

●お問い合わせ
https://www.kadokawa.co.jp/（「お問い合わせ」へお進みください）
※内容によっては、お答えできない場合があります。
※サポートは日本国内のみとさせていただきます。
※Japanese text only

ISBN 978-4-04-108744-2　C0193

◆◇◇

角川文庫発刊に際して

角川源義

第二次世界大戦の敗北は、軍事力の敗北であった以上に、私たちの若い文化力の敗退であった。私たちの文化が戦争に対して如何に無力であり、単なるあだ花に過ぎなかったかを、私たちは身を以て体験し痛感した。西洋近代文化の摂取にとって、明治以後八十年の歳月は決して短かすぎたとは言えない。にもかかわらず、近代文化の伝統を確立し、自由な批判と柔軟な良識に富む文化層として自らを形成することに私たちは失敗して来た。そしてこれは、各層への文化の普及滲透を任務とする出版人の責任でもあった。

一九四五年以来、私たちは再び振出しに戻り、第一歩から踏み出すことを余儀なくされた。これは大きな不幸ではあるが、反面、これまでの混沌・未熟・歪曲の中にあった我が国の文化に秩序と確たる基礎を齎らすためには絶好の機会でもある。角川書店は、このような祖国の文化的危機にあたり、微力をも顧みず再建の礎石たるべき抱負と決意とをもって出発したが、ここに創立以来の念願を果すべく角川文庫を発刊する。これまで刊行されたあらゆる全集叢書文庫類の長所と短所とを検討し、古今東西の不朽の典籍を、良心的編集のもとに、廉価に、そして書架にふさわしい美本として、多くのひとびとに提供しようとする。しかし私たちは徒らに百科全書的な知識のジレッタントを作ることを目的とせず、あくまで祖国の文化に秩序と再建への道を示し、この文庫を角川書店の栄ある事業として、今後永久に継続発展せしめ、学芸と教養との殿堂として大成せんことを期したい。多くの読書子の愛情ある忠言と支持とによって、この希望と抱負とを完遂せしめられんことを願う。

一九四九年五月三日

彩雲国物語

四、想いは遙かなる茶都へ

雪乃紗衣

650万部突破の中華風ファンタジー！

彩雲国の王、紫劉輝《しりゅうき》の特別措置で、杜影月《とえいげつ》とともに茶州《さしゅう》州牧《しゅうぼく》に任ぜられた紅秀麗《こうしゅうれい》。新米官吏にはありえない破格の出世だが、赴任先の茶州は今もっとも荒れている地。末席ながら彩七家に名を連ねる豪族茶家と、州府の官吏たちが睨み合う、一触即発の状態が続いていた。万が一を考え、隠密の旅にて茶州を目指す秀麗一行。だが、そんなにうまく事が運ぶはずもなく、次々と想定外の事態に陥り!?　急展開のシリーズ第４弾！

角川文庫のキャラクター文芸

ISBN 978-4-04-106651-5

彩雲国物語

五、漆黒の月の宴

雪乃紗衣

中華風ファンタジーの金字塔。物語はさらなる高みへ

王命を受けて茶州《さしゅう》の執政者・州牧《しゅうぼく》となった紅秀麗《こうしゅうれい》は、ひたすらに州都・琥璉《これん》入りを目指す。指定期間内に正式に着任できなければ、地位を剝奪されてしまうというのだ。新州牧の介入を面白く思わない地方豪族・茶家は妨害工作を仕掛けてくるが、秀麗はそれに負けることなく、いちかばちかの勝負に出ようとする。そんな彼女の前に、不思議な魅力を湛《たた》える茶《さ》朔洵《さくじゅん》という男が現れた。底が見えぬ男、朔洵の驚くべき真意とは？

角川文庫のキャラクター文芸

ISBN 978-4-04-106652-2

彩雲国物語
六、欠けゆく白銀の砂時計

雪乃紗衣

650万部突破の中華風ファンタジー。恋も仕事も新展開！

州牧《しゅうぼく》として茶州《さしゅう》に赴任した紅秀麗《こうしゅうれい》は、早速、州の発展のための策を練り始める。そんななか、新年の朝賀という大役を引き受けることになった秀麗。王都・貴陽《きよう》に向かった彼女は久しぶりに彩雲国国王・紫劉輝《しりゅうき》と再会するが、王としての仕事にしっかりと励む彼の姿に、かつてとは違った印象を受ける。一方、秀麗の知らないところで彼女自身の縁談が進んでいて――。恋も仕事も波瀾万丈！　超人気の極彩色中華風ファンタジー第6弾。

角川文庫のキャラクター文芸

ISBN 978-4-04-107758-0

ISBN 978-4-04-107759-7

彩雲国物語

八、光降る碧の大地

雪乃紗衣

超人気ファンタジー、影月篇は衝撃の結末へ

州牧の紅秀麗《こうしゅうれい》は奇病の流行を抑え、また、姿を消したもう一人の州牧・影月《えいげつ》を捜すため、急遽茶州《さしゅう》へ戻ることに。しかし茶州では、奇病の原因は秀麗だという「邪仙教」の教えが広まっていた。「もしも自分のせいなら、私は――」密かに覚悟を決める秀麗。そんな彼女を、副官の燕青《えんせい》と静蘭《せいらん》は必死で守ろうとする。迫りくる邪仙教との対決のとき。そして影月の行方は？ アナザーエピソード「お見舞戦線異状あり？」「薔薇姫」収録。

角川文庫のキャラクター文芸

ISBN 978-4-04-107760-3

九、紅梅は夜に香る

彩雲国物語

雪乃紗衣

ヒラからの再出発を誓う秀麗だが——。新章開幕!

任地の茶州《さしゅう》から王都へ帰ってきた彩雲国初の女性官吏・秀麗《しゅうれい》。彼女は自身の選んだある決断の責任をとるため、高位から一転、無位無官として再出発することになる。さらに登殿禁止を言い渡された秀麗は街で自分にできることを探し始めるが、突然ヘンテコな貴族のお坊ちゃまに求婚されて——? またもや嵐が巻き起こる! 超人気シリーズ第9弾は、満を持しての新章開幕! アナザーエピソード「王都上陸! 龍蓮台風《タイフーン》」を特別収録。

角川文庫のキャラクター文芸

ISBN 978-4-04-108742-8